刘禹锡集

名家精注精评本

吴在庆 编选

凤凰出版社

图书在版编目（CIP）数据

刘禹锡集 / 吴在庆编选. -- 南京 : 凤凰出版社, 2014.10（2024.10重印）
（名家精注精评本）
ISBN 978-7-5506-2009-4

Ⅰ. ①刘… Ⅱ. ①吴… Ⅲ. ①刘禹锡（772～843）－文学欣赏 Ⅳ. ①I206.2

中国版本图书馆CIP数据核字(2014)第208291号

书　　名	刘禹锡集
编　　选	吴在庆
责任编辑	郭馨馨
封面设计	徐　慧
责任监制	程明娇
出版发行	凤凰出版社(原江苏古籍出版社) 发行部电话025-83223462
出版社地址	江苏省南京市中央路165号，邮编:210009
照　　排	南京凯建文化发展有限公司
印　　刷	唐山楠萍印务有限公司 河北省唐山市芦台经济开发区场部
开　　本	787毫米×1092毫米　1/32
印　　张	10.5
字　　数	218千字
版　　次	2014年10月第1版
印　　次	2024年10月第4次印刷
标准书号	ISBN 978-7-5506-2009-4
定　　价	89.00元

(本书凡印装错误可向承印厂调换，电话:022-69381996)

目　录

文　选

前　言

刘禹锡是中唐最杰出的文学家之一，诗歌与散文兼擅，故《旧唐书·刘禹锡传》称"禹锡晚年与少傅白居易友善，诗笔文章，时无在其右者"。当时他被白居易尊为"诗豪"，与白居易齐名，并称"刘白"。

刘禹锡生于唐代宗大历七年（772），卒于唐武宗会昌二年（842）。字梦得，洛阳（今属河南）人。据学者们研究，他的祖先是匈奴族，其七代祖刘亮，为官于北魏，后随魏孝文帝拓跋宏迁都洛阳，改为汉姓，入河南洛阳籍。此后其家族坟墓都在洛阳，故刘禹锡称"家本荥上，籍占洛阳"（《汝州上后谢宰相状》）。他自称的"中山刘禹锡"，以及他人称他为彭城人，均非其郡望或里贯。他的父亲刘绪，避安史之乱南寓嘉兴（今属浙江），故刘禹锡生于江南，并在此度过少年时期。当时会稽（今浙江省绍兴市）的诗僧灵澈和著名的诗歌理论家皎然经常讨论诗歌创作技巧，刘禹锡有机会获得他们的指教，并用心体会，赢得了"孺子可教"（《澈上人文集序》）的称誉；另外江南发达的文化传统以及江南特有的风光，对他后来的诗歌创作均产生一定的影响。

唐德宗贞元九年（793），刘禹锡与柳宗元同榜登进士第，同年又登博学宏词科。贞元十一年（795），登吏部取士科，授太子校书，从此踏上仕途。次年，因父卒于扬州，刘禹锡丁忧居家。贞元十六年(800),入杜佑徐泗濠节度使幕为掌书记,参与讨伐徐州乱军。此时他体验了军中生活,如他自言的“恒磨墨于楯鼻,或寝止群书中”(《刘氏集略说》)。后来他又随杜佑到扬州,任淮南节度使掌书记。在扬州时,他为著名学者杜佑撰写了许多《表》、《状》,获得教益与称赏,又有机会与著名诗人李益交游酬唱,进行诗歌创作,其中比较出色的有《谢寺双桧》诗:“双桧苍然古貌奇,含烟吐雾郁参差。晚依禅客当金殿,初对将军映画旗。龙象界中成宝盖,鸳鸯瓦上出高枝。长明灯是前朝焰,曾照青青年少时。”诗歌既是咏谢寺双桧,同时也寄寓了自己年少的情志。

贞元十八年(802),刘禹锡调任渭南县主簿。次年,因御史中丞李汶之荐,刘禹锡调任监察御史。此时韩愈已任监察御史,柳宗元也刚任监察御史里行,这三位中唐时颇有影响的文学家同任朝中御史台官,又由于有共同的文学爱好,故结下深厚的情谊,终生不变。诚如韩愈后来在贬时所说“同官尽才俊,偏善柳与刘”。(《赴江陵途中赠王二十补阙、李十一拾遗、李二十六员外三学士》)贞元二十一年(805,当年八月改元永贞)一月,德宗薨,顺宗即位。由于此时朝廷积弊太多,顺宗任用王叔文、王伾等人改革弊政,即史称的“永贞革新”,时任屯田员外郎、判度支盐铁案的刘禹锡和柳宗元、韩泰等人共同参与其事,并成为“永贞革新”的核心人物,被称为“二王刘柳”。但革新遭到宦官、藩镇的联合反击,很快就惨遭失败。宪宗即位后,王叔文被赐死,参加革新者纷纷被赶出朝廷,远贬外州司马。刘禹锡初贬为连州(今广东连县)刺史,行至江陵,再贬朗州(今湖南常德)司马;柳宗元则贬为永州司马,同时贬为远州司马的还有多人,史称“八司马”。在贬谪的岁月里，刘禹锡等人继续受到排挤迫害，唐宪宗曾下八司马“纵逢恩赦，不在量移之限”（《旧唐书·宪宗纪上》）的诏书，可知刘禹锡当时所遭受的毁谤与打击，诚如他所说的“浮谤如川”（《上淮南李相公启》）、“虽欲周防，亦难曲施。加以吠声者多，辨实者寡。飞语一发，胪言四驰”。（《上杜司徒书》）以此刘禹锡在朗州时难免心情悒郁愤慨。

元和九年十二月，刘禹锡与柳宗元等“八司马”奉召回京。次年春抵长安，不屈不挠的刘禹锡写了《元和十年，自朗州承诏至京，戏赠看花诸君子》诗：“紫陌红尘拂面来，无人不道看花回。玄都观里桃千树，尽是刘郎去后栽。”此诗被认为意含讥刺，得罪了执政，因此同时入京诸人又均外放为远州刺史，柳宗元为柳州刺史，刘禹锡为连州刺史。长庆元年（821）冬，刘禹锡又转任夔州刺史，此后又改任和州刺史。唐敬宗宝历二年（826）冬，刘禹锡从和州奉召回洛阳，长期的贬谪生涯终于结束了。在贬谪的岁月里，诗人尽管难免心情苦闷悒郁，怨愤低沉，但他仍然怀有一颗用世之心，关心民生疾苦，体察民情风俗，创作了许多表现上述情形的诗文。

大和元年（827），刘禹锡任东都尚书省主客郎中，翌年重返朝任主客郎中。长期贬谪后回到长安，诗人一肚子的怨愤终于又得到倾泻的时机，他借重到玄都观之机，写下《再游玄都观绝句》，其中“种桃道士归何处？前度刘郎今又来”句充满了不屈与讥讽之情。后由朝廷重臣裴度的推荐，刘禹锡兼任集贤院学士。在任集贤学士的四年中，他“供进新书二千余卷”（《苏州刺史谢上表》）。此时他与裴度、白居易、崔群等重臣文友时而宴游唱和，联句赋诗，等待更好的机会能施展抱负。然而时代并没有提供他更好的机会，在朝中的政治纷争中，随着裴度的罢相，他出任苏州刺史，后转汝州、同州。尽管为地方官吏，但他也力所能及地关心民瘼，为民救灾解忧，恢复生产，得到人民的爱戴，尤其是在苏州任上遭受水灾时更是政绩卓著，由此他获得“政最”之称，赐紫金鱼袋的荣誉，而苏州人民将他和韦应物、白居易尊为“三贤”，立“三贤堂”以祭祀纪念。开成元年（836），刘禹锡离同州任后改任太子宾客、秘书监分司东都的闲职。唐武宗会昌元年(841)，加检校礼部尚书衔，世称刘宾客、刘尚书。此时，裴度、白居易也都在东都闲居，因此他们之间常有闲适的交游酬唱，过着“散诞人间乐，逍遥地上仙”(《酬乐天醉后狂吟十韵》)的看似悠然的闲适生活。在东都任闲职的岁月里，由于朝廷的党争炽热复杂，诗人难有作为，他的生活看似闲逸清静，但心情显得落寞苦闷，时有一思振作奋励之心。诚如明人胡震亨所言“刘禹锡播迁一生，晚年洛下闲废，与绿野(裴度)、香山(白居易)诸老，优游诗酒间，而精华不衰，一时以‘诗豪’见推，公亦自有句云：‘莫道桑榆晚，为霞尚满天。’盖道其实也”。(《唐音癸签》卷二五)然而天不与时，最后诗人在《子刘子自传》中不禁留下了“天与所长，不使施兮！人或加讪，心无疵兮”的慨叹。会昌二年(842)秋，刘禹锡病卒，年七十一，赠户部尚书。

刘禹锡留下了大量优秀的诗文，仅诗歌即存有八百余首，其文学造诣正如《旧唐书·刘禹锡传》所称的“精于古文，善五言诗，今体文章复多才丽”，在唐代文学中可谓独树一帜，并对后世产生深远的影响。他诗文的内容极为丰富多彩，又具有多方面的艺术风格与特点。此处我们不可能全面详尽地介绍，只择其中主要几点简略谈谈。

由于诗人胸怀壮志，关心民生疾苦，痛恨腐败与社会弊病，因此他疾恶如仇。面对丑陋邪恶，他采用或比兴或直接讥刺的手法写下不少意含讥讽揭露的诗歌，如《飞鸢操》、《昏镜词》、《聚蚊谣》、《百舌吟》、《武夫词》、《养鸷词》、《调瑟词》、《贾客词》、《再游玄都观绝句》等。其中的"喧腾鼓舞喜昏黑，昧者不分聪者惑。露花滴沥月上天，利嘴迎人着不得。我躯七尺尔如芒，我孤尔众能我伤"，以及"清商一来秋日晓，羞尔微形饲丹鸟"（《聚蚊谣》）等诗句，可见他的怨愤讥嘲之情何等激烈；"依倚将军势，交结少年场。探丸害公吏，抽刃妬名倡。家产既不事，顾眄自生光。酣歌高楼上，袒裼大道傍"（《武夫词》）也直写揭露，毫不留情。

刘禹锡的咏史怀古诗在中唐是最为杰出的，它们内容丰富多样，含义深远，诚如卞孝萱先生所精辟概括的"有的是借古人之酒杯，浇胸中之块垒，如《经伏波神祠》：'乡园辞石柱，筋力尽炎洲。一以功名累，翻思马少游。'抒发了他对于贬谪生涯的怨苦之情。有的是借咏史的形式，曲折地表达了自己不屈的志节，如《咏史》二首之一：'世道剧颓波，我心如砥柱。'他另有《咏史二首有所寄》，则是劝勉'八司马'中最先起用的程异的：'岂无三千女？初心不可忘。'他自称'目览千载事，心交上古人'（《学阮公体三首》之三）。在他的笔下，古今是相通的，历史与现实紧密地结合在一起。咏史诗、怀古诗成了他讽喻现实的一种得心应手的武器。著名的如《西塞山怀古》、《金陵怀古》、《蜀先主庙》、《观八陈图》、《金陵五题》等，都是千古不朽的名篇，不仅艺术技巧纯熟，思想内容也达到了很高的水平。《金陵怀古》通过景物描写，显示了'兴废由人事，山川空地形'的道理。《乌衣巷》以冷隽的语言写晋代显赫一时的王、谢世族没落后的衰败景象，借古讽今，暗示时下的权贵不会比王、谢更好的命运。《西塞山怀古》写吴主孙皓设置横绝大江的'千寻铁锁'，却无法阻挡统一的潮流，对企图割据称雄的野心家具有警告作用。这些诗都写得精警超迈，韵味深长"。(《刘禹锡集·前言》)

诗人的寄赠唱和之作，除了一些一般的宴游酬唱之作外，也不乏深情沉郁、精警深刻之篇，表现了他注重朋友情谊，与友人相濡以沫，相互鼓舞激励，而又富含思想性与艺术性的佳什，如《酬乐天扬州初逢席上见赠》、《再授连州至衡阳酬柳柳州赠别》、《答杨八敬之绝句》、《酬元九侍御赠壁州鞭长句》、《苏州白舍人寄新诗有叹早白无儿之句因以赠之》等。《乐天寄重和晚达冬青一篇因成再答》"风云变化饶年少，光景蹉跎属老夫。秋隼得时凌汗漫，寒龟饮气受泥涂。东隅有失谁能免，北叟之言岂便诬。振臂犹堪呼一掷，争知掌下不成卢"一诗，虽年已老迈，但犹可见诗人老骥伏枥之心，令人神情为之一振。

刘禹锡因官因贬，饱览了名山大川，也历尽穷乡僻壤，感受到异地的民俗风情，创作了大量优秀的富含民歌情味的诗歌，描绘了异彩纷呈的土风民俗，表现了湖湘巴蜀等地区人民的生活劳动风貌，展现了秀丽旖旎的山水风光景色。这些诗歌或直叙情事，或采用比兴手法状物言情，委婉含蓄，辞采流丽，音节浏亮，声情并茂，是刘禹锡最为脍炙人口，传唱至今的重要作品，也是其最具特色的诗篇。下面我们着重介绍这些作品。

首先引起他注意的是南中一带的淫祀习俗及盛行的巫风。刘禹锡贬朗州司马后，友人询问其地风俗，他遂作《南中书来》诗答云："淫祀多青鬼，居人少白头。"他对朗州风俗最深的感受是祭祀繁多，所祭多为"青鬼"。《蛮子歌》是一首描写朗州蛮夷俚俗的诗章，中云："蛮语钩辀音，蛮衣斑斓布。熏狸掘沙鼠，时节祠盘瓠。"诗中不仅描写蛮夷的语音与衣服，烟火熏狸，掘地捕鼠的生活，也写及祠盘瓠的风俗。诗人熟悉朗州民俗，准确地把握武陵有淫祀的特点，并屡次写进诗文中。如《晚岁登武陵城顾望水陆怅然有作》云："野桥鸣驿骑，丛祠发迴箛。"又云："俚人祠竹节，仙洞闭桃花。"祠竹节也是其地淫祀之一。其《梁国祠》诗也如此，诗中展现了"梁国三郎威德尊，女巫箫鼓走乡村"的场面。刘禹锡不仅在诗中描绘祀鬼神及巫风习俗，也以赋的形式表现这一土风。其《楚望赋》描述祭祀屈原、马援以及驱鬼祈年的活动，展现了歌谣招神、划舟投粔籹、在湖边河旁设祭筵、击鼓迎神祷祝的诸多场景，我们可借此领略当时楚地的巫风盛况。

刘禹锡笔下还咏及边地人民的节日、种田、狩猎、捕鱼、采菱等生活，具有浓郁的民俗风情。

龙舟竞渡一说缘起于纪念屈原，刘禹锡即有表现这一风俗的《竞渡曲》、《竞渡歌》，从中可见唐时龙舟竞渡盛大而热烈的场面。

长庆年间，刘禹锡任夔州刺史，作《畬田行》表现人民刀耕火种的劳动生活："何处好畬田？团团缦山腹。钻龟得雨卦，上山烧卧木。……下种暖灰中，乘阳拆牙孽。苍苍一雨后，苕颖如云发。"诗述巴人在春日先钻龟甲卜卦，倘得雨卦，即于雨前上山烧木作肥。后遂在暖灰中播种，种子得以很快萌发，雨后禾苗即茁壮成长。其《竹枝词》亦云“长刀短笠去烧畲”,而此前的《楚望赋》也写及畲田情景:“巢山之徒,捽木开田。灼龟伺泽,兆食而燔。郁攸起于岩阿,腾绛气而蔽天。熏歇雨濡,颖垂林巅。盗天和而藉地势,谅无劳而有年。”《武陵书怀五十韵》中的“照山畲火动”句,以及《莫徭歌》写连州莫徭人“火种开山脊”即反映此种风俗。诗人对于刀耕火种的描述,可以让我们更清楚地了解当时畲田的情景。

刘禹锡在诗文中又有“渚居鲜食,大掩水物。罟张饵啖,不可遁伏”(《楚望赋》)的捕鱼场面,也有少数民族的狩猎以及楚地人民采菱劳动生活的描写。其《连州腊日观莫徭猎西山》诗,即展现了一幅栩栩如生的莫徭族人狩猎生活的画卷。采菱是富有江南水乡特色的劳动,自南朝以来文人们即有《采菱曲》、《采菱歌》一类作品,然而,将采菱场面及采菱女风情表现得最为淋漓尽致、鲜明生趣的则推刘禹锡的《采菱行》:“争多逐胜纷相向,时转兰桡破轻浪。长鬟弱袂动参差,钗影钏文浮荡漾。笑语哇咬顾晚晖,蓼花缘岸扣舷归。归来共到市桥步,野蔓系船萍满衣。家家竹楼临广陌,下有连樯多估客。携觞荐芰夜经过,醉踏大堤相应歌。”人们喜于月下大堤上以歌相应答,其独特的土风民情,令人神往。

仕宦及贬谪生活使刘禹锡踏遍大江南北,聆听了各地的歌谣音乐、传说故事,目睹了各式各样的娱乐活动、婚恋场面,并将之形于诗文,留下很能表现唐时民俗风情的资料。朗州唐时偏僻蛮荒,但又不乏绿水青山,平湖秋月,美丽旖旎的山川风物、传说故事、风土人情,颇引起诗人的兴趣赏爱。这里不仅有别具风味的“春江千里草,莫雨一声猿”(《武陵书怀五十韵》)的景观,而且在

“孤帆带日来，寒江转沙曲”的江边夜晚，还呈现“月上彩霞收，渔歌远相续”（《步出武陵东亭临江寓望》）的美好景象。而盛传于巴蜀的《竹枝》歌，悠扬于朔漠的羌笛却又荡漾于岳阳城边：“荡桨巴童歌《竹枝》，连樯估客吹羌笛。”（《洞庭秋月行》）旗亭酒舍，商船估客又与“醉踏大堤相应歌”（《采菱行》）的《竹枝》、《桃叶》之曲融汇成具有沅湘特色的景观。刘禹锡的《堤上行》三首即展现了这一风貌，如其二云：“江南江北望烟波，入夜行人相应歌。《桃叶》传情《竹枝》怨，水流无限月明多。”此外《潇湘神二首》中的“君问二妃何处所？零陵香草露中秋”、“斑竹枝，斑竹枝，泪痕点点寄相思”等诗句，也富有楚湘风情色彩。

刘禹锡诗中深受民歌影响，将地方风情表现得最为突出动人的当是他对夔州山川风物、风土人情的描写。其《竹枝词九首》、《竹枝词二首》记叙了夔州联歌《竹枝词》的风俗，描绘了歌《竹枝》时的具体情形及此曲的地方特色。九首诗中不仅描绘了巴蜀一带的山桃红花，蜀江、瀼西的春水，桥边杨柳，似雪岸花，巫峡烟雨与啼猿，云间人家等景色，还写及桥边人们来往“唱歌行”、“家家春酒”满杯、女伴踏青、银钏金钗的妇女溪边背水、长刀短笠的男儿则上山烧畲等各种活动，而且也让人们领略那“花红易衰似郎意，水流无限似侬愁”的巴蜀女儿的情思。那巴蜀风韵的《竹枝》是最能传达儿女脉脉之情的，故有“巫峡巫山杨柳多，朝云暮雨远相和。因想阳台无限事，为君回唱《竹枝歌》”（《杨柳枝词二首》之二）以及“杨柳郁青青，《竹枝》无限情”（《纥那曲词二首》之一）之咏；也有“杨柳青青江水平，闻郎江上唱歌声。东边日头西边雨，道是无晴却有晴”（《竹枝词二首》之一）的对歌。此情此景极为巧妙地描绘了巴蜀风光与民情风韵，故脍炙人口，传诵不绝。这种展现地方风情之作，还见于刘禹锡《踏歌词四首》中对“襄王故宫地”的歌咏。

唐代著名古文家李翱曾说：“翱昔与韩吏部退之为文章盟主，同时伦辈，惟柳仪曹宗元、刘宾客梦得耳。”刘禹锡的散文确实可以与韩柳比肩，创作了大量的启、状、表、碑、记、集纪、论、赋、杂著等各体文章，不仅内容丰富多样，立意甚高，而且文采斐然。其中不少文章因事立题，精警深刻，形象生动，如《救沈志》、《儆舟》、《叹牛》等；有的情感真挚，语词沉痛，令人荡气回肠，如《上杜司徒书》、《祭柳员外文》、《重祭柳员外文》、《祭韩吏部文》等。他所作的《秋声赋》也是别具一格之作，其中“嗟乎！骥伏枥而已老，鹰在鞲而有情。聆朔风而心动，眄天籁而神惊。力将瘆兮足受绁，犹奋迅于秋声”等语尤为脍炙人口。刘禹锡的论说文也是诗人引以自豪的，他曾说“子长在笔，予长在论。持矛举盾，卒不能困”。（《祭韩吏部文》）其论说文说理缜密，分析透彻，又善于比喻说理，其中《天论》三篇可为代表。《天论》提出的“天人交相胜，还相用”的观点，在哲学思想史上具有重要的意义。

刘禹锡创作了大量的诗文，《新唐书·艺文志》载《刘禹锡集》四十卷。现存其集版本甚多，通行的刘禹锡集版本有《四部丛刊》本《刘梦得文集》，《四部备要》本《刘宾客文集》，《丛书集成》本《刘宾客文集》。此外，尚有卞孝萱先生校订的《刘禹锡集》等。明代的杨慎谓“元和以后，诗人全集之可观者数家，当以刘禹锡为第一。其诗入选及人所脍炙不下百首矣”。（《升庵外集》卷七六）本书从刘禹锡的诗文作品中选择较有代表性的优秀作品若干，先后按诗选、文选两部分加以简要的注释与品评，意在让读者对刘禹锡的诗文及其文学成就有大体的了解，提高阅读理解古典文学作品的水平，引起进一步研究的兴趣。需要说明的是对刘禹锡诗文的注释与对刘禹锡的研究，学术界已有丰硕的成果，如卞孝萱先生的《刘禹锡年谱》、《刘禹锡研究》；陶敏、陶红雨的《刘禹锡全集编年校注》等。后者在刘禹锡诗文的编年、注释上吸收学界的研究成果，加上自己长期研究所得，对刘禹锡的作品做了详尽精审的注释与系年，搜集了大量研究资料，对阅读研究刘禹锡诗文极有用处，可供进一步研究刘禹锡者阅读参考。本书在诗文系年、注释以及相关资料上也多有参考和取资利用《刘禹锡年谱》之处，限于体例，不能一一注明，特此说明，以示不敢掠美和感谢之意。

吴在庆

诗　选

马嵬行[1]

绿野扶风道，[2]　黄尘马嵬驿。
路边杨贵人，[3]　坟高三四尺。
乃问里中儿，　皆言幸蜀时。
军家诛佞幸，[4]　天子舍妖姬。
群吏伏门屏，　贵人牵帝衣。
低回转美目，　风日为无晖。
贵人饮金屑，[5]　倏忽舜英暮。[6]
平生服杏丹，[7]　颜色真如故。
属车尘已远，[8]　里巷来窥觑。
共爱宿妆妍，　君王画眉处。
履綦无复有，[9]　履组光未灭。[10]
不见岩畔人，　空见陵波袜。[11]
邮童爱踪迹，[12]　私手解鞶结。[13]
传看千万眼，　缕绝香不歇。
指环照骨明，[14]　首饰敌连城。
将入咸阳市，[15]　犹得贾胡惊。[16]

【注释】

①此诗约作于贞元九年或十年。马嵬：驿名，在今陕西省兴平县。《太平寰宇记》卷二七关西道兴平县："马嵬故城，一名马嵬坡，有于此筑城以避难……唐天宝末，玄宗西幸，次马嵬驿，为禁军不发，杀杨贵妃于此。" ②扶风：即汉代右扶风，在今陕西省西安市西。 ③杨贵人：即杨贵妃，天宝初，册封为贵妃。 ④军家：指龙武大将军陈玄礼等将士。佞幸：指杨国忠及其家族。据《资治通鉴》卷二一八：玄宗"至马嵬驿，将士饥疲，皆愤怒，陈玄礼以祸由杨国忠，欲诛之……国忠走至西门内，军士追杀之……并杀其子户部侍郎杨暄及韩国、秦国夫人"。 ⑤金屑句：此或据里中儿传说，写杨贵妃乃吞金屑而死。 ⑥舜英：即木槿花。舜英暮：木槿花凋落，此喻杨贵妃之死。 ⑦杏丹：药名。《云笈七签》卷七四《夏姬杏丹方》："日三服……令人颜色好。" ⑧属车：此指唐玄宗侍从的车子。 ⑨履綦(qí)：鞋下的饰物。 ⑩履组：鞋面上的丝带饰物。 ⑪陵波袜：即凌波袜。李肇《唐国史补》卷上："命高力士缢贵妃于佛堂前梨树下。马嵬店媪收得锦靿一只。相传过客每一借玩，必须百钱，前后获利极多，媪因致富。" ⑫邮童：指驿站传送邮件的人。 ⑬鞶(pán)结：盘绕的结子。 ⑭指环句：《西京杂记》卷一："戚姬以百炼金为弧环，照见指骨。"此即用此典故。 ⑮咸阳市：本为秦都，此指唐都长安。 ⑯贾胡：指西域胡商。

【品评】

此诗乃诗人自创的新题乐府，咏唱杨贵妃在马嵬驿因兵变被赐死之事，以及其死后的传说。唐诗人多有咏唱此事者，而诗人如何咏唱此事，后人多有不同的评论。如宋人魏泰《临汉隐居诗话》云“唐人咏马嵬之事多矣。世所称者，刘禹锡曰：‘军家诛佞幸，天子舍妖姬。群吏伏门屏，贵人牵帝衣。低回转美目，风日为无晖。’白居易云：‘六军不发争奈何，宛转蛾眉马前死。’此乃歌咏禄山能使官军皆叛，逼迫明皇，明皇不得已而诛杨妃也。噫！岂特不晓文章体裁，而造语蠢拙，抑已失臣下事君之礼矣。老杜则不然，其《北征》诗曰：‘忆昨狼狈初，事与古先别，不闻夏商衰，中自诛褒妲。’乃见明皇鉴夏、商之败，畏天悔过，赐妃子死，官军何预焉！《唐阙史》载郑畋《马嵬》诗，命意似矣，而词句凡下，比说无状，不足道也”。又张戒《岁寒堂诗话》卷上亦谓“刘梦得《扶风歌》、白乐天《长恨歌》及（温）庭筠此诗（按，指《过华清宫二十二韵》），皆无礼于其君者”。此皆批评刘禹锡此诗无礼于君王，不如杜甫和郑畋的“肃宗回马杨妃死，云雨难忘日月新。终是圣明天子事，景阳宫井又何人”诗的曲折又含蓄。其实，刘禹锡此诗乃是同情于杨贵妃被逼死，指出当时“六军逼杀天子之妃”的事实，这正是诗人不为君讳，直指现实的可贵。诗中对杨贵妃被杀的同情，也见于“贵人饮金屑，倏忽舜英暮”二句。关于杨贵妃之死，诗人采用民间“吞金屑”之说，而不采用被缢杀的显得更可怖的记载，这不仅表明当时部分人民对杨贵妃被逼死的同情，同时也是诗人寄寓同情的表现。此诗另一个值得称道的特点，在于其采用乐府诗体，加之语言较通俗易懂，故赢得评论家的好评，如宋人范温《诗眼》云：“刘梦得‘绿野扶风道’一篇，人颇诵之，其浅近乃儿童所能。”

白鹭儿[①]

白鹭儿，最高格。毛衣新成雪不敌，[②]众禽喧呼独凝寂。[③]

孤眠芊芊草，[④]久立潺潺石。前山正无云，飞去入遥碧。[⑤]

【注释】

①此诗约作于贞元十一年诗人初入仕时。 ②毛衣句：此句谓白鹭儿新长成的羽毛洁白胜雪。 ③凝寂：指白鹭儿宁静不噪。 ④芊芊(qiān)：草茂盛的样子。 ⑤遥碧：遥远的蓝天。

【品评】

此诗乃咏物之作，但又有自寓自喻的况味。诗人赞美小白鹭具有纯洁自守、与众不同的高格调，祝愿着它有远大美好的前程。小白鹭的品格体现在羽毛的纯洁胜雪，而且不似众禽的喧呼叫噪，好于张扬自炫，而是宁静自守，修身养性，洁身自好。“孤眠芊芊草，久立潺潺石”两句，形象而具体地刻画出白鹭儿的居处环境和神态。它所居之处绿草丰美，芳馨清丽；所立之石乃在潺潺溪水之中，真可谓“有位佳人，在水一方”。“孤眠”、“久立”两句不仅写出白鹭儿的身姿神态，也刻画出它与众不同的特立独行的品性。诗人所描写的白鹭儿的形象与品格，也正是自己的人格操守的形象体现。从这一角度而言,此诗也具有拟人的表现手法。

柳　絮[1]

飘扬南陌起东邻，　漠漠蒙蒙暗度春。[2]
花巷暖随轻舞蝶，　玉楼晴拂艳妆人。
萦回谢女题诗笔，[3]　点缀陶公漉酒巾。[4]
何处好风偏似雪？　隋河堤上古江津。[5]

【注释】

①此诗约贞元十七年作于扬州。柳絮,即柳花,一般在春末即柳絮飞扬。　②漠漠蒙蒙:形容柳絮漫天飘扬的状况。暗度春:意为柳絮飞扬,春天即将过去。　③谢女句:谢女,指东晋谢安的侄女谢道韫。《晋书・王凝之妻谢氏传》:"谢氏子道韫……聪识有才辩。……尝内集,俄而雪骤下,安曰:'何所似也?'安兄子朗曰:'撒盐空中差可拟。'道韫曰:'未若柳絮因风起。'安大悦。"　④点缀句:陶公,指东晋诗人陶渊明。漉酒,滤酒。《宋书・陶潜传》:"潜少有高趣,尝著《五柳先生传》以自况,曰:'先生不知何许人,亦不详姓字,宅边有五柳树,因以为号焉。'……郡将候潜,值其酒熟,(潜)取头上葛巾漉酒,毕,还复著之。"　⑤隋河:指邗沟。隋堤上多植榆柳,故杜牧《隋堤柳》云:"夹岸垂杨三百里。"古江津:即扬子津,在今江苏省扬州市邗江区南。

【品评】

此诗为咏柳絮之作，故前四句写春末柳絮漠漠蒙蒙，随着舞蝶与飞花飘飞于花巷陌头，沾拂着玉楼艳妆女子的漫天飘扬的景象；五、六两句又以谢道韫咏柳絮和陶潜植柳、号五柳先生与柳和柳絮有关的历史典故来烘托渲染，最后又以盛传人口的隋堤上雪白的柳絮，正在春风中飘飞的景象来扣紧并展示柳絮的主题。这样就使得诗歌具有形象性，又有历史与文化的深厚内涵，让人联想连翩，诗意盎然。从写物的角度看，前四句不仅具体而形象地写出了柳絮的情态，而且用笔流丽可喜，真能让人看到春末乱花迷人眼的柳絮纷纷扬扬的温煦景象。从咏物诗的角度说，诗歌并非一味地粘着于具体的物象，而是连及其历史文化内涵，让人体味无穷，更具诗歌的感人魅力。

淮阴行五首[①]

古有《长干行》，[②]言三江之事，[③]悉矣。余尝阻风淮阴，[④]作《淮阴行》以裨乐府。[⑤]

一

簇簇淮阴市，[⑥]　竹楼缘岸上。
好日起樯竿，[⑦]　乌飞惊五两。[⑧]

二

今日转船头，　　金乌指西北。⑨
烟波与春草，　　千里同一色。

三

船头大铜环，　　摩挲光阵阵。⑩
早早使风来，　　沙头一眼认。⑪

四

何物令侬羡，　　羡郎船尾燕。
衔泥趁樯竿，⑫　宿食长相见。

五

隔浦望行船，⑬　头昂尾䑽䑽。⑭
无奈晚来时，　　清淮春浪软。

【注释】

①淮阴：地名，即今江苏淮阴。淮阴行：刘禹锡自创新乐府题名。　②《长干行》：即《长干曲》，属乐府杂曲歌辞。　③三江：《吴地记》："松江东北行七十里，得三江，东北入海为娄江，东南入海为东江，并松江为三江。"此泛指长江下游之江流。　④阻风：遇到大风而被阻留。　⑤乐府：原为汉代所创立的官署名，后成为诗歌体裁名。《汉书·艺文志》："自孝武立乐府而采歌谣，于是

有赵、代之讴，秦、楚之风，皆感于哀乐，缘事而发，亦可以观风俗、知厚薄云。” ⑥簇(cù)：此指房舍攒聚密布。 ⑦樯(qiáng)竿：桅杆。 ⑧五两：测风器具。李善注《文选·江赋》“觇五两之动静”：“兵书曰：凡候风法，以鸡羽重八两，建五丈旗，取羽系其巅，立军营中。许慎《淮南子注》曰：‘统，候风也，楚人谓之五两也。’” ⑨金乌：指乌形的风向标。“金乌指西北”，即表明刮西北风。 ⑩摩挲(mó suō)：抚摸。阵阵：连续而略有间断。 ⑪沙头：沙滩头。 ⑫趁：趋、赴。 ⑬浦：河流注入江海的地方。 ⑭幰幰(xiǎn)：幰，指车前的帷幔，与车顶平而稍仰。幰幰，此形容船尾高仰的样子。

【品评】

诗人以五首短诗，描述了所见到的淮阴市沿江景象及船妇的内心情感。其写景“簇簇淮阴市，竹楼缘岸上”、“烟波与春草，千里同一色”等句，颇能抓住特色展现淮河岸边的市井景象以及江岸的千里春色，颇富民俗风光。其刻画船妇的心理情感也极为细腻，表现得含蓄婉转。船妇盼望时时能与船夫在一起，则以羡慕飞赴船桅的船尾燕来表达；希望船夫早早归来，则期待着“早早使风来，沙头一眼认”。这一表情方式是颇为含蓄有味的，故何焯比较“郎今欲渡缘何事，如此风波不可行”句谓刘禹锡此诗“不道破，更有余味”。(卞孝萱《刘禹锡诗何焯批语考订》)这一婉转的表现手法也表现在“无奈晚来时，清淮春浪软”二句上。所谓“春浪软”，即春浪柔软不大之意。这就意味着船夫不会因为风疾浪大而赶回，如此则船妇、船夫相见也就不可能了，故船妇颇感到“无奈”。此诗的诗风情调也颇为宋代诗人黄庭坚所激赏，谓“刘梦得……《淮阴行》，情调殊丽，语气尤稳切，白乐天、元微之为之，皆不入此律也”。（《苕溪渔隐丛话》前集卷二〇）其风调也颇具六朝乐府况味，故钟惺云：“极似六朝清商曲，的是音响质直。”（《唐诗归》卷二八）

春日退朝

紫陌夜来雨，① 南山朝下看。②
戟枝迎日动，③ 阁影助松寒。
瑞气转绡縠，④ 游光泛波澜。
御沟新柳色，⑤ 处处拂归鞍。

【注释】

①紫陌：此指京城长安的街道。　②南山：即长安南的终南山。《唐语林》卷八：“含元殿凿龙首冈以为址，彤墀扣砌，高五十余尺。……倚栏下视，南山如在掌中。”唐皇帝受朝于大明宫含元殿。　③戟（jǐ）：门戟。戟，古代兵器，合戈矛为一体，可以直刺和横击。唐制，官、阶、勋俱三品得立戟于门。　④绡縠（hú）：绡，生丝织成的薄纱、薄绢。縠，绉纱。　⑤御沟：流入宫内的水流。也称杨沟、羊沟。《三辅黄图》六《杂录》：“长安御沟，谓之杨沟，谓植高杨于其上也。”

【品评】

诗写春日诗人退朝后所见到的宫殿周围的景色，以及自己的心情。诗人在景色的描写中，寄寓了乐观向上、积极进取的精神。“戟枝迎日动，阁影助松寒”两句，写出了皇朝宫殿的庄严肃穆，而又不乏生气勃勃的景象，表明了诗人对国家美好前景的期待与信心。“瑞气转绡縠”以下四句的景色描写，也均透出一股股朝气勃勃、欣欣向荣、祥和、清新、富丽的气象，显示出皇朝的一派美好景象。而最后“御沟新柳色，处处拂归鞍”两句，又洋溢着诗人的喜悦、欢快的心情。当然，诗歌所表现出的皇朝气象，还是逊于盛唐人如王维的《和贾舍人早朝大明宫之作》诗那种“九天阊阖开宫殿，万国衣冠拜冕旒。日色才临仙掌动，香烟欲傍衮龙浮”的气派。以此尽管此诗有“戟枝迎日动，阁影助松寒”之句的奇伟，但前人李因培还是觉得此诗“意兴俱不如盛唐人，可以观世变”。(《唐诗观澜集》上卷七)

桃源行①

渔舟何招招，② 浮在武陵水。③
拖纶掷饵信流去，④ 误入桃源行数里。
清源寻尽花绵绵，⑤ 踏花觅径至洞前。
洞门苍黑烟雾生， 暗行数步逢虚明。⑥
俗人毛骨惊仙子，⑦ 争来致词何至此。
须臾皆破冰雪颜，⑧ 笑言委曲问人间。⑨

因嗟隐身来种玉，[10] 不知人世如风烛。[11]
筵羞石髓劝客餐，[12] 灯爇松脂留客宿。[13]
鸡声犬声遥相闻， 晓光葱笼开五云。[14]
渔人振衣起出户， 满庭无路花纷纷。
翻然恐失乡县处，[15] 一息不肯桃源住。[16]
桃花满溪水似镜， 尘心如垢洗不去。
仙家一出寻无踪， 至今流水山重重。[17]

【注释】

①此诗作于贞元中。《桃源行》，新题乐府，乃取晋陶渊明《桃花源记》记渔人误入桃花源之事以为题。相传渔人误入的桃花源即今湖南省桃源县之桃花源。《舆地纪胜》卷六八常德府："桃源山，在桃源县南二十里。"桃花源即在此山。 ②招招：此指舟子鼓楫时身体屈伸动摇的样子。 ③武陵：郡名，唐时为朗州，州治在今湖南常德。 ④纶：钓鱼绳。 ⑤花绵绵：花朵盛密貌。⑥虚明：空明，开朗。 ⑦毛骨：毛发骨骼。仙子：此指桃源中居人。 ⑧破：此为笑义。冰雪颜：如冰雪般洁白的容颜。 ⑨委曲：详细的情况。 ⑩种玉：指过着仙人似的隐居生活。 ⑪风烛：此喻人生的短暂无常。《怨歌行》："百年未几时，奄若风中烛。" ⑫羞：进献。石髓：石钟乳。《列仙传》："邛疏者，周封史也，能行气炼形，煮石髓而服之，谓之石钟乳。" ⑬爇（ruò）：燃烧。灯爇松脂，即谓烧松脂为灯火。 ⑭葱笼：此指晓光明媚貌。五云：五色的瑞云。 ⑮翻然：忽然改变貌。 ⑯一息：一次呼吸。此处形容极短的时间。 ⑰以上数句乃取陶渊明《桃花源

记》文意："停数日，辞去。……既出，得其船，便扶向路，处处志之。及郡下，诣太守，说如此。太守即遣人随其往，寻向所志，遂迷，不复得路。"

【品评】

自陶渊明撰《桃花源记》之后，历代受其影响而咏桃花源事者颇多，如王维、韩愈、王安石、苏东坡等人均有题咏。刘禹锡此诗亦是受陶潜文影响之作，故其所咏情事与陶潜基本相同。因属同题之作，故后人每有比较诸人所咏异同高下之论，如宋人陈岩肖云："武陵桃源，秦人避世于此，至东晋始闻于人间。陶渊明作记，且为之诗，详矣。其后作者相继，如王摩诘、韩退之、刘禹锡、本朝王介甫，皆有歌诗，争出新意，各相雄长。而汪彦章藻一篇，思深语妙，又得诸人所未道者。"(《庚溪诗话》卷下)吴子良云："渊明《桃花源记》，初无仙语。盖缘诗中有'奇踪隐五百，一朝敞神界'之句，后人不审，遂多以为神仙。如韩退之诗云'神仙有无何渺茫，桃源之说诚荒唐'，刘禹锡云'仙家一出寻无踪，至今流水山重重'，王维云'初因避地去人间，及至成仙遂不还'……此皆求之过也，唯王荆公诗与东坡《和桃源诗》最为得实，可以破千载之惑矣。"(《吴氏诗话》卷上)清人翁方纲亦评云："古今咏桃源事者，至右丞而造极，固不必言矣。然此题咏者，唐、宋诸贤略有不同。右丞及韩文公、刘宾客之作，则直谓成仙。而苏文忠之论，则以为是其子孙，非即避秦之人至晋尚在也。此说似近理。盖唐人之诗，但取兴象超妙，至后人乃更研核情事耳。……刘宾客之诗，虽自有寄托，然逊诸公诗多矣。"乔亿谓："诗与题称乃佳。……《桃源行》四篇，摩诘为合作，昌黎、半山大费气力，梦得亦澄汰未精。”（《剑溪说诗》卷上）虽对刘禹锡此诗评价不高，但从叙事角度来说，此诗也有如何焯所称的“中间铺叙尚省净”（卞孝萱《刘禹锡诗何焯批语考订》）的优点。

百舌吟[①]

晓星寥落春云低，　初闻百舌间关啼。[②]
花树满空迷处所，　摇动繁英坠红雨。[③]
笙簧百啭音韵多，[④]黄鹂吞声燕无语。
东方朝日迟迟升，　迎风弄景如自矜。[⑤]
数声不尽又飞去，　何许相逢绿杨路。[⑥]
绵蛮宛转似娱人，[⑦]一心百舌何纷纷。
酡颜侠少停歌听，[⑧]坠珥妖姬和睡闻。[⑨]
可怜光景何时尽，　谁能低回避鹰隼。
廷尉张罗自不关，[⑩]潘郎挟弹无情损。[⑪]
天生羽族尔何微，[⑫]舌端万变乘春辉。[⑬]
南方朱鸟一朝见，[⑭]索漠无言蒿下飞。[⑮]

【注释】

①此诗作于永贞元年春诗人在长安时。百舌：鸟名。《本草纲目》卷四九：“百舌……居树孔窟穴中，状如鹳鹆而小，身略长，

灰黑色，微有斑点，喙亦赤黑。立春后鸣啭不已，夏至后则无声，十月后则藏蛰。《月令》：'仲夏，反舌无声。'即此。" ②间关：鸟鸣声。 ③红雨：指红色的花朵。 ④笙簧：笙管中的簧片。此处笙簧百啭用以形容百舌的巧舌如簧，以喻谗人的巧言利舌。⑤景：日光。自矜：自夸。 ⑥何许：何处。 ⑦绵蛮：鸟叫声。《诗·小雅·绵蛮》："绵蛮黄鸟。" ⑧酡(tuó)颜：饮酒而脸红。⑨珥：耳饰。妖姬：美艳的女子。和睡闻：即睡中闻。 ⑩廷尉：秦汉时代官名，掌刑辟之职责。罗：捕鸟网。 ⑪潘郎挟弹：潘郎，即晋代的潘岳。《晋书·潘岳传》："岳美姿仪……少时常挟弹出洛阳道。" ⑫羽族：禽鸟类。 ⑬舌端万变：此指百舌鸟巧舌如簧，善于变换声音。《易纬·通卦》："百舌者，反舌鸟也，能反复其舌，随百鸟之音。"春辉：春天的阳光。 ⑭朱鸟：指朱雀，乃二十八宿中，南方七宿之称呼。诗中用以代指夏天。 ⑮索漠：沮丧，寂寥，无生气貌。蒿：艾类的野草。

【品评】

此诗为咏物之作，诗中先抓住百舌鸟的"笙簧百啭音韵多"，善于"舌端万变乘春辉"的特点以描写百舌鸟。从咏物的角度说可谓巧于写物，将百舌鸟的声态神情描写得惟妙惟肖。其中"东方朝日迟迟升，迎风弄景如自矜。数声不尽又飞去，何许相逢绿杨路"数句尤为曲尽百舌鸟活生生神态的妙笔。诗的后半则反转过来，主要阐明"可怜光景何时尽，谁能低回避鹰隼"的主旨上来，从而预示着百舌鸟的悲哀命运。因此此诗既有咏物诗的写物，又有因物而寓情表意的另一方面，可谓非为咏物而咏物，乃是有所寓怀之作。诗歌乃作于刘禹锡参加永贞革新的年头，因此他所咏的百舌鸟以及由此的喻意，必然与这一时期形势与他的遭际相关。诗人在他因参加永贞革新被贬之后，曾在《上淮南李相公启》中说到他在永贞时遭人诽谤攻击的情形："某间以昧于周身，措足危地。骇机一发，浮谤如川。巧言奇中，别白无路。"可见他当时被人巧言议论攻击的处境。以此我们不难明白诗中的百舌鸟，实际上是用以比喻那些"舌端万变"、"笙簧百啭"的议论诽谤革新者的朝中人物的。以此而读"廷尉张罗自不关，潘郎挟弹无情损"，以及"南方朱鸟一朝见，索漠无言蒿下飞"等句，则诗人对如百舌鸟似的人物的鄙视，与预示着他们必然到来的可悲命运的情感也就跃然于笔端了。

聚蚊谣[①]

沉沉夏夜兰堂开，　飞蚊伺暗声如雷。[②]
嘈然欻起初骇听，[③] 殷殷若自南山来。[④]
喧腾鼓舞喜昏黑，　昧者不分聪者惑。[⑤]
露花滴沥月上天，[⑥] 利嘴迎人着不得。[⑦]
我躯七尺尔如芒，[⑧] 我孤尔众能我伤。
天生有时不可遏，[⑨] 为尔设幄潜匡床。[⑩]
清商一来秋日晓，[⑪] 羞尔微形饲丹鸟。[⑫]

【注释】

①此诗作于永贞元年夏天，时刘禹锡任屯田员外郎，判度支盐铁，积极参与永贞革新。 ②声如雷：比喻聚蚊声响如雷。《汉书·景十三王传》："聚蟁成雷。"师古曰："言众蚊飞声有若雷也。" ③欻(xū)起：忽然而起。骇听：声音听起来令人惊骇。 ④殷殷：象声词，用以状雷声。《文选》司马相如《长门赋》："雷殷殷而响起兮，声象君之车音。"南山：位于长安南的终南山。 ⑤昧者：视力差的人。聪者：听力灵敏的人。 ⑥滴沥：此指露水下滴。 ⑦利嘴(zuǐ)：指蚊子尖利的嘴。着不得：叮咬不得。 ⑧芒：草的末端。也指细毛的末尖。此指蚊子的细小。 ⑨遏：阻止。 ⑩幄：帏帐，用以防蚊虫。匡床：方正安适的床。 ⑪清商：秋风。 ⑫羞：进献。丹鸟：萤火虫的别称。《大戴礼·小夏正》："八月，丹鸟羞白鸟。丹鸟也者，谓丹良也。白鸟也者，谓蚊蚋也。"晋崔豹《古今注》："萤火，一名丹良，一名丹鸟，食蚊蚋。"

【品评】

刘禹锡在永贞时，积极参与王叔文、王伾等人的革新之举，革新者遭到保守势力的攻击诽谤，正如他在被贬后致杜佑的《上杜司徒书》中所说的"间者昧于藩身，推致危地。始以飞谤生衅，终成公议抵刑。……虽欲沥血以自明，吁天以自诉，适足来众多之诮"。可见诗人在参与革新后所遭到的谗毁攻击。此诗正是刘禹锡在永贞革新时有感于敌对势力的攻击诽谤而作。他将攻击永贞革新的政敌比喻为"喧腾鼓舞喜昏黑"，"我孤尔众能我伤"的蚊蚋，针锋相对地预言他们必将会得到"清商一来秋日晓，羞尔微形饲丹鸟”的下场。此诗的主旨正如黄常明所说的："退之《咏蚊蝇》云：'凉风九月到，扫不见踪迹。'梦得《聚蚊》云：'清商一来秋日晓，羞尔微形饲丹鸟。'圣俞曰：'薨薨勿久恃，会有东方白。'王逢原《昼睡》云：'蚊虫交纷始谁造？一一口吻如针锥。嚼人肌肤得饱腹，不解默去犹鸣飞。虽然今尚尔无奈，当有猎猎秋风时。'小人稔恶，岂落恢网？但可侥幸目前耳。《左氏》曰：'天之假借不善，非佑之也，将厚其恶而降之罚也。'其是之谓乎！"(《诗话总龟》后集卷二五)所引诸人诗句可以互参。

飞鸢操[1]

鸢飞杳杳青云里，　鸢鸣萧萧风四起。
旗尾飘扬势渐高，[2]　箭头砉划声相似。[3]
长空悠悠霁日悬，　六翮不动凝风烟。[4]
游鹍翔雁出其下，[5]　庆云清景相回旋。[6]
忽闻饥乌一噪聚，　瞥下云中争腐鼠。[7]
腾音砺吻相喧呼，[8]　仰天大吓疑鹓雏。[9]
畏人避犬投高处，　俯啄无声犹屡顾。[10]
青鸟自爱玉山禾，[11]　仙禽徒贵华亭露。[12]
朴樕危巢向暮时，[13]　毰毸饱腹蹲枯枝。[14]
游童挟弹一麾肘，[15]　臆碎羽分人不悲。[16]
天生众禽各有类，　威凤文章在仁义。[17]

鹰隼仪形蝼蚁心，[18] 虽能戾天何足贵。[19]

【注释】

①此诗作于永贞中。鸢（yuān）：鸱类凶禽，诗中比喻凶残的官吏。《诗·大雅·旱麓》："鸢飞戾天。"笺："鸢，鸱之类，鸟之贪恶者也。"操：琴曲名。 ②旗尾：指鸢尾巴，其尾巴分开如旗尾。③砉（xū）划：象声词，似飞箭的声音。 ④六翮（hé）：鸟的翅膀。⑤鹍：即鹍鸡，善飞的大鸟。《穆天子传》卷一："鹍鸡飞八百里。"⑥庆云：即卿云，祥瑞的云气。《史记·天官书》："若烟非烟，若云非云，郁郁纷纷，萧索轮囷，是谓卿云。卿云者，喜气也。"清景：清丽的阳光。 ⑦瞥：即瞥列，迅疾貌。 ⑧腾音：高声叫噪。砺吻：磨砺嘴巴。 ⑨仰天句：鹓雏，凤凰类的鸟。《山海经·南山经》："南禺之山有凤皇、鹓雏。"郭璞注："亦凤属。"《庄子·秋水》："惠子相梁，庄子往见之。或谓惠子曰：'庄子来，欲代子相。'于是惠子恐，搜于国中三日三夜。庄子往见之，曰：'南方有鸟，其名鹓雏……发于南海，而飞于北海，非梧桐不止，非练实不食，非醴泉不饮。于是鸱得腐鼠，鹓雏过之，仰而视之曰：吓！今子欲以子之梁国而吓我耶？'"此句即用此典故。 ⑩屡顾：屡次往周围看看。用以表现鸢恐怕别的鸟与之争食。 ⑪青鸟：神话中鸟名。《山海经·大荒西经》："西有王母之山……有三青鸟。"玉山：传说中西王母所居之山。《山海经·西山经》："玉山，是西王母所居也。"《山海经·海内西经》："昆仑之墟……上有木禾，长五寻，大五围。"据传，青鸟食玉山禾。鲍照《空城雀》："诚不及青鸟，远食玉山禾。" ⑫仙禽：此指仙鹤。华亭：在今上海松江区。其地有华

亭谷，以此得名。 ⑬朴樕：小树。《诗·召南·野有死麕》："林有朴樕。"传："朴樕，小木也。" ⑭毰毸（péi sāi）：也作陪鳃，羽毛张开貌。 ⑮麾肘：指用弓弹射。麾，即挥。肘：上下臂相接、可以弯曲的部位。 ⑯臆：胸。 ⑰威凤：有威仪的凤凰。文章：此指凤凰的花纹。 ⑱隼：一种猛禽。 ⑲戾天：戾，到达。《诗·大雅·旱麓》："鸢飞戾天。"

【品评】

诗乃咏鸢鸟之作，但实际上乃借咏鸢而寓意。鸢鸟是一种凶猛贪恶的鸟，诗人也正是借鸢鸟的这一品性来写那些一时得势的凶残贪狠者，揭露其丑恶的面目，指出鸢"鹰隼仪形蝼蚁心，虽能戾天何足贵"，并加以抨击，预示它最后必定落得"游童挟弹一麾肘，臆碎羽分人不悲"的可悲下场。诗人在批判鸢的同时，也以"青鸟自爱玉山禾，仙禽徒贵华亭露"来赞美青鸟和仙鹤，并用以与鸢对比，突出青鸟、鹤的高贵，以形鸢鸟"争腐鼠"、"畏人避犬投高处，俯啄无声犹屡顾"的萎琐鄙劣。这一对比，鸢更加相形见绌，诗人对鸢的揭露与鄙视也更为深刻有力。诗人最后指出的"威凤文章在仁义"，不仅歌颂了"威凤"的仁义，揭示了鸢仁义的缺失，同时也深刻地表明了仁义是判别高贵与邪恶的一道分水岭。

秋萤引[①]

汉陵秦苑遥苍苍，[②] 陈根腐叶秋萤光。[③]

夜空寥寂金气净，[4]　千门九陌飞悠扬。
纷纶晖映互明灭，[5]　金炉星喷镫花发。
露华洗濯清风吹，[6]　低昂不定招摇垂。[7]
高丽罘罳照珠网，[8]　斜历璇题舞罗幌。[9]
曝衣楼上拂香裙，[10]　承露台前转仙掌。[11]
槐市诸生夜读书，[12]　北窗分明辨鲁鱼。[13]
行子《东山》起征思，[14]　中郎骑省悲秋气。[15]
铜雀人归自入帘，[16]　长门帐开来照泪。[17]
谁言向晦常自明，[18]　儿童走步娇女争。
天生有光非自炫，　远近低昂暗中见。
撮蚊妖鸟亦夜起，[19]　翅如车轮而已矣。

【注释】

①此诗永贞元年秋作于长安。　②汉陵秦苑：长安及其附近地区曾有秦汉的陵地及苑林，秦始皇与汉宣帝、汉文帝等诸多汉帝的陵墓即在此地区，故以汉陵秦苑称之。　③陈根腐叶句：古人误以为萤乃陈根腐叶化生。《礼记·月令》："腐草化为萤。"④金气：即金风。西方为秋而主金，故称秋风为金风、金气。⑤纷纶：众多貌。明灭：时隐时现，忽明忽暗。此形容秋萤四处翩飞时的样子。　⑥露华：即露水。　⑦低昂不定：形容秋萤飞时聚散高低不定貌。招（sháo）摇：逍遥貌。《文选》扬雄《甘泉赋》："徘徊招摇。"李善注："招摇，犹彷徨也。"　⑧丽：附着。罘罳（fú sī）：设在宫阙上交疏透孔的窗棂。宋程大昌《雍录》十《罘罳》："罘罳者，镂木为之，其中疏通，可以透明，或为方空，或为连琐，其状

扶疏，故曰罘罳。” ⑨璇题：美玉装饰的椽题。题，椽椽末端。《文选》扬雄《甘泉赋》：“璇题玉英。”李善注引应劭曰：“题。头也。椽椽之头，皆以玉饰，言其英华相属也。”罗幌：丝绸的帷幔。⑩曝衣楼：《太平御览》卷三一引宋卜子杨《园苑疏》：“太液池西有武帝曝衣阁，常至七月七日，宫女出后登楼曝衣。” ⑪承露台句：《三辅黄图》卷三：“神明台，武帝造，祭仙人处。上有承露盘，有铜仙人舒掌捧铜盘玉杯，以承云表之露。以露和玉屑服之，以求仙道。” ⑫槐市：汉长安市场名。在城东南，常满仓北。因其地多种槐树故名。 ⑬辨鲁鱼：辨别文字的正误错讹。《抱朴子·遐览》：“谚曰：书三写，鲁成鱼，虚成虎。” ⑭行子《东山》句：用《诗经·东山》诗意。此诗乃行役者抒发想念家乡之情。 ⑮中郎句：中郎指晋潘岳，他曾官虎贲中郎将。骑省：官署名，即散骑省。潘岳《秋兴赋·序》：“晋十有四年，余春秋三十有二，始见二毛，以太尉掾兼虎贲中郎将，寓直于散骑之省。……于是染翰操纸，慨然而赋。于时秋也，故以‘秋兴’命篇。”文中有描写萤火虫句，故用此故实。 ⑯铜雀人归句：建安十五年曹操在今河北临漳县西南建铜雀台。铜雀台高十丈，周围殿屋一百二十间。于楼顶上置大铜雀，舒翼若飞，故名铜雀台。曹操临死遗命，死后葬于邺之西岗，诸妾与伎人皆住铜雀台，台上置床帐，每月朔望向帐前作伎。铜雀人，指诸妾、伎。 ⑰长门：西汉宫殿名。汉武帝将失宠的陈皇后置于长门宫。司马相如《长门赋》：“孝武皇帝陈皇后别在长门宫，愁闷悲思。” ⑱谁言句：傅咸《萤火赋》：“进不竞于天光兮，退在晦而能明。”晦：暗。 ⑲撮(cuō)蚊妖鸟：捕食蚊虫的怪鸟。怪鸟谓鸱鸺。《庄子·秋水》：“鸱鸺夜撮蚤，察毫末。”

【品评】

此诗为咏物之作，故从不同的处所方位，以多种与萤火虫有关的典故和节候来描绘映写萤火虫，将萤火虫的形态和活动特色描绘得栩栩如生，如在目前。除了写物逼真，蕴含有致外，诗人也在诗末的“天生有光非自炫，远近低昂暗中见。撮蚊妖鸟亦夜起，翅如车轮而已矣”四句中，通过对比突出萤火虫不自炫的高贵品质，具有自寓和歌颂此类人们之意。故周珽评云：此诗“说得秋萤大有身份，其光明所烛，无所不到，无人不见。微物且然，况盛德之士，宁晦不自炫，竟沉于泯灭哉！末二句，见得恶劣小人虽大张声势，终不若君子形著明动，有自然之辉也。通篇渊浑高穆”。(《唐诗选脉会通评林》)

萋兮吟[①]

天涯浮云生，[②] 争蔽日月光。
穷巷秋风起，[③] 先摧兰蕙芳。
万货列旗亭，[④] 恣心注明珰。[⑤]
名高毁所集， 言巧智难防。
勿谓行大道， 斯须成太行。[⑥]
莫吟萋兮什，[⑦] 徒使君子伤。

【注释】

①此诗约永贞元年作。《诗·小雅·巷伯》：“萋兮菲兮，成是

贝锦。彼谮人兮，亦已太甚。”小序：“《巷伯》，刺幽王也。寺人伤于谗，故作是诗也。”传：“萋、菲，文章相错也。贝锦，锦文也。”笺：“喻谗人集作己过以成其罪，犹女工之集采色以成锦文。” ②浮云：比喻小人。 ③穷巷：贫寒者所居之处。 ④旗亭：市楼。古时建于集市之所，上立旗为观察指挥集市之所。 ⑤明珰：明珠。⑥太行：即太行山，山势险峻难行，常用于比喻世路险恶难行。⑦萋兮什：指《诗经》的《巷伯》诗。

【品评】

诗歌作于诗人参加永贞革新后即将失败时。其时革新者已遭到朝中保守势力的反击，诗人已遭到谗毁攻击，感到秋风起，浮云蔽日，兰蕙将摧的命运必不可免，因此在诗中多所寓意抒愤。诗人的深沉感慨集中在“名高毁所集，言巧智难防。勿谓行大道，斯须成太行”四句之中。这四句诗乃是当时世道与形势的深刻而集中的概括，也是本诗的主旨所在。

咏史二首[①]

一

骠骑非无势，[②] 少卿终不去。[③]
世道剧颓波，[④] 我心如砥柱。[⑤]

二

贾生明王道，[6] 卫绾工车戏。[7]

同遇汉文时，[8] 何人居贵位。

【注释】

①此诗作于永贞元年。 ②骠骑：此指汉代骠骑将军霍去病。③少卿：指西汉大将军卫青门客任安。安字少卿。《史记·卫将军骠骑列传》："大将军青日退，而骠骑日益贵。举大将军故人门下多去事骠骑，辄得官爵，唯任安不肯。" ④剧：甚，超过。颓波：倾泻而下的急流。 ⑤砥柱：山名。亦名三门山，原在今河南三门峡市东北黄河中。因山见水中若柱，故名砥柱。此处水流险急，往往舟覆人亡。 ⑥贾生句：贾生，即汉代贾谊。据《汉书·贾谊传》，贾谊曾参与法令的更定，"及列侯就国，其说皆谊发之。于是天子议以谊任公卿之位"。但遭到谗毁，贬为长沙王太傅。⑦卫绾句：卫绾乃西汉人，据《汉书》本传，他"以戏车为郎，事文帝，功次迁中郎将，醇谨无它"。后于汉景帝时为丞相，然"自初宦以至相，终无可言"。 ⑧汉文帝：即西汉刘恒，汉高祖子。他是位较贤明的皇帝，提倡农耕，主张清静无为，与民休息，因此经济恢复，政治稳定。

【品评】

咏史诗贵在通过所咏历史人物或事件来表明道理，寄托感慨或生发议论。此诗正是如此。诗中通过赞颂汉代卫青的门客任安不肯背离失势的大将军卫青，而不像卫青的其他门客趋附得势霍去病的高贵品质，表明自己在永贞革新处于极端艰难的情势下，也正如任安一样，决不会在“世道剧颓波”的世道中，背离自己原来所坚持的，诗人“我心如砥柱”的操守于此可见。第二首诗则从另一个角度来探讨历史人物的命运穷通问题。宋人魏泰议论刘禹锡此诗谓：“贾生当文帝时，流落不偶而死，是也。卫绾以车戏事汉文帝为郎尔。及景帝立，稍见亲用，久之，为御史大夫，封建陵侯，景帝末年始拜丞相，在文帝时实未尝居重位也。”（《临汉隐居诗话》）实际上，卫绾在贤明的汉文帝时并未受重用，这本应如此。而贾谊曾受到文帝的器重，将委之以重任，然而却为人所谗毁，被贬为长沙王太傅多年。以此看来，人们的遇与不遇，实在也是很难说得清楚的。

武陵书怀五十韵[①]

按《天官书》，[②]武陵当翼、轸之分。[③]其在春秋及战国时，皆楚地，后为秦惠王所并，置黔中郡。[④]汉兴，更名曰武陵，东徙于今治所。常林《义陵记》云[⑤]：“初，项籍杀义帝于郴，[⑥]武陵人曰：‘天下怜楚而兴，今吾王何罪见杀?’郡民缟素哭于招屈亭，[⑦]高祖闻而义之，故亦曰义陵。”今郡城东南亭舍，其所也。晋、宋、齐、梁间，皆以分王子弟，事存于其书。永贞元年，余始以尚书外郎出补连山守，[⑧]道贬为是郡司马。[⑨]至则以方志所载而质诸其人民,[10]顾山川风物皆骚人所赋,[11]乃具所闻见而成是诗,因自述其出处之所以然,故用“书怀”为目云。

西汉开支郡,[12] 南朝号戚藩。[13]
四封当列宿,[14] 百雉俯清沅。[15]
高岸朝霞合,[16] 惊湍激箭奔。
积阴春暗度,[17] 将霁雾先昏。
俗尚东皇祀,[18] 谣传义帝冤。
桃花迷隐迹,[19] 楝叶慰忠魂。[20]
户算资渔猎,[21] 乡豪恃子孙。
照山畬火动,[22] 踏月俚歌喧。[23]
拥楫舟为市, 连甍竹覆轩。[24]
披沙金粟见,[25] 拾羽翠翘翻。
茗圻沧溪秀,[26] 苹生枉渚暄。[27]
禽惊格磔起,[28] 鱼戏噞喁繁。[29]
沈约台榭故,[30] 李衡墟落存。[31]
湘灵悲鼓瑟,[32] 泉客泣酬恩。[33]
露变蒹葭浦, 星悬橘柚村。
虎咆空野震, 鼍作满川浑。
邻里皆迁客, 儿童习左言。[34]
炎天无冽井, 霜月见芳荪。
清白家传遗, 诗书志所敦。[35]

列科叨甲乙，[36] 从宦出丘樊。[37]
结友心多契，[38] 驰声气尚吞。[39]
士安曾重赋，[40] 元礼许登门。[41]
草檄嫖姚幕，[42] 巡兵戊己屯。[43]
筑台先自隗，[44] 送客独留髡。[45]
遂结王畿绶，[46] 来观衢室樽。[47]
鸢飞入鹰隼，[48] 鱼目俪玙璠。[49]
晓烛罗驰道，朝阳辟帝阍。
王正会夷夏，[50] 月朔盛旗幡。
独立当瑶阙，传呵步紫垣。[51]
按章清犴狱，[52] 视祭洁苹蘩。[53]
御历昌期远，[54] 传家宝祚蕃。
繇文光夏启，[55] 神教畏轩辕。[56]
内禅因天性，膺图授化元。[57]
继明悬日月，[58] 出震统乾坤。[59]
大孝三朝备，[60] 洪恩九族惇。[61]
百川宗渤澥，[62] 五岳辅昆仑。
何幸逢休运，[63] 微班识至尊。
校缗资筦榷，[64] 复土奉山园。[65]
一失贵人意，[66] 徒闻太学论。[67]
直庐辞锦帐，[68] 远守愧朱轓。[69]
巢幕方犹燕，[70] 抢榆尚笑鲲。[71]
邅回过荆郢，[72] 流落感凉温。[73]

旅望花无色，　愁心醉不惛。
春江千里草，　暮雨一声猿。
问卜安冥数，[74]　看方理病源。
带赊衣改制，[75]　尘涩剑成痕。
三秀悲中散，[76]　二毛伤虎贲。[77]
来忧御魑魅，　归愿牧鸡豚。
就日秦京远，[78]　临风楚奏烦。[79]
南登无灞岸，[80]　旦夕上高原。

【注释】

①诗作于元和元年初抵朗州时。武陵：即朗州，旧名武陵郡，州治在今湖南省常德市。　②《天官书》：《史记》篇名。　③翼、轸：翼、轸皆星名。古代天空分为二十八宿，其中有翼宿，乃南方朱鸟七宿中的第六宿，凡二十二星。又有轸宿，乃朱鸟七宿的末宿，其本星有四，均属乌鸦座。分：指分野。古天文学说，将十二星辰的位置和地上州、国的位置相对应，如以鹑头对应周，鹑尾对应楚等。就天文说，称分星；就地上说，称分野。　④黔中郡：黔中，地名。战国时楚地，故城在今湖南沅陵县西。秦昭襄王使司马错发陇西，因蜀攻黔中拔之，即此。始皇时置郡，辖地甚广。汉改为武陵郡。　⑤常林：三国时人，字伯槐，仕魏，官至光禄大夫。传见《三国志》。　⑥义帝：楚怀王孙心。项羽尊怀王为义帝，后使人徙义帝长沙郴县，阴令衡山、临江王杀之。　⑦招屈亭：故址在今湖南常德市。《舆地纪胜》卷六九："招屈亭，今郡南亭即其所，在安济门之右，沅水之滨。"　⑧尚书外郎：指尚书省员外郎。

连山守：即唐连州刺史。连山，地名，今属广东省。 ⑨是郡：指朗州。司马：州府属官。《旧唐书·职官志》三：司马"掌贰府州之事，以纲纪众务，通判列曹，岁终则更入奏计"。按，刘禹锡此次所贬实际上是朗州司马员外置。 ⑩方志：即地方志。 ⑪骚人：诗人。此指诗人屈原。 ⑫支郡：即属郡。《汉书·地理志》上："武陵郡，高帝置……属荆州。" ⑬戚藩：指同姓的诸侯国，因其可藩卫中央皇朝，故名。 ⑭四封：四边的边界。当列宿：指分野正对着相对应的星宿。 ⑮百雉：很高的城墙。雉为计算城墙面积的单位。《左传·隐公元年》："都城国百雉，国之害也。"注："方丈曰堵，三堵曰雉，一雉之墙长三丈，高一丈。"引申为城墙。清沅：指沅水。沅水流经汉临沅县（今常德）南。 ⑯朝霞：喻指沅江岸边的红色泥土。 ⑰积阴：层层密布的云气。 ⑱东皇：神名，即东皇太一。《楚辞·九歌·东皇太一》王逸注："太一，星名，天之尊神，祠在楚东，以配东帝，故云东皇。" ⑲桃花迷隐迹：指陶渊明《桃花源记》所记的隐居于桃花源事。 ⑳楝叶：楝树叶。忠魂：指忠于楚国的屈原。古时，楚地人们于五月五日作粽子，并带五色丝及练（同楝）叶以祭屈原。 ㉑户：按户征收税收。算：按丁征收税收。资：依靠，取资。 ㉒畲（shē）火：指畲族人烧山草为肥料以耕种。 ㉓踏月：楚地民俗，人们在月光下踏地为节奏而歌。 ㉔甍：栋梁，屋脊。 ㉕金粟：含金的沙粒。 ㉖茗：茶芽。坼：分开。沧溪：水名，沧浪水之一源。 ㉗原注："沧溪茶为邑人所重，枉渚近在郭东。"枉渚：在枉水上的一个小河湾，为流入沅水之处。在今湖南常德南。 ㉘原注："按《本草经》曰：'鹧鸪声如钩辀格磔'者是也。"格磔（zhé）：鹧鸪鸣叫的象声词。

㉙噞喁(yǎn yóng):鱼在水面张口呼吸的样子。　㉚沈约台榭句:沈约为南朝诗人,历仕宋、齐、梁诸朝,谥曰隐。传见《梁书》、《南史》。《舆地碑记目》卷三常德府:“沈公台碑,在武陵西南三里光福寺竹林中,今犹存有古碑,题额六字云:‘重建沈公台记。’碑字漫灭不可读。”　㉛原注:“隐侯台、木奴洲并在。”李衡墟落句:李衡为三国吴人。《水经注·沅水》:“沅水又东历龙阳县之氾洲,洲长二十里。吴丹阳太守李衡种柑于其上,临死,敕其子曰:‘吾州里有木奴千头,不责衣食,岁绢千匹。’……吴末,衡柑成,岁绢千匹。今洲上犹有陈根余枿,盖其遗也。”　㉜湘灵:湘水之神。㉝泉客句:泉客即鲛人。《文选》左思《吴都赋》:“泉室潜织而卷绡,渊客慷慨而泣珠。”渊客即泉客。刘逵注:“俗传鲛人从水中出,曾寄寓人家,积日卖绡……临去,从主人索器,泣而出珠满盘,以与主人。”　㉞左言:此指外乡异域人的话。　㉟敦:督促、勉励。　㊱列科句:指科举及第。甲乙,指甲第乙第。《新唐书·选举志》上:“凡进士,试时务策五道,帖一大经。经策全通为甲第,策通四、帖过四以上为乙第。”　㊲丘樊:指家乡。　㊳契:契合,投合。　㊴驰声:声名远扬。　㊵士安曾重赋:士安即晋皇甫谧之字。《晋书·左思传》载左思作《三都赋》成,“时人未之重。思自以其作不谢班张,恐以人废言,安定皇甫谧有高誉,思造而示之。谧称善,为其赋序”。　㊶元礼许登门句:元礼为东汉名士李膺字。《后汉书·李膺传》:“膺独持风裁,以声名自高,士有被其荣接者,名为‘登龙门’。”此指诗人曾为权德舆所器重。刘禹锡《献权舍人书》:“禹锡在儿童时已蒙见器,终荷宠荐,始见知名。”㊷嫖姚:即嫖姚校尉。此指刘禹锡曾在杜佑淮南、徐泗节度幕为

掌书记。 ㊸戊己屯：指在军营之中。戊己乃在天干中间。马融《广成颂》："校队按部，为前后屯。甲乙相伍，戊己为坚。" ㊹隗：郭隗。《战国策·燕策》"燕昭王收破燕后即位，卑辞厚币以招贤者，欲将以报仇，故往见郭"，郭隗以古人千金买千里马，马死而以五百金买之为喻，谓"'今王诚欲致士，先从隗始。隗且见事，况贤于隗者乎，岂远千里哉！'于是昭王为隗筑宫而师之，士争凑燕"。又燕昭王曾置千金于黄金台上，以延揽天下士。李白《古风》之十五首："燕昭延郭隗，遂筑黄金台。" ㊺髡：战国齐人淳于髡。《史记·滑稽列传》：淳于髡谓"日暮酒阑合尊促坐，男女同席……杯盘狼藉，堂上烛灭，主人留髡而送客……当此之时，髡心最欢，能饮一石"。 ㊻结王畿绶：指任京兆府属县官。绶为系官印的带子。王畿，指京师属县。刘禹锡曾任渭南主簿。 ㊼衢室：原指筑室于衢，以听民言，后泛指帝王听政之所。《管子·桓公问》："尧有衢室之问者，下听于人也。" ㊽鸢飞句：此句以恶鸟鸢混充鹰隼以自寓自己任司弹劾的监察御史任。 ㊾俪玙璠：俪，偕、并。玙璠，鲁玉、美玉。 ㊿王正(zhēng)：正月一日。夷夏：指参加朝会的中外官员、使者。 51传呵：传导呼喝。紫垣：星座名。此指皇帝的宫禁。 52犴狱：监狱。 53苹蘩：苹草和白蒿，古人用以祭祀。 54御历：帝王治国的年数。 55繇(zhòu)：卦兆的占辞。夏启：夏禹之子。此指顺宗继德宗帝位。 56轩辕：黄帝轩辕氏。此代指唐德宗。 57膺图：受图。图指河图之类的符瑞。《易·系辞上》："河出图，洛出书，圣人则之。" 58继明：指相续为帝。《易·离》："大人以继明照于四方。" 59出震：此指皇太子登帝位。震，《周易》卦名。震为东方，太子居东宫，故以代指太子。 ⑥⓪三朝:《汉书·孔光传》颜师古注:“岁之朝、月之朝、日之朝,故曰三朝。” ⑥①九族:诸说法有异,有以为高祖至玄孙为九族;有认为父族四,母族三,妻族二为九族。 ⑥②渤澥:渤海。⑥③休运:好运气。休,美、善。 ⑥④校缗:检校钱财。筦榷:管理国家盐铁等专卖事物。 ⑥⑤原注:“时以本官判度支盐铁等,兼崇陵使判官。”复土:指修建帝王坟墓。《史记·孝文本纪》:“郎中令武为复土将军。”《索隐》:“谓穿圹出土,下棺已而填之,即以为坟,故曰复土。”山园:指陵墓。 ⑥⑥贵人:朝廷中的权贵,此指宦官俱文珍等人。 ⑥⑦太学论:太学为唐国子监所设学校。太学论,指太学生们同情的议论。据《后汉书·皇甫规传》,东汉皇甫规为宦官所陷害入狱,“诸公及太学生张凤等三百余人诣阙讼之”。 ⑥⑧直庐:官吏值班所居庐舍。辞锦帐:指被贬离开朝廷。刘禹锡因永贞革新事,被外贬连州,旋改朗州司马。《后汉书·钟离意传》:李贤注引蔡质《汉官仪》:“尚书郎入直台中,官供新青缣白绫被,或锦被,昼夜更宿,帏帐画,通中枕。” ⑥⑨轓:车的障蔽。《汉书·景帝纪》中六年:“令长吏二千石车朱两轓。” ⑦⓪巢幕方犹燕:《史记·吴世家》:“夫子在此,犹燕之巢于幕也。”《集解》引王肃曰:“言至危也。” ⑦①抢榆尚笑鲲:抢,突过。《庄子·逍遥游》记斥鴳嘲笑大鹏谓“彼且奚适也?我腾跃而上,不过数仞而下,翱翔蓬蒿之间,此亦飞之至也。而彼且奚适也”? ⑦②邅(zhān)回:难行而不进貌。过荆郢:此指刘禹锡贬中行至江陵,再贬朗州司马事。荆郢,指江陵。 ⑦③凉温:人情冷暖。 ⑦④冥数:冥冥中注定的命运。 ⑦⑤带赊:指人消瘦而衣带变长。 ⑦⑥秀:开花。中散:指嵇康,他曾任中散大夫。《晋书·嵇康传》记嵇康“一旦缧绁,乃作

《幽愤诗》曰：'……煌煌灵芝，一年三秀。予独何为，有志不就？'" ⑰虎贲：指虎贲中郎将潘岳。他《秋兴赋》中有伤"二毛"事。⑱日：喻皇帝。秦京：谓长安。《世说新语·夙惠》：晋元帝问明帝"长安何如日远"，明帝曰："日近，举目见日，不见长安。" ⑲楚奏：弹奏楚地的音乐。《文选》王粲《登楼赋》："钟仪幽而楚奏兮。"李善注引《左传》记钟仪被幽囚，晋侯"使与之琴，操南音。公曰：'乐操土风，不忘旧也'"。 ⑳灞岸：王粲《七哀诗》："南登霸陵岸，回首望长安。"此句用以表示在朗州无可望长安处。

【品评】

此诗乃诗人元和元年贬官至湖南朗州时作，故所记叙皆是他根据方志所载以及他实地考察而得。诗中用了大量的篇幅来记叙武陵的地方历史、人物、风俗、地理环境与物产等，可谓一幅幅简明生动的武陵历史与自然的风俗画。这不仅给人以诗歌艺术的享受，而且也保留了许多古代朗州的历史、风俗、自然等方面的宝贵数据，具有文献价值。诗人这样关注、描绘武陵，体现了诗人关注民生，善于调查研究，体察民情的精神。诗人对武陵气候的描写如"积阴春暗度，将霁雾先昏"句就是这一精神的体现。故杨慎《丹铅总录》卷二一谓"储光羲诗：'落日烧霞明，农夫知雨至。'耿沣诗：'向人微月在，报雨早霞生。'此即谚所谓'朝霞不出市，暮霞走千里'也。刘禹锡武陵诗：'积阴春暗度，将霁雾先昏。'……皆用老农占验语"。赋诗时，诗人乃从京城贬官来此地，巨大惨痛的人生挫折使他难免要回顾自己的人生经历，抒发冤枉不平之情。此诗《引》所提到的义帝被杀，武陵人所说的"天下怜楚而兴，今吾王何罪见杀”？诗中的“谣传义帝冤”句，实际上可看作刘禹锡对永贞革新被冤诬镇压的不平之鸣。而大段的“清白家传遗，诗书志所敦”的生平记叙，以及“一失贵人意，徒闻太学论”、“南登无灞岸，旦夕上高原”等语，更可从中听到诗人的抗争之声和悲愤心情。中晚唐时多为律绝诗，长篇排律已较少。诗人洋洋洒洒的这首五十韵长诗，又写得如此出色，可见他的诗歌才气与造诣。其中特别精彩的是他对地方地理风候风俗的描写，如“高岸朝霞合，惊湍激箭奔。积阴春暗度，将霁雾先昏”和“照山畲火动，踏月俚歌喧。拥楫舟为市，连甍竹覆轩”等诗句。

闻道士弹思归引[1]

仙公一奏思归引，[2] 逐客初闻自泫然。[3]
莫怪殷勤悲此曲， 越声长苦已三年。[4]

【注释】

①此诗元和二年在朗州作。《思归引》为琴曲名。《乐府诗集》卷五八：“《思归引》，一曰《离拘操》。” ②仙公：对道士的尊称。 ③逐客：被贬谪者。此为诗人自指。 ④越声：越地的方言。《史记·张仪传》：“越人庄舄仕楚执圭，有顷而病。楚王曰：‘舄故越之鄙细人也，今仕楚执圭，贵富矣，亦思越不?’中谢对曰：‘凡人之思故，在其病也。彼思越则越声，不思越则楚声。’使人往听之，犹尚越声也。”已三年：刘禹锡自永贞元年南贬，至元和二年

已三年。

【品评】

音乐具有感人的力量，尤其是音乐所表达的情感与人们的情感相同时，所引起的共鸣更具有巨大的感染力。《思归引》曲即是表达思归之情的曲子。据《琴操》所记，《思归引》曲的本事是“卫有贤女，邵王闻其贤而请聘之，未至而王薨。太子……留之……拘于深宫，思归不得，遂援琴而作歌，曲终，缢而死”。曲子的本事与刘禹锡的遭遇有相似之处，故诗人听此曲的感触自然极为刻骨铭心，故“一奏”“初闻”即“自泫然”。诗末“越声长苦”一句，更是以楚囚庄舄的典故来加深这一因“囚”而归不得的思乡之情的悲苦。

八月十五日夜桃源玩月[①]

尘中见月心亦闲，　况是清秋仙府间。[②]
凝光悠悠寒露坠，[③]　此时立在最高山。
碧虚无云风不起，[④]　山上长松山下水。
群动翛然一顾中，[⑤]　天高地平千万里。
少君引我升玉坛，[⑥]　礼空遥请真仙官。
云軿欲下星斗动，[⑦]　天乐一声肌骨寒。
金霞昕昕渐东上，[⑧]　轮欹影促犹频望。[⑨]
绝景良时难再并，[⑩]　他年此夕应惆怅。

【注释】

①诗元和二年八月作于朗州。桃源：地在湖南省桃源县。②仙府：指桃源。因晋陶渊明《桃花源记》所描写的桃花源有若仙境而称。 ③凝光：形容月光的明洁。 ④碧虚：碧空。 ⑤翛(xiāo)然：自然超脱的样子。 ⑥少君：原为汉武帝时方士李少君，此指桃源的道士。玉坛：仙人的道坛。 ⑦云軿：仙人所乘的车子。 ⑧昕昕：鲜明、明亮。 ⑨轮：月轮。攲：偏、斜。促：短。⑩绝景：极为美好的景色。

【品评】

诗写诗人于中秋在桃源欣赏明月的情景。桃源在诗人们的笔下是一处极为优美毫无尘杂的恍若仙境的世外桃源，而诗人又是于八月中秋月亮最为晶明的传统佳节在桃源赏月，真可称得上“绝景良时”。其描写这一绝景的诗句“碧虚无云风不起，山上长松山下水。群动翛然一顾中，天高地平千万里”，真可让人如身临其景，体味到这一极佳景致的魅力。此诚如《网师园唐诗笺》就这四句诗所评“一片空明之境”。诗末两句以他年此夕回忆此时景象而生惆怅之情，加深了对眼前景致的赞美颂扬之意，其意犹未尽之情，于此可见。

和董庶中古散调词赠尹果毅[①]

昔听《东武吟》，[②] 壮年心已悲。

如何今濩落，[3]　闻君苦辛辞。
言有穷巷士，　弱龄颇尚奇。
读得玄女符，[4]　生当事边时。
借名游侠窟，　结客幽并儿。[5]
往来长楸间，[6]　能带双鞬驰。[7]
崩腾天宝末，[8]　尘暗燕南垂。[9]
爟火入咸阳，[10]　诏征神武师。[11]
是时占军幕，[12]　插羽扬金羁。[13]
万夫列辕门，[14]　观射中戟支。[15]
誓当雪国仇，　亲爱从此辞。
中宵倚长剑，　起视蚩尤旗。[16]
介马晨萧萧，[17]　阵云竟天涯。[18]
阴风猎白草，[19]　旗槊光参差。
勇气贯中肠，　视身忽如遗。[20]
生擒白马将，[21]　虏骑不敢追。
贵臣上战功，　名姓随意移。
终岁肌骨苦，　他人印累累。
谒者既清宫，[22]　诸侯各罢戏。[23]
上将赐北第，[24]　门戟不可窥。[25]
眦血下沾襟，　天高问无期。
却寻故乡路，　孤影空相随。
行逢里中旧，　朴遬昔所嗤。[26]
一言合侯王，　腰佩黄金龟。[27]

问我何自苦，　　可怜真数奇。[28]
迟回顾徒御，[29]　　得色悬双眉。[30]
翻然悟世途，　　抚己昧所宜。
田园已芜没，　　流浪江海湄。
鸷禽毛翮摧，　　不见翔云姿。
衰容蔽逸气，[31]　　孑孑无人知。
寂寞草《玄》徒，[32]　　长吟下书帷。
为君发哀韵，　　若扣瑶林枝。
有客识其真，[33]　　潺湲涕交颐。[34]
饮尔一杯酒，　　陶然足自怡。

【注释】

①此诗约作于元和四年，时刘禹锡仍为朗州司马。董庶中：董侹。刘禹锡《董氏武陵集纪》记董侹云："生名侹，字庶中。幼嗜属诗……尝所与游者皆青云之士……末路寡徒，值余欢甚，因相谓曰：'间者以廷尉属为荆州从事，移疾罢去，幽卧于武陵，迨今四年。'"果毅：果毅都尉，唐时统府兵之武官。　②《东武吟》：乐府名称。王僧虔有《东武吟行》，鲍照也有《东武吟》。李善注引左思《齐都赋》注曰："东武、太山，皆齐之土风，弦歌讽吟之曲名也。"　③濩(hù)落：空廓，廓落无用。引申为零落，无聊失意。　④玄女符：指玄女的兵书。玄女，神女。《史记·五帝本纪》正义引《龙鱼河图》："天遣玄女下授黄帝兵信神符，制伏蚩尤。"　⑤结客：交结朋友。幽并：幽州与并州。古代幽州地在今河北省北部和辽宁省一带。并州地在今山西省北部和内蒙古自治区一带。　⑥楸：木

名。曹植《名都篇》:“走马长楸间。” ⑦鞬(jiān):装弓的袋子。⑧崩腾:动荡、纷乱。 ⑨尘暗句:此句谓天宝末安禄山、史思明从范阳起兵叛乱。燕:战国时国名。南垂:南部边境。 ⑩爟火:烽火。咸阳:秦国国都。此指唐都长安。 ⑪神武师:唐代禁军。⑫占军幕:应招募从军。《文选》鲍照《东武吟》:“占募到河源。”李善注:“自隐度而应募,为占募也。” ⑬羽:羽箭。羁:马的络头。⑭辕门:此指军营营门。 ⑮观射中戟支:《三国志·魏书·吕布传》:“布令门候于营门中举一支戟……布举弓射戟,正中小支。”⑯蚩尤旗:星名。《晋书·天文志》中:“妖星……六曰蚩尤旗……所见之方下有兵。” ⑰介马:披上甲衣的战马。 ⑱阵云:如战阵的云层。竟:穷、尽。 ⑲阴风:阴冷的寒风。猎:风震动声。⑳视身句:谓奋不顾身,有如遗弃自己。 ㉑白马将:指敌方骁将。此用《史记·李将军列传》事:李广率百余骑与匈奴军相遇,胡骑“有白马将出护其兵,李广上马与十余骑奔射杀白马将”。㉒谒者:官名,此当指宦官。唐内侍省有内谒者监十人。清宫:清理洁净宫室。此指唐肃宗返回长安宫中。 ㉓罢戏:《史记·项羽本纪》:“汉之元年四月,诸侯罢戏下,各就国。”《索隐》:“戏音羲,水名也。”此指罢兵回返。 ㉔北第:近宫廷北边的府第。㉕门戟:插立在大官府门前的戟。 ㉖朴遬:小木。比喻不成材的庸人。 ㉗黄金龟:唐代三品以上官员所佩戴的金龟服饰。㉘数奇:命运不好。 ㉙迟回:徘徊。徒御:挽车者与驾车者。㉚得色:得意的脸色。 ㉛逸气:超绝之气。 ㉜草《玄》徒:指汉代寂寞地草《太玄》的扬雄。扬雄《解嘲》自谓“惟寂惟寞,受德之宅”。 ㉝有客:客乃刘禹锡自指。 ㉞潺湲(chán yuán):涕流下的样子。颐：腮、下颔。

【品评】

刘禹锡的友人董侹有赠尹果毅的古散调词，为尹果毅有功于国家却落拓不遇，落得“却寻故乡路，孤影空相随”、“田园已芜没，流浪江海湄”的遭遇深感不平。诗人即作此诗酬和董侹，表达了同样的悲愤不平之情。在刘禹锡笔下，尹果毅是位“弱龄颇尚奇”、“读得玄女符”，在平定安史叛乱中怀着“誓当雪国仇”的壮志，在战斗中“勇气贯中肠，视身忽如遗。生擒白马将，虏骑不敢追”，立下赫赫战功的勇士。但是，安史之乱平定后，他却被遗忘了，竟然成了无家可归，无以安身的流浪汉。这一悲惨不平的遭遇，诗人将之表现得入木三分。达到这一艺术效果的方法之一即在于大胆的真实的揭露。如揭露这一不公的原因即在于“贵臣上战功，名姓随意移”。其次即用对比的手法以强烈对照，显示其不平。如在上者的“上将赐北第，门戟不可窥”，以及“朴遫昔所嗤”的里中旧，因“一言合侯王”，而获得“腰佩黄金龟”，以此“迟回顾徒御，得色悬双眉”，而尹果毅却是落寞而无家可归。这样的揭露、对比，颇能突显出世道的不公，以及尹果毅的令人同情的悲惨命运。

阳山庙观赛神[1]

汉家都尉旧征蛮，[2] 血食如今配此山，[3]

曲盖幽深苍桧下，④　洞箫愁绝翠屏间。⑤
荆巫脉脉传神语，⑥　野老婆娑起醉颜。⑦
日落风生庙门外，　几人连蹋竹歌还。⑧

【注释】

①原注："梁松南征至此，遂为其神，在朗州。"诗元和四年在朗州作。阳山：在今湖南省常德市西。《太平寰宇记》卷一一八朗州武陵县："阳山在郡西八十里，有阳山祠。按《图经》云：'汉梁松为征南将军，死于此山下，遂为神。'"　②汉家都尉：指梁松。《后汉书·梁统传》："子松，字伯孙，少为郎，尚光武女舞阴长公主。"梁松未曾任都尉，此盖乃因唐时以尚公主者为驸马都尉，故称。③血食：古时杀牲取血，用以祭祀，故称。　④曲盖：曲柄的伞盖。此谓梁松神像的伞盖仪仗。　⑤翠屏：指苍翠如屏风的青山。⑥荆巫：楚地的女巫。《说文解字》五："巫，祝也，女能事无形以舞降神者也。"　⑦婆娑（suō）：飘动轻扬貌。　⑧连蹋竹歌：多人连臂踏地而唱竹枝辞歌曲。

【品评】

刘禹锡到朗州任司马，尽管乃是被贬而至，此地又是唐时极为偏远落后的地区，但他对此处的山川风物与民风习俗却是颇为关切，因而有此诗以表现当地的赛神习俗。尽管诗中所写的是古人所认为的"似不当祭之人，马伏波为其所倾者"。（方回《瀛奎律髓》卷二八）但这恰恰体现了诗人与人民之间的紧密联系，表现了他尊重地方习俗，与人民一道赞颂崇奉汉代名将梁松的态度。此诗在艺术表现上也有可称之处。冯舒云:"妙在写出淫祠。"(《瀛奎律髓汇评》卷二八)冯班评曰:"此淫祠,下句殊斟酌,不见痕迹。"(同上)其中的"曲盖幽深苍桧下,洞箫愁绝翠屏间"两句,虽然没有点明写梁松庙,但在具体的描写中却让人明白所写乃是梁松庙。这也就是其"下句殊斟酌,不见痕迹"的一处具体表现。

酬元九侍御赠壁州鞭长句①

碧玉孤根生在林,　美人相赠比双金。②
初开郢客缄封后,③　想见巴山冰雪深。④
多节本怀端直性,⑤　露青犹有岁寒心。⑥
何时策马同归去,　关树扶疏敲镫吟?⑦

【注释】

①诗约元和五年或稍后在朗州作。元九侍御:即元稹。元稹时任监察御史,分务东台。监察御史,众呼为侍御。壁州鞭:用壁州产的竹根所制成的鞭子。唐时壁州州治在今四川省通江县。长句:即律诗。　②美人:指朋友元稹。双金:双南金。张载《拟四愁诗》:"佳人遗我绿绮琴,何以报之双南金。"古人称铜为金。③郢客:指元稹,时元稹在江陵。江陵乃战国楚国郢都,故称元稹为郢客。　④巴山:即巴州的东巴山。　⑤节:原指竹鞭的竹节。此寓气节意。端直:端正、正直。　⑥青:此指竹子的青色皮。岁寒心:即《论语·子罕》"岁寒然后知松柏之后凋"意。　⑦关:指

由江陵入长安的武关。扶疏：繁茂纷披貌。镫（dēng）：马镫。

【品评】

刘禹锡先有文石枕赠元稹，元稹遂回赠壁州鞭，并有《刘二十八以文石枕见赠仍题绝句以将厚意因持壁州鞭酬谢兼广为四韵》诗："枕截文琼珠缀篇，野人酬赠壁州鞭。用长时节君须策，泥醉风云我要眠。歌眄彩霞临药灶，执陪仙杖引炉烟。张骞却上知何日？随会归期在此年。"刘禹锡此诗即回酬元稹，故元、刘两诗皆记此事，并均咏及壁州鞭，且借壁州鞭以寓意。因此解读刘禹锡此诗需结合元稹诗并读理会。作为酬和诗，刘诗多有应和元稹所赠壁州鞭以及元诗"野人酬赠壁州鞭"、"用长时节君须策"句之处，更为重要的是其诗多有寓意。如"想见巴山冰雪深"句，虽然表面写壁州竹长在巴山的冰雪中，乃是经冰雪而长成的，实际上它的深刻含义在于以此比喻元稹的久经艰难磨难的考验，犹如冰雪中成长的竹子。以此解读以下的"多节本怀端直性，露青犹有岁寒心"两句，我们即可明白这两句乃并写壁州竹和人，也即是用以写元稹的人品气节。可见此诗不仅具有咏物的特色，而且通过咏物而巧妙地赞美对方。达到这一主旨的表现手法，主要的是采用寓托的方式。

翰林白二十二学士见寄诗一百篇因以答贶①

吟君遗我百篇诗， 使我独坐形神驰。②

玉琴清夜人不语， 琪树春朝风正吹。[3]
郢人斤斫无痕迹，[4] 仙人衣裳弃刀尺。[5]
世人方内欲相寻，[6] 行尽四维无处觅。[7]

【注释】

①诗为元和五年在朗州作。翰林白二十二学士：即翰林学士白居易，白居易排行二十二，时任翰林学士。贶(kuàng)：赐予、加惠。此指白居易寄来的一百篇诗。 ②形神驰：心驰神往，浮想联翩。 ③琪树：神话中的玉树。 ④郢人斤斫句：此用《庄子·徐无鬼》典："郢人垩漫其鼻端，若蝇翼，使匠人斫之。匠石运斤成风，听而斫之，尽垩而鼻不伤。郢人立不失容。" ⑤仙人衣裳句：《太平广记》卷六八引《灵怪集》记："太原郭翰早孤独处，当盛暑，乘月卧庭中，仰视空中，见有人冉冉而下，直至翰前，乃一少女也，翰徐视其衣，并无缝，问之。谓翰曰：'天衣本非针线为也。'"此句与上一句均用以称赏白居易诗艺之妙。 ⑥方内：人世间。 ⑦四维：大地的四个边角。《初学记》卷一："四方之隅曰四维。"

【品评】

白居易寄给刘禹锡一百篇诗，故刘禹锡回寄此诗答谢。此诗的主要意思在于称颂白居易诗歌如鬼斧神工的高超技艺，优美动人。其诗中的"玉琴清夜人不语，琪树春朝风正吹"两句，乃以两句诗所构成的意境氛围来比拟白居易诗所达到的艺术境界，而"郢人斤斫"以下两句，也正以典故来赞美白居易诗的匠心独运、自然超妙的艺术工力。此诚如古人葛胜仲所说的"作诗贵雕琢，又畏有斧凿痕；贵破的，又畏粘皮骨，此所以为难。刘梦得称白乐天诗云：‘郢人斤斫无痕迹，仙人衣裳弃刀尺。世人方内欲相寻，行尽四维无处觅。’若能如此，虽终日斫而鼻不伤，终日射而鹄必中，终日行于规矩之中，而其迹未尝滞也”。(《诗话总龟》后集卷一一引《丹阳集》)值得一提的是诗人对白居易诗艺的赞美，避开直白的称颂之语，而是以具体的优美的意境和有关鬼斧神工、自然神化的典故表达，既贴切，而又意蕴丰富，达到诗人在《董氏武陵集纪》所说的“片言可以明百意”的效果。

哭吕衡州时予方谪居①

一夜霜风凋玉芝，② 苍生望绝士林悲。③
空怀济世安人略，④ 不见男婚女嫁时。⑤
遗草一函归太史，⑥ 旅坟三尺近要离。⑦
朔方徙岁行当满，⑧ 欲为君刊第二碑。⑨

【注释】

①此诗元和六年在朗州作。吕衡州：吕温。温字化光，贞元末登进士第。与刘禹锡、王叔文等人善。曾贬道州刺史，卒于衡州刺史任。 ②玉芝：即仙芝。此用以比喻吕温。 ③苍生：百姓。士林：读书人，文人。 ④济世安人：救济安定国家与人民。⑤男婚女嫁：指儿女婚嫁之事。《三国志·魏书·管辂传》：“辂长叹曰：‘吾自知有分直耳，然天与我才明，不与我年寿，恐四十七八

间，不见女嫁儿娶妇也。'"吕温卒时，年四十。 ⑥遗草：指吕温遗留的文稿。太史：此指史馆。 ⑦旅坟：暂葬于异乡的坟墓。据柳宗元《吕侍御恭墓志》，吕温祖墓在洛阳，而吕温"稿葬于江陵之野"。（柳宗元《唐故衡州刺史东平吕府君诔》）要离：春秋吴国人，曾为公子光行刺庆忌。后行至江陵，自断手足，伏剑而死。⑧朔方徙岁句：此用东汉蔡邕故事。《后汉书·蔡邕传》记蔡邕被下于洛阳狱，本判死刑，后"有诏减死一等，与家属髡钳徙朔方，不得以赦令除……会明年大赦，乃宥邕还本郡"。刘禹锡遭遇与蔡邕有相似处，且其时有从贬地回归之议，故以蔡邕自比。 ⑨第二碑：指第二座碑文。吕温此时乃草葬于他乡，后如归葬，则有刻第二碑文之事。

【品评】

吕温乃刘禹锡志同道合的知交，又是一位杰出的人才，故其英年忽卒，诗人极为悲痛。这一悲痛之情，既是悲吕温，同时也包含着为天下那些怀才不遇，赍志而早殁的英才的悲痛之情。故朱三锡谓"读先生此诗，不独为衡州而哭，实为天下而哭，不可泛作哭友诗观也"。（《东岩草堂评订唐诗鼓吹》卷一）诗歌的前两句极写世人对吕温之卒的悲痛之情。三、四句则悲痛吕温济世安人的抱负不能施展实现，英年而逝未能见到儿女成人，则无论于公于私均多所遗憾，令人扼腕叹恨。从此诗的情感上论，诚如王寿昌所云："刘梦得之'一夜霜风凋玉芝'"诗与"元微之'乐事难逢岁易徂……'与《送崔侍御之岭南二十韵》，皆恳切周详，无微不至，尤见友情之笃云。"（《小清华园诗谈》卷上）从表现艺术上说，此诗也颇具特色。起句突写吕温之卒，中间几句表现哭悼的深厚情意。而五、六句则略为转笔换气。“遗草一函归太史，旅坟三尺近要离”两句，则“雄浑老苍，沉着痛快”。（刘克庄《后村诗话》）此诗诚可谓哭悼诗中的难得佳作，故颇得胡以梅的称道：“通首精湛，气魄堂皇，句句相称，洵是名家之作，亦诗之正派也。妙在用比体虚起，下用实接。”（《唐诗贯珠》）

谪居悼往二首[①]

一

悒悒何悒悒，[②] 长沙地卑湿。[③]
楼上见春多， 花前恨风急。
猿愁肠断叫， 鹤病翘趾立。[④]
牛衣独自眠， 谁哀仲卿泣。[⑤]

二

郁郁何郁郁， 长安远于日。[⑥]
终日念乡关， 燕来鸿复还。
潘岳岁寒思，[⑦] 屈平憔悴颜。[⑧]
殷勤望归路， 无雨即登山。

【注释】

①诗作于元和七年，时在贬地朗州。悼往：即悼亡。诗为刘禹锡悼其妻薛氏之作。 ②悒悒：忧郁愁苦。 ③长沙句：长沙，本为汉代郡国名，此用以指湖南地区。地卑湿用贾谊事。《汉书·贾谊传》：贾谊被贬，“居长沙，长沙卑湿，自以为寿不得长，伤悼之，乃为赋以自广。” ④鹤病：此用乐府《艳歌何尝行》事：“飞来双白鹄（一作鹤），乃从西北来。十十五五，罗列成行。妻卒被病，行不能相随。” ⑤牛衣二句：牛衣，为牛御寒之物，如蓑衣之类，以麻或草编成。《汉书·王章传》：“初，章为诸生学长安，独与妻居，章疾病，无被，卧牛衣中，与妻决，涕泣，其妻呵怒之曰：‘仲卿！京师尊贵在朝廷人谁逾仲卿者？……’后章仕宦历位，及为京兆，欲上封事，妻又止之，曰：‘人当知足，独不念牛衣中涕泣时耶！’”按，王章字仲卿。 ⑥长安远于日：请见前《武陵书怀五十韵》诗注。⑦潘岳句：潘岳为晋诗人，赋《悼亡诗》云：“凛凛凉风升，始觉夏衾单。岂曰无重纩，谁与同岁寒？” ⑧屈平句：屈平，即屈原。《楚辞·渔父》：“屈原既放，游于江潭，行吟泽畔，形容憔悴，颜色枯槁。”

【品评】

刘禹锡贬为朗州司马，朗州乃偏僻卑湿之地。诗人本已心情悲愤凄苦，又加上其妻薛氏之卒，更觉形单影只，无限凄凉。这一情感在两首诗中即通过景物的描写渲染，有关悼亡、哀愁、贬谪流放典故的运用，愁情的直接反复的抒发而得到表现。两诗可谓哀惋凄苦，情感缠绵。诗人对其妻的感情是十分深厚的，不仅表现于这两首诗中，如果结合诗人悼念其妻的《伤往赋·并序》读之，则更能理解诗中诗人的情感用意。其序云："人之所以取贵于蜚走者，情也。而诞者以遣情为智，岂至言邪？予授室九年而鳏，痛若人之夭阏弗遂也，作赋以伤之。冀夫览者有以增伉俪之重云。"其赋略云："叹独处之邑邑兮，愤伊人之我遗。情可杀而犹毒，境当欢而复悲。人或朝叹而暮息，夫何越月而逾时！……我复虚室，目凄凉兮心伊郁，心伊郁兮将语谁？……我入寝宫，痛人亡兮，物改其容。……龙门风霜苦，别鹤哀鸣夜衔羽。……悲之来兮愦予心，汹如行波洊浸淫。……以无涯之情爱，悼不驻之光阴。"可见诗人伉俪之情何等之深，故两诗以"悒悒何悒悒"、"郁郁何郁郁"之句开唱，反复抒发其"牛衣独自眠，谁哀仲卿泣"之失偶怆痛，其中哀伤之情，实令人为之凄楚不已。

伤秦姝行并引[①]

河南房开士，[②]前为虞部郎中，为余话曰："我得善筝人于长安怀远里。"[③]其后，开士为赤县，[④]牧容州，[⑤]求国工而诲之，[⑥]艺工而夭。今年，开士遗予新诗，有悼佳人之目，顾予知所自也。惜其有良伎，获所从而不克久，乃为伤词，以贻开士。

长安二月花满城， 插花女儿弄银筝。

南宫仙郎下朝晚，[7] 曲头驻马闻新声。[8]
马蹄逶迟心荡漾，[9] 高楼已远犹频望。
此时意重千金轻，鸟传消息绀轮迎。[10]
芳筵银烛一相见，浅笑低鬟初目成。[11]
蜀弦铮摐指如玉，[12] 皇帝弟子韦家曲。[13]
青牛文梓赤金簧，[14] 玫瑰宝柱秋雁行。[15]
敛蛾收袂凝清光，[16] 抽弦缓调怨且长。
八鸾锵锵渡银汉，[17] 九雏威凤鸣朝阳。[18]
曲终韵尽意不足，余思悄绝愁空堂。
从郎镇南别城阙，[19] 楼船理曲潇湘月。[20]
冯夷蹁跹舞渌波，[21] 鲛人出听停绡梭。[22]
北池含烟瑶草短，[23] 万松亭下清风满。[24]
秦声一曲此时闻，[25] 岭泉呜咽南云断。[26]
来自长陵小市东，[27] 蕣华零落瘴江风。[28]
侍儿掩泣收银甲，[29] 鹦鹉不言愁玉笼。
博山炉中香自灭，[30] 镜奁尘暗同心结。[31]
从此东山非昔游，[32] 长嗟人与弦俱绝。

【注释】

①诗约元和七年或稍前在朗州作。秦姝：秦地的美女，此指房开士的歌伎。　②房开士：即房启。据《新唐书·房管传》："孙启，以荫补凤翔参军事，累调万年令。……贞元末，王叔文用事，除容管经略使，凡九年。改桂管观察使。"　③怀远里：坊里名，在长安

朱雀门大街西第四街，西市南。 ④赤县：唐制县分赤、畿、望、紧、上、中、下七等，凡县设置在京师内者为赤县。唐西都以长安、万年为赤县。此指万年县。 ⑤牧容州：即任容州刺史。 ⑥国工：国中技艺高超的人。诲：教。 ⑦南宫：唐尚书省称南宫。仙郎：郎官的美称。 ⑧曲头：曲巷路口。驻马：停马。 ⑨逶迟：纡回曲折貌。此指徘徊徐行。 ⑩鸟：青鸟，此代指传消息的使者。绀轮：饰有天青色车幔的车子。 ⑪浅笑：微微的笑。目成：以目传情。《楚辞·九歌·少司命》："满堂兮美人，独与予兮目成。" ⑫蜀弦：蜀地所产的乐器，此指筝。铮摐（chuāng）：象声词，指弹筝的声音。指如玉：形容手指的秀美。 ⑬皇帝弟子：指皇家梨园弟子。《新唐书·礼乐志》一二："玄宗既知音律，又酷爱法曲，选坐部伎子弟三百教于梨园，声有误者，帝必觉而正之，号'皇帝梨园弟子。'"韦家曲：韦家，指玄宗时的韦青，善歌曲，官至金吾将军。据《乐府杂录·歌》载，唐代宗大历中，"有才人张红红者，本与其父歌于衢路，丐食过将军韦青所居。青于街牖中，闻其歌者喉音寥亮，仍有美色，即纳韦姬。……乃自传其艺，颖悟绝伦。……寻达上听，翊日召入宜春院，宠泽隆异，宫中号'记曲娘子'，寻为才人"。⑭青牛文梓：《史记·秦本纪》正义引《括地志》所录《录异传》记："秦文公时，雍南山有大梓树，文公伐之，辄有大风雨，树生合不断。"后梓树被秦文公所伐，"断，中有一青牛出，走入丰水中"。后庾信《枯树赋》有"白鹿贞松，青牛文梓"句。文梓，有文理的梓木。簧：乐器中有弹性的薄片，用以振动发声。《诗·小雅·鹿鸣》："吹笙鼓簧，承筐是将。"疏："吹笙之时，鼓其笙中之簧以乐之。"⑮玫瑰宝柱：用赤玉制成的琴柱。秋雁行：筝上多根琴柱排列有序，有如秋天飞雁成行。⑯敛蛾：皱着眉头，表沉思状。蛾，蛾眉。收袂：挽起衣袖。⑰八鸾锵锵：《诗·大雅·烝民》："四牡彭彭，八鸾锵锵。"鸾：系于马颈的鸾铃。锵锵：象声词。银汉：银河。⑱九雏威凤：《凤将雏》云："凤凰鸣啾啾，一母将九雏。"威凤：有威仪的凤鸟。⑲从郎镇南：指跟从房开士镇守容管。城阙：指京城长安。⑳理曲：弹奏歌曲。㉑冯夷：水中仙人。蹁跹（pián xiān）：指舞者旋转之姿。㉒鲛人：传说居于水中能耕织的人。《述异记》卷下："南海中有鲛人，室水居如鱼，不废耕织，其眼能泣则出珠。"㉓瑶草：仙草，指珍异的草。㉔原注："北池、万松，皆容州胜概。"万松亭：唐亭名，在梧州容县西北。㉕秦声：秦地善筝，故此指筝声。㉖南云断：此指筝声嘹亮，响遏行云。㉗长陵：汉高祖刘邦的陵墓，在京兆府咸阳县东三十里。㉘舜华零落：此指秦姝之卒。舜华：木槿花，此花朝开暮落。㉙银甲：银制的假指甲，又称拨，用以弹筝、琶等乐器。㉚博山炉：古人点香的香炉。㉛同心结：用锦带制成的菱形连环回文结，表示恩爱之意。㉜东山：山名，在浙江上虞县西南，东晋谢安曾在此隐居。其游时，常有妓女随从。

【品评】

此诗乃诗人酬和友人房开士伤悼其歌伎秦姝的感伤之作。诗歌叙述了秦姝为房开士所宠爱的经过，以及其于秦姝死后的感伤之情。作为叙事诗歌，全诗叙述颇有条理，也很有情致韵味，实为一首温惋感伤的诗歌。但诗人的重点并不在于表现房开士和秦姝两人间的爱情，而是以突出秦姝的弹筝技艺来刻画秦姝的才艺，表现她的美好才情，从而表明她为何为人所宠爱，以及其忽逝而令人倍感的伤悼惋惜之情。这也就是诗序中所说的"惜其有良伎，获所从而不克久，乃为伤词"之意。作为诗歌表现重点的秦姝弹筝技艺的描写，诗人是颇下一番匠心的，这不仅在于描写其弹琴技艺与琴声优美的诗句占了全诗的主要部分，而且在具体的描写中，也多方形容展现，如"敛蛾收袂凝清光，抽弦缓调怨且长。八鸾锵锵渡银汉，九雏威凤鸣朝阳"、"冯夷蹁跹舞渌波，鲛人出听停绡梭。北池含烟瑶草短，万松亭下清风满"等句，颇能从情态意蕴、琴声动听之美与环境气氛渲染等多角度来加以刻画表现。这是此诗最值得称道之处。

酬窦员外使君寒食日途次松滋渡先寄示四韵[①]

楚乡寒食橘花时，　野渡临风驻彩旗。
草色连云人去住，[②]　水纹如縠燕差池。[③]
朱轮尚忆群飞雉，[④]　青绶初县左顾龟。[⑤]
非是湓城旧司马，[⑥]　水曹何事与新诗？[⑦]

【注释】

①诗元和八年春作于朗州。窦员外：窦常。《旧唐书·窦群传》："兄常，字中行。大历十四年登进士第……元和六年，自湖南判官入为侍御史，转水部员外郎，出为朗州刺史。"使君：汉代对郡守的称呼，唐代则为刺史。松滋渡：在今湖北省松滋县西。陆游

《入蜀记》："灌子口，盖松滋、枝江两邑之间。松滋，晋县，自此入蜀江……灌子口，一名松滋渡。" ②人去住：有人来，有人往。③水纹如縠：水的波纹如轻纱一般。縠，皱纱。差池：不齐貌。《诗·邶风·燕燕》："燕燕于飞，差池其羽。" ④朱轮：汉代太守二千石以上官吏，得以乘漆成红色车轮的车子。此代指窦常刺史。群飞雉：此用以指窦常任水部员外郎。《太平御览》卷九一七引萧广济《孝子传》："萧芝忠孝，除尚书郎，有雉数十头，饮啄宿止。当上直，送至岐路。下直及门，飞鸣其侧。" ⑤青绶：青色的丝带，用以系官印。县：即悬。左顾龟：龟，指饰有龟纽的官印。《搜神记》卷二〇："孔愉少时曾经行余不亭，见笼龟于路者，愉买之，放于余不溪中。龟中流左顾者数过。及后以功封余不亭侯，铸印而龟纽左顾，三铸如初。印工以闻，愉乃悟其为龟之报，遂取佩焉。" ⑥湓（pén）城：湓口、湓浦。故址在今江西九江市西。⑦原注："时自水部郎出牧。"水曹：水部又称水曹。南朝梁诗人何逊在天监中曾任尚书水部郎。此代指窦常，盖其尝任水部员外郎，故称。何逊《日夕望江州赠鱼司马》诗："湓城带湓水，湓水萦如带。"上两句即用此事写窦常先寄诗给刘禹锡。

【品评】

此诗前四句又见于杜牧诗集，前人已注意及此，并有甄辨，如《李希声诗话》（见《苕溪渔隐丛话》前集卷一五引）云："唐人诗流传讹谬，有一诗传为两人者……'楚乡寒食橘花时，野渡临风驻彩旗。草色连云人去住，水纹如縠燕差池。'既见杜牧集中，又刘梦得《外集》作八句，其后云……考其全篇，梦得诗也。然前四句，绝类牧之。”这一相似也说明此诗的前四句在风格上与杜牧的某些绝句风格颇为相同。如杜牧的《沈下贤》诗：“斯人清唱何人和？草径苔芜不可寻。一夕小敷山下梦，水如环佩月如襟。”又如《朱坡绝句三首》之二：“烟深苔巷唱樵儿，花落寒轻倦客归。藤岸竹洲相掩映，满池春雨䴙䴘飞。”读刘禹锡此诗，体会其风格意蕴，可以与上引杜牧诗相参读体味。两人风格之相似，又此诗见于刘禹锡的《外集》，以此却不能以为此诗即为杜牧诗，事实上此诗乃刘禹锡之作，并有窦常的《之任武陵寒食日途次松滋渡先寄刘员外禹锡》诗可证：“杏花榆荚晓风前，云际离离上峡船。江转数程淹驿骑，楚曾三户少人烟。看春又过清明节，算老重经癸巳年。幸得柱（枉）山当郡舍，在朝长咏《卜居》篇。”刘禹锡此诗乃酬和窦常诗之作，故解读刘诗应与窦常诗并读，如此方能对刘诗加深理解。此诗最令人称赏的并非后四句以典故称颂对方并写其寄诗事，而是前四句对楚乡春日景色风情的极为令人陶醉的如画描写，其极具楚地山水景物风韵的诗句，吟咏久之，真是令人沉醉其中，恍如置身于楚乡矣。

酬窦员外郡斋宴客偶命柘枝因见寄兼呈张十一院长元九侍御①

分忧余刃又从公，② 白羽胡床啸咏中。③
彩笔谕戎矜倚马，④ 华堂留客看惊鸿。⑤
渚宫油幕方高步，⑥ 澧浦甘棠有几丛。⑦

若问骚人何处所,[⑧] 门临寒水落江枫。[⑨]

【注释】

①诗元和八年作于朗州。原注:"员外时兼节度判官,佐平蛮之略,张初罢郡,元方从事。"窦员外:窦常,见前《酬窦员外使君寒食日途次松滋渡先寄示四韵》诗注。张十一:即张署。署举博学宏词,任校书郎、京兆武功尉,拜监察御史。为幸臣所谗,遭贬为南方县令。后任京兆司录、三原令,迁刑部员外郎。又任虔州、澧州刺史等。院长:唐时员外郎、御史、拾遗、补阙相互间称为院长。元九侍御:即元稹。 ②分忧:为皇上分担忧虑,此指窦常担任州郡刺史。余刃:游刃有余意。《庄子·养生主》记庖丁善于解牛,谓"彼节者有间,而刀刃者无厚,以无厚入有间,恢恢乎其于游刃必有余地矣"。从公:指窦常任朗州刺史,又兼节度判官,佐荆南节度使、检校司空严绶平蛮之事。 ③白羽:白羽扇。胡床:一种由胡地传入的可以折叠的轻便坐具,也叫交椅、交床。《类说》卷四九引殷芸《小说》载:"武侯与宣王治兵,将战,宣王戎服莅事,使人密觇武侯,乃乘素舆葛巾,持白羽扇指麾,三军随其进止。宣王叹曰:'真名士也。'"啸咏:歌咏。《世说新语·文学》注引《晋中兴书》:"(殷融)饮酒善舞,终日啸咏,未尝以世务自婴。" ④彩笔:指富有文采,文学才能。《南史·江淹传》:"尝宿于冶亭,梦一丈夫,自称郭璞,谓淹曰:'吾有笔在卿处多年,可以见还。'淹乃探怀中,得五色笔一以授之。尔后为诗,绝无美句,时人谓之才尽。"倚马:即倚马可待,喻才思敏捷。《世说新语·文学》:"桓宣武北征,袁虎时从,被责免官。会须露布文,唤袁倚马前令作。手不辍笔,

俄得七纸,殊可观。” ⑤看惊鸿:指观看柘枝舞。惊鸿,喻优美的舞姿。曹植《洛神赋》:“翩若惊鸿,婉若游龙。” ⑥渚宫句:渚宫,春秋时楚的别宫。故址在湖北江陵城内。油幕:涂有油的帐幕,亦称青油幕。此指荆南节度使幕。此句写元稹在荆南幕。⑦澧浦:澧水边。甘棠:用《史记·燕召公世家》典:“召公巡行乡邑,有棠树,决狱政事其下……召公卒,而民思召公之政,怀棠树,不敢伐,歌咏之,作《甘棠》之诗。”此用以喻张署在澧州的惠政。⑧骚人:诗人。指刘禹锡自己。 ⑨寒水:指秋日的沅江水。江枫:江边的枫树。用《楚辞·招魂》“湛湛江水兮上有枫”句意。

【品评】

诗乃酬和窦常诗并呈友人张署和元稹之作,重点称颂窦常的武略文采及其游刃有余的闲适生活,故以前四句表明此意。而后五六两句分别写元稹在荆南节度使幕的幕府生活,以及张署在澧州的惠政遗恩。最后两句则表明自己贬谪于朗州的落寞与凄凉之情。从诗歌的结构上看,诗写四人,而颇有条理次序。在内容的主次上又主次分明,前后有序。诗中运用了多个典故,贴切地分写诸人,使诗歌显得更为优雅典丽,含蕴深厚有致。末句“门临寒水落江枫”,看似写景,实为以景写人,景中表情,显得蕴藉有味。

泰娘歌并引[①]

泰娘本韦尚书家主讴者。[②] 初,尚书为吴郡，[3]得之，命乐工诲之琵琶，使之歌且舞。无几何，尽得其术。居一二岁，携之以归京师。京师多新声善工，于是又捐去故技，以新声度曲。[4]而泰娘名字往往见称于贵游之间。[5]元和初，尚书薨于东京，泰娘出居民间。久之，为蕲州刺史张愻所得。[6]其后愻坐事谪居武陵郡。愻卒，泰娘无所归，地荒且远，无有能知其容与艺者，故日抱乐器而哭，其音焦杀以悲。[7]雒客闻之，[8]为歌其事，以足于乐府云。

泰娘家本阊门西，[9]　门前绿水环金堤。[10]
有时妆成好天气，　走上皋桥折花戏。[11]
风流太守韦尚书，　路傍忽见停隼旟。[12]
斗量明珠鸟传意，[13]　绀幰迎入专城居。[14]
长鬟如云衣似雾，　锦茵罗荐承轻步。[15]
舞学惊鸿水榭春，[16]　歌传上客兰堂暮。
从郎西入帝城中，　贵游簪组香帘栊。[17]
低鬟缓视抱明月，[18]　纤指破拨生胡风。[19]
繁华一旦有消歇，　题剑无光履声绝。[20]
洛阳旧宅生草莱，　杜陵萧萧松柏哀。[21]
妆奁虫网厚如茧，　博山炉侧倾寒灰。[22]
蕲州刺史张公子，　白马新到铜驼里。[23]
自言买笑掷黄金，　月堕云中从此始。[24]

安知鹏鸟座隅飞，[25] 寂寞旅魂招不归。
秦嘉镜有前时结，[26] 韩寿香销故箧衣。[27]
山城少人江水碧， 断雁哀猿风雨夕。
朱弦已绝为知音，[28] 云鬓未秋私自惜。[29]
举目风烟非旧时， 梦寻归路多参差。[30]
如何将此千行泪， 更洒湘江斑竹枝。[31]

【注释】

①此诗约元和八年在朗州作。泰娘：韦夏卿家琵琶伎名。②韦尚书：韦夏卿。字云客，京兆万年人。累迁刑部员外郎，改长安令。历任吏部员外郎、郎中、给事中。贞元八年贬常州刺史，改苏州刺史。贞元十六年入为吏部侍郎，改京兆尹、太子宾客、东都留守、太子少保。元和三年卒。讴者：歌者。 ③吴郡：即苏州。指韦夏卿任苏州刺史。 ④度曲：按曲谱歌唱。 ⑤贵游：无官职的王公贵族。 ⑥蕲州：唐州名，州治在今湖北蕲春。张悉：曾游关播门下的轻薄子，后于贞元中任昭州刺史。又任将作少监，元和五年贬朗州长史。 ⑦燋杀：即噍杀。声音急促。 ⑧雒客：刘禹锡自指。刘禹锡占籍洛阳，故称。 ⑨阊门：苏州城西门。象天门之有阊阖，故名。 ⑩金堤：如金坚固的堤。 ⑪皋桥：桥名，在苏州。《吴郡志》卷一七："皋桥，在吴县西北阊门内。"折花戏：采折花朵玩耍。 ⑫隼旟（yú）：绘隼的旌旗。后多用以指地方长官。 ⑬斗量明珠：《岭表录异》卷上："绿珠井在白州双角山下。昔梁氏之女有容貌，石季伦为交趾采访使，以珍珠三斛买之。"诗即用此意。鸟传意：指使者传达爱慕之意。鸟，青鸟。

⑭缃幰(xiǎn):天青色车幔。代指车子。专城居:指刺史的府第。专城,主宰一城的州牧、太守等地方长官。 ⑮锦茵:锦席。罗荐:绫罗的地毯。轻步:轻盈的脚步。 ⑯惊鸿:比喻舞姿轻盈优美。曹植《洛神赋》:"翩若惊鸿,婉若游龙。"水榭:建在水边台上的高屋。 ⑰簪组:此指显贵。簪,冠簪,组,冠带。香帘栊:指精美的房屋。 ⑱抱明月:指抱着琵琶。王融《咏琵琶》:"抱月如可明。" ⑲破拨:弦乐器的一种弹法,即剧弹。生胡风:指弹出胡地的声情风韵。 ⑳题剑:指工部尚书韦夏卿。《后汉书·韩棱传》:"五迁为尚书令,与仆射郅寿、尚书陈宠同时,俱以才能称。肃宗尝赐诸尚书剑,惟此三人特以宝剑,自手署其名曰:'韩棱楚龙渊,郅寿蜀汉文,陈宠济南椎成。'"履声绝:指没人来往。 ㉑杜陵萧萧句:指韦夏卿葬于杜陵。 ㉒博山炉侧句:博山炉,一种熏香的香炉。此句指泰娘于韦夏卿死后的凄凉生活情景。 ㉓铜驼里:指洛阳里巷。《晋书·索靖传》:"靖有先识远量,知天下将乱,指洛阳宫门铜驼,叹曰:'会见汝在荆棘中耳!'" ㉔月堕云中:谢灵运《东阳溪中赠答》:"可怜谁家郎,缘流乘素舸。若问情如何,月就云中堕。"此句指泰娘落入不好的命运中。 ㉕鹏鸟句:指张愻被贬死事。贾谊《鹏鸟赋》:"谊为长沙王太傅三年,有鹏鸟飞入谊舍,止于座隅。鹏似鸮,不祥鸟也。" ㉖秦嘉镜:《玉台新咏》卷一录有东汉秦嘉《赠妇诗序》:"秦嘉字士会,陇西人也,为上郡掾。其妻徐淑,寝疾还家,不获面别,赠诗云尔。"其诗云:"宝钗可耀首,明镜可鉴形。"又吴兆宜注:"《北堂书抄》:秦嘉与妇徐淑书曰:'顷得此镜,既明且好,世所稀有,意甚爱之,故以相与。'淑答书:'今君征未旋,镜将何施?明镜鉴形,当待君至。'"前

时结：以前所打上的结子。意谓明镜包起未打开用。 ㉗韩寿：《晋书·贾充传》："韩寿……美姿貌，善容止，贾充辟为司空掾。充每宴宾僚，其女辄于青琐中窥之，见寿而悦焉……遂潜修音好，厚相赠结，呼寿夕入……时西域有贡奇香，一着人则经月不歇，帝甚贵之，惟以赐充及大司马陈骞。其女密盗以遗寿。充寮属与寿宴处，闻其芬馥，称之于充……充乃考问女之左右，具以状对。充秘之，遂以女妻寿。" ㉘朱弦已绝：《吕氏春秋·本味》："伯牙鼓琴，钟子期听之。方鼓琴而志在高山，钟子期曰：'善哉乎鼓琴，巍巍乎若泰山。'少选之间而志在流水，钟子期又曰：'善哉乎鼓琴，汤汤乎若流水。'钟子期死，伯牙破琴绝弦，终身不复鼓琴，以为世无足复为鼓琴者。" ㉙未秋：指头发未衰。 ㉚梦寻归路句：《文选》沈约《别范安成》："梦中不识路，何以慰相思？"李善注引《韩非子》："六国时，张敏与高惠二人为友，生相思不能得见，敏便于梦中往寻，但行至半道，即迷不知路，遂回，如此者三。" ㉛斑竹枝：《述异记》卷上："湘水去岸三十里许有相思宫、望帝台。昔舜南巡而葬于苍梧之野，尧之二女娥皇、女英追之不及，相与恸哭，泪下沾竹，竹上文为之斑斑然。"

【品评】

此诗记叙了歌伎泰娘先是受宠，"见称于贵游之间"，过着"长鬟如云衣似雾，锦茵罗荐承轻步。舞学惊鸿水榭春，歌传上客兰堂暮"的锦衣玉食的歌舞生活。但"繁华一旦有消歇，题剑无光履声绝"，后来由于韦尚书和张愻刺史的去世，以至"洛阳旧宅生草莱，杜陵萧萧松柏哀"，泰娘处身于"山城少人江水碧，断雁哀猿风雨夕”的凄哀境地，已是“举目风烟非旧时，梦寻归路多参差”了。她的一生经历了宠爱与繁华，最后一切却烟消云散，繁华如梦，无限的感慨与凄凉。尽管此诗仅记叙泰娘自身经历，如宋长白《柳亭诗话》卷一八所说刘禹锡此诗“有感有讽，不似（白居易）《琵琶行》，搅入己身”，但诗人记叙歌伎泰娘的身世遭遇，其实正如何焯所云：“梦得《泰娘歌》，犹子厚《马淑志》，皆托以自伤也。”（卞孝萱《刘禹锡诗何焯批语考订》）这一用意。只要联系诗人此前受到杜佑、王叔文等权贵的器重，而在永贞革新失败后被严厉地贬谪到荒僻的朗州来的遭遇，他在诗中伤人自伤的意趣即可领味。此诗结尾对泰娘处境的描写，与刘禹锡在贬地朗州《上杜司徒书》中所写的自己的“湘、沅之滨，寒暑一候。阳雁才到，华言罕闻。猿鸟哀思，啁啾异响。暮夜之后，并来愁肠。怀乡倦越吟之苦，举目多似人之喜”又何其相似。此诗善于描写刻画也是其一大长处。如“有时妆成好天气，走上皋桥折花戏”、“低鬟缓视抱明月，纤指破拨生胡风”、“妆奁虫网厚如茧，博山炉侧倾寒灰”等句均是工于写景表情之句。故贺裳评云：“梦得最长于刻划，如‘朱弦已绝为知音，云鬓未秋私自惜’，中如狭邪人矜能炫色、摇摇靡泊之怀。”（《载酒园诗话又编》）

窦朗州见示与澧州元郎中早秋赠答命同作①

邻境诸侯同舍郎，② 芷江兰浦恨无梁。③
秋风门外旌旗动， 晓露庭中橘柚香。

玉簟微凉宜白昼，④ 金笳入暮应清商，⑤
骚人昨夜闻鶗鴂，⑥ 不叹流年惜众芳。⑦

【注释】

①诗元和九年秋在朗州作。窦朗州：即朗州刺史窦常。②邻境：指朗州与澧州相邻。诸侯：此指地方长官刺史。同舍郎：《汉书·直不疑传》："为郎，事文帝。其同舍有告归，误持其同舍郎金去。"此指窦常与澧州元郎中曾同在尚书省为郎官。 ③芷江兰浦：即指沅江和澧浦。盖《楚辞·九歌·湘夫人》有"沅有茝兮澧有兰"、"遗余佩兮澧浦"，故称。梁：桥梁。 ④簟（diàn）：竹席。 ⑤清商：秋气。 ⑥骚人：诗人。此指窦常和元郎中。鶗鴂：即杜鹃，也称鹈鴂，常鸣叫于春分。《楚辞·离骚》："恐鹈鴂之先鸣兮，使夫百草为之不芳。" ⑦流年：流逝的年光。

【品评】

此诗乃酬和之作，故诗中首言诗人间之关系，以见其亲近之情，如金圣叹所言"新固同境，旧又同舍，则结契投分本不浅也"、"久忝同袍，而各限衣带，则以无梁为恨，非一日也"。金圣叹分析此诗颇为精确，可供读此诗参考品赏，云：前二句"先于早秋前添得一层，妙！妙！三、四方细写早秋，言无端仰头，乍见旗动，巡视满庭，果已橘香，三是早，四是秋也。五、六写秋最悲。五是秋气侵身，六是秋声感心，即下之'骚人昨夜'句也。'不叹流年'妙，便将上文通篇翻过，最为低昂变换之笔。'惜众芳'者，三州六行眼泪一时齐下，即《离骚》所云'虽萎绝其亦何伤兮，哀众芳之芜秽'

也”。(《贯华堂选批唐才子诗》甲集七言律卷五下)

读张曲江集作并引[①]

世称张曲江为相,建言放臣不宜与善地,[②]多徙五溪不毛之乡。[③]及今读其文,自内职牧始安,[④]有瘴疠之叹;[⑤]自退相守荆门,[⑥]有拘囚之思,[⑦]托讽禽鸟,寄词草树,郁然与骚人同风。[⑧]嗟夫,身出于遐陬,[⑨]一失意而不能堪,矧华人士族,而必致丑地然后快意哉![⑩]议者以曲江为良臣,识胡雏有反相,[⑪]羞凡器与同列,[⑫]密启廷争,虽古哲人不及,而燕翼无似,[⑬]终为馁魂。[⑭]岂忮心失恕,[⑮]阴谪最大,虽二美莫赎邪?[⑯]不然,何袁公一言明楚狱而钟祉四叶?[⑰]以是相较,神可诬乎![⑱]予读其文,因为诗以吊。

圣言贵忠恕,[⑲] 至道重观身。[⑳]
法在何所恨, 色伤斯为仁。[㉑]
良时难久恃,[㉒] 阴谪岂无因。
寂寞韶阳庙,[㉓] 魂归不见人。

【注释】

①诗元和中作于朗州。曲江：唐县名，今广东英德县。张曲江：张九龄，字子寿，韶州曲江人。开元后期为宰相，时人称其为曲江公。　②放臣句：放臣，被贬谪的官员。张九龄曾于《上封事》中云："京官之中出为州县者，或是缘身有累，在职无声，用于牧宰之间，以为斥逐之地……承敝之人，每为非才者所扰。"此所言与"建言放臣不宜与善地"似有所不同。　③五溪：五溪有两种说法。一指武陵五溪，即雄溪、樠溪、无溪、酉溪、辰溪，地在今湖南西、贵州东一带。一指雄溪、蒲溪、酉溪、沅溪、辰溪。不毛之乡：不生草木的荒芜地区。　④内职：此指任中书舍人。始安：即始安郡，今广西桂林。　⑤有瘴疠之叹：指张九龄《酬周判官巡至始兴会改秘书少监见贻之作兼呈耿广州》云："朝闻循诚节，夕饮蒙瘴疠。"　⑥自退相守荆门：荆门，山名。荆州又有荆门县。此指张九龄自宰相贬荆州长史。《新唐书·张九龄传》："拜中书侍郎，同中书门下平章事。固辞，不许。明年，迁中书令……坐举非其人，贬荆州长史。"　⑦有拘囚之思：指张九龄《登荆州城楼》云："天宇何其旷，江城坐自拘。"　⑧与骚人同风：骚人，诗人，指屈原。王逸《离骚经序》："《离骚》之文，依诗取兴，引类譬喻，故善鸟香草，以配忠贞；恶禽臭物，以比谗佞。"　⑨遐陬（zōu）：偏僻荒远的地方。　⑩丑地：指荒远的不毛之地。　⑪识胡雏有反相：胡雏，指胡人安禄山。《新唐书·张九龄传》："安禄山初以范阳偏校入奏，气骄蹇，九龄谓裴光庭曰：'乱幽州者，此胡雏也。'及讨奚、契丹败，张守珪执如京师，九龄署其状曰：'……禄山不容免死。'帝不许，赦之。九龄曰：'禄山狼子野心，有逆相，宜即事诛之，以

绝后患。’帝……卒不用。” ⑫羞凡器与同列：《新唐书·张九龄传》载唐玄宗将拜凉州都督牛仙客为尚书，“九龄顿首曰：‘臣荒陬孤生，陛下过听，以文学用臣。仙客擢胥吏，目不知书。韩信，淮阴一匹夫，羞绛、灌等列。陛下必用仙客，臣实耻之。’帝不悦”。⑬燕翼无似：此谓无后嗣。《诗·大雅·文王有声》：“诒厥孙谋，以燕翼子。”传：“燕，安。翼，敬也。”笺：“以安其敬事之子孙。”《诗·周颂·良耜》：“以似以续。”疏：“似，训为嗣。” ⑭馁魂：无后代祭祀的饿鬼。按，张九龄有后代。 ⑮忮(zhì)心：猜忌之心。⑯二美：指张九龄“识胡雏有反相，羞凡器与同列”的两种超凡之处。 ⑰袁公一言明楚狱：《后汉书·袁安传》：“永平十三年，楚王英谋为逆，事下郡覆考。明年，三府举安能理剧，拜楚郡太守。是时，英辞所连及系者数千人，显宗怒甚，吏案之急，迫痛自诬死者甚众。安到郡，不入府，先望案狱，理其无明验者，条上出之。府丞掾吏皆叩头争，以为阿附反虏，法与同罪，不可。安曰：‘如有不合，太守自当坐之，不以相及也。’遂分别具奏。帝感悟，即报许，得出者四百余家。”钟祉四叶：阴庇降福四代人。《三国志·魏书·袁绍传》：“高祖父安，为汉司徒。自安以下四世居三公位。”⑱诬：欺骗。 ⑲圣言句：《论语·卫灵公》：“子贡问曰：‘有一言而可以终身行之者乎？’子曰：‘其恕乎。己所不欲，勿施于人。’”又《里仁》：“曾子曰：‘夫子之道，忠恕而已矣。’” ⑳至道重观身：《老子》下篇：“修之于身，其德乃真。修之于家，其德乃余。……故以身观身，以乡观乡……”王弼注：“以身及人也。” ㉑色伤：面呈感伤之色。 ㉒良时：指仕途得意之时。 ㉓韶阳庙：《旧唐书·张九龄传》：“至德初，上皇在蜀，思九龄之先觉，下诏褒赠，曰：‘……可赠司徒，仍遣使就韶州致祭。’”按，张九龄祠庙在韶州府学旁，乃唐玄宗遣使至曲江致祭时建。

【品评】

刘禹锡此诗和诗序，对唐名臣张九龄必致谪臣“丑地然后快意”提出批评，指出其“燕翼无似，终为馁魂”乃是“忮心失恕”，以致“阴谪最大，虽二美莫赎”，对张九龄多有讥讽责备。刘禹锡的这一议论后人多有不以为然而加以反批评的。如晁补之云：“禹锡若守正比义而获罪，如是言之可也。既不自爱，朋邪近利，以得谴逐，流离远徙，不安于穷，又不悔咎己失，而以私意不便诋曲江当国嫉恶之言，盗憎主人，物之常态，谁为‘忮心失恕’邪？故凡小人诋君子，不足瑕疵，适增其美。”（《鸡肋集》卷四八《唐旧书杂论》）王得臣云“以梦得去曲江才五六十年，乃言‘燕翼无嗣’，岂知数百年后有十世孙耶？岂梦得困于迁谪，有所激而言也”？（《麈史》卷下）清代潘德舆谓“《读张曲江集诗序》，讥‘放臣不与善地’以致‘燕翼无似，终为馁魂，忮心失恕，阴谪最大’，诋诃亦至矣。盖梦得身为逐臣，心嗛时宰，故以曲江为词，实借昔刺今也。然意取讽时，而遂横虐先臣，加以丑诋，非敦厚君子所宜出矣”。（《养一斋诗话》卷一）上述前人之论，有失有得，可供理解刘禹锡此诗文参考。平心而论，潘德舆之说似较平允可取。

洞庭秋月行[①]

洞庭秋月生湖心，　　曾波万顷如熔金。[②]

孤轮徐转光不定，[3]　游气濛濛隔寒镜。[4]
是时白露三秋中，[5]　湖平月上天地空。
岳阳楼头暮角绝，[6]　荡漾已过君山东。[7]
山城苍苍夜寂寂，　水月逶迤绕城白。
荡桨巴童歌《竹枝》，[8]　连樯估客吹羌笛。[9]
势高夜久阴力全，[10]　金气肃肃开星躔。[11]
浮云野马归四裔，[12]　遥望星斗当中天。
天鸡相呼曙霞出，[13]　敛影含光让朝日。
日出喧喧人不闲，　夜来清景非人间。

【注释】

①此诗元和中作于朗州。　②曾波：层波，水波皱起状。③孤轮：指月亮。光不定：指月光闪烁。　④寒镜：指秋月。⑤白露：秋天节气名。三秋：秋天的第三个月，即季秋。　⑥岳阳楼：在今湖南。角：古乐器名。出于西北地区游牧民族，多用为军号。　⑦君山：山名，在今湖南省岳阳市洞庭湖中。《荆州图经》云："湘君所游，故曰君山。"　⑧巴：古国名。位于今四川省东部一带地方。后为秦惠王所灭，置巴蜀和汉中郡。巴童：巴地的孩童。《竹枝》：巴渝地区的民歌，即竹枝词。　⑨连樯：船桅相连，指许多船只停泊在一起。估客：贩卖货物的行商。羌笛：即笛。⑩阴力全：指月光明朗。月属阴，故谓。　⑪金气：秋气。肃肃：指秋气寒瑟瑟貌。躔：即躔次，日月星辰运行的轨迹。　⑫野马：《庄子·逍遥游》："野马也，尘埃也，生物之以息相吹也。"郭象注："野马者，游气也。"裔：边远之处。　⑬天鸡：《述异记》卷下："东

南有桃都山，上有大树，名曰桃都，枝相去三千里。上有天鸡，日初出照此木，天鸡则鸣，天下鸡皆随之鸣。”

【品评】

诗描绘洞庭湖秋月夜的明朗清丽的美好景象，让人恍如置身于其境界中，感受洞庭湖秋天月夜之恬美。诗人描绘得最美的应该是洞庭湖上的秋月，那“洞庭秋月生湖心，曾波万顷如熔金”的诗句，立刻把读者带进那一派闪烁着湖波秋月之光的美好景象中，让人感受到心胸为之开朗舒畅。紧接着“孤轮徐转光不定，游气濛濛隔寒镜”二句，又写出了深秋湖上秋月的特有景致。因为有水汽蒸濛，故有“游气濛濛”的漠漠濛濛之景；因为是深秋，故月光凉寒，明月犹如“寒镜”。如果说上述的月色湖景是恬静优美的，那么诗歌又在这恬静美景中增添了生气与活力，那就是“荡桨巴童歌《竹枝》，连樯估客吹羌笛”。巴童的荡桨与人们的《竹枝》歌曲、优美婉转的笛声，使洞庭秋月夜更充满了人间闲雅安乐的情味与风趣，也显示了湖湘一带的民族风情。诗末“日出喧喧人不闲，夜来清景非人间”两句也非多余之笔，它起到了以“喧喧”、“不闲”反衬洞庭秋月夜的恬美“清景”的作用，令人再一次回味月夜的美好，有余韵袅袅之致。

经伏波神祠[①]

蒙蒙篁竹下，[②] 有路上壶头。[③]

汉垒麏鼯斗，[4] 蛮溪雾雨愁。
怀人敬遗像，[5] 阅世指东流。[6]
自负霸王略，[7] 安知恩泽侯。[8]
乡园辞石柱，[9] 筋力尽炎洲。[10]
一以功名累， 翻思马少游。[11]

【注释】

①此诗元和中作于朗州。伏波神祠：祭祀东汉伏波将军马援的神庙。《大明一统志·常德府》："马伏波庙，在桃源县西五里，马援征五溪蛮有功，后人立庙祀之。"《后汉书·马援传》："武威将军刘尚击武陵五溪蛮夷，深入，军没，援因请复行……三月，进营壶头。……会暑甚，士卒多疫死，援亦中病，遂困。乃穿岸为室，以避炎气……病卒。" ②蒙蒙：繁盛貌。 ③壶头：山名。在今湖南沅陵县东。传山头同东海方壶山相似，故名。马援南征，曾驻军于此。 ④汉垒：指汉代马援驻军地。麏：兽名，即獐。鼯(wú)：鼯鼠。 ⑤遗像：马援神像。 ⑥阅世句：阅世，经历时世。陆机《叹世赋》："川阅水以成川，水滔滔而日度；世阅人而为世，人冉冉而行暮。" ⑦自负霸王略：《后汉书·马援传》："援年十二而孤，少有大志……常谓宾客曰：'丈夫为志，穷当益坚，老当益壮。'"又记马援语云："男儿要当死于边野，以马革裹尸还葬耳，何能卧床上在儿女子手中邪！" ⑧恩泽侯：无功绩因帝王亲戚之故而封侯。《汉书》有《外戚恩泽侯表》，何焯曰："恩泽侯谓被谗收新息侯印，援子廖不得嗣爵，后别以外戚封顺阳侯也。" ⑨乡园：此指马援家乡扶风平陵。石柱：桥名。《三辅黄图》卷六："《三辅旧

事》云：秦造横桥，汉承秦制，广六丈，三百八十步，置都水令以掌之，号为石柱桥。” ⑩筋力句：炎洲，传说为南海中的洲名，此泛指岭南州郡。《后汉书·马援传》：“武威将军刘尚击武陵五溪蛮夷，深入，军没，援复请行。时年六十二，帝愍其老，未许之。援自请曰：‘臣尚能披甲上马。’帝令试之。援据鞍顾眄，以示可用。” ⑪翻思句：马少游为马援从弟。《后汉书·马援传》记马援语云：“吾从弟少游常哀吾慷慨多大志，曰：‘士生一世，但取衣食裁足，乘下泽车，御款段马，为郡掾史，守坟墓，乡里称善人，斯可矣。致求盈余，但自苦耳。’当吾在浪泊、西里间，虏未灭之时，下潦上雾，毒气重蒸，仰视飞鸢跕跕堕水中，卧念少游平生时语，何可得也？”

【品评】

诗乃诗人在贬地朗州经马援庙所作，首咏伏波将军马援事，后由马援生平而生发感慨。其感慨乃此诗最精要处。马援尽管“自负霸王略”、“筋力尽炎洲”，建下功勋，其子却不能因荫得爵，只能因外戚之故而封侯；而马援也难免有“翻思马少游”的感叹。前人评此云：“刘禹锡《经伏波神祠》诗，有‘一以功名累，翻思马少游’之句，可谓名言矣。”（葛立方《韵语阳秋》卷八）方回也赞扬此语云“能道马伏波心事。此公笔端老辣，高处不减少陵”。（《瀛奎律髓》卷二八）其实，诗人此语，乃借马援感叹以自形。刘禹锡虽有济世匡时大志，也曾为此而奋斗于永贞革新之中，却因此遭累，落得贬谪南方蛮夷之地的下场。此时欲过平常人的安宁生活而不可得，故借马少游的“士生一世，但取衣食裁足，乘下泽车，御款段马，为郡掾史，守坟墓，乡里称善人，斯可矣。致求盈余，但自苦耳"之语以自慨。从这一角度论，此诗实际上乃借咏马伏波以寄慨抒愤之作。从诗歌的内容结构上看，诗歌可分为前后两层，而诗人上下两层转折自然，用笔老到，诚如清人纪昀所分析："五、六两句上下传阕，一句束住本题，一句开出议论。"（《瀛奎律髓汇评》卷二八）值得一提的是，此怀古排律之作，从咏唱内容乃至用史事、对仗、风格，颇具高古之风。

汉寿城春望[①]

汉寿城边野草春，　荒祠古墓对荆榛。[②]
田中牧竖烧刍狗，[③] 陌上行人看石麟。[④]
华表半空经霹雳，[⑤] 碑文才见满埃尘。
不知何日东瀛变，[⑥] 此地还成要路津。[⑦]

【注释】

①此诗元和中作于朗州。原注："古荆州刺史治亭，其下有子胥庙兼楚王故坟。"汉寿：西汉索县地，东汉顺帝时改为汉寿。东汉时为荆州州治。故城在今湖南常德东北。　②荒祠古墓：指题下注所说的伍子胥庙和楚王故坟。《古今图书集成·职方典·常德府》："子胥亭在府治汉寿城边，传子胥伐楚时建，或曰汉人修城时建，俱无确证。刘禹锡《汉寿城春望》诗序有子胥亭、楚王故坟，或谓子胥所掘平王之墓，或曰楚昭王之坟，亦不可考。"　③牧竖：牧童。刍狗：用草扎成的狗，供祭祀之用。　④石麟：坟墓前的石

麒麟。 ⑤华表：古代位于宫殿、城垣或陵墓前的石柱。柱身常刻有花纹。此指墓前的华表。经霹雳：指华表被霹雳所击损。⑥东瀛（yíng）变：此为沧海桑田意。《神仙传》："麻姑自说云：'自接侍以来，已见东海三为桑田。'"东瀛，东海。 ⑦要路津：交通要道。津，渡口。

【品评】

此诗虽题为春望，但所望却是满目荒凉衰败景象，这样的景色正寄托着诗人遭贬谪后的身世凄凉之感，乃是以景写情之篇。前人对此诗多有解说，正可引以理解参考。《唐诗鼓吹笺注》卷一云："只'野草春'三字，已具无限苍凉，无限感慨。"金圣叹云："此春望诗，最奇。夫春望以望春物，而此一望，纯是祠墓，然则本非春望，而又比题'春望'者，先生用意只为欲写首句之'野草春'三字。野草亦只是此句之荆榛，然今日则无奈其独占一春也。"（《贯华堂选批唐才子诗》甲集七言律卷五下，下引其言同）何焯曰："此言汉寿城边春惟野草、荒祠、古墓与荆榛相向，而国破家亡，霸图消灭，登城春望，唯见'牧竖烧刍狗'、'行人看石麟'耳。至于墓无全柱，碑无完文，满目苍凉，至于斯极。欲成要路，其或待东海扬尘之日乎！"（《唐诗鼓吹评注》卷一）更有进一层看清作者之用意者，何焯又谓"当长安得路之人看花开宴之际，而迁客所居之地，一望惟野草连天，荒祠古墓，杂于荆榛之内，则其地之恶、遇之穷何如哉？观'春望'二字，作者之旨趣自见。第五言忧患之大，第六言憔悴之甚，落句则类死灰之复燃，而恐以诗词贾祸，故晦其义于将复为刺史所也"。（卞孝萱《刘禹锡诗何焯批语考订》)作者寄慨之意也于诗末表出,故屈复云:"结句亦是去国之恨,寄托言外。今日为迁客所历,安知他日不为要津乎?幻想最妙,然亦是无可奈何语。"(《唐诗成法》)此诗中间的四句,或有不甚理解其中好处者,金圣叹的如下解释或可用以解惑:"五、六,不知者或谓此岂非中填四句诗,殊不知三、四是写人情,不以此祠此墓为意,此却是写为祠为墓既已甚久,以起下何日再变,文势乃极不同也。"

秋日送客至潜水驿[1]

候吏立沙际,[2] 田家连竹溪。
枫林社日鼓,[3] 茅屋午时鸡。
雀噪晚禾地, 蝶飞秋草畦。
驿楼宫树近, 疲马再三嘶。

【注释】

①此诗元和中作于朗州。潜水:《嘉靖常德府志》卷二:"潜水,府东北一十五里,溯源九溪,下合江。"潜水驿当为此处驿站名。 ②候吏:驿站迎候客人的小吏。 ③社日:有春社和秋社,乃祭祀社神之日。社日一般在立春和立秋后的第五个戊日。《荆楚岁时记》:"社日,四邻并结宗会社,宰牲牢,为屋于树下,先祭神,然后享其胙。"

【品评】

此诗最为人称道的是中间的写景四句。此四句将驿站周遭的村舍风习景致、农田秋日景象一幅幅描绘而出，极具画面感，令人恍如置身于村舍田野之中，颇感亲切。故古人颇称赏之。据胡仔引《雪浪斋日记》云："荆公喜唐人'枫林社日鼓，茅屋午时鸡'，书于刘楚公第。"(《苕溪渔隐丛话》前集卷二〇)方回也称此诗"三四天下诵之"。(《瀛奎律髓》卷一二)有人称赏刘禹锡此诗，又和韦应物诗加以比较，云："刘梦得'枫林社日鼓，茅屋午时鸡'，温庭筠'鸡声茅店月，人迹板桥霜'，皆佳句，然不若韦苏州'绿阴生昼静，孤花表春余'。"(曾季狸《艇斋诗话》)以上评判见仁见智，虽有轩轾，然皆称其为佳句。刘禹锡此诗对后来诗人也颇有影响，亦有仿效此诗者，如《复斋漫录》的作者即谓"荆公诗'静憩鸠鸣午，荒寻犬吠昏'，学者谓公取唐诗'一鸠鸣午寂，双燕话春愁'之句。余尝见东坡手写此诗，乃是'静憩鸡鸣午'，读者疑之，盖不知取唐诗'枫林社日鼓，茅屋午时鸡'"。(《苕溪渔隐丛话》前集卷二〇)可见王安石颇喜此诗，其诗也取刘禹锡此诗意境。

团扇歌[①]

团扇复团扇，　奉君清暑殿。
秋风入庭树，　从此不相见。
上有乘鸾女，[②]　苍苍虫网遍。[③]
明年入怀袖，　别是机中练。[④]

【注释】

①团扇：圆扇，也叫宫扇。此诗取班婕妤《怨歌行》诗意："新裂齐纨素，皎洁如霜雪。裁为合欢扇，团团似明月。出入君怀袖，动摇微风发。常恐秋节至，凉飙夺炎热。弃捐箧笥中，恩情中道绝。"《乐府诗集》卷四一引班婕妤《怨诗行》序云："汉成帝班婕妤失宠，求供养太后于长信宫，乃作怨诗以自伤，托辞于纨扇云。"②乘鸾女：指秦穆公女弄玉。《列仙传》卷上："萧史者，秦穆公时人也。善吹箫，能致白鹤、孔雀于庭。穆公有女字弄玉，好之，公遂以女妻焉。日教弄玉作凤鸣。居数年，吹似凤声，凤凰来止其屋。公为作凤台，夫妇止其上不下数年，一旦皆随凤凰飞去。"江淹《怨歌行》："纨素如团月，出自机中素。画作秦王女，乘鸾向烟雾。" ③苍苍：深青色。 ④别是句：练，白色的丝织品。此句意为明年将抛弃旧扇，另换新扇。

【品评】

咏扇之作在刘禹锡此诗前已多有之，如班婕妤《怨歌行》、江淹《怨歌行》等均是。此类诗歌多以秋扇被弃，以喻女子遭弃之命运。刘禹锡此诗也继承了这一主旨，而同时结合诗人在永贞革新后遭到贬谪的命运，具有自寓自喻，抒发怨愤之情的内涵。因此不能仅仅以一般的传统意义上的咏团扇诗视之，应联系诗人的政治遭遇加以解读。有人评此诗为"意迫"（陆时雍《唐诗镜》卷三六），这应是指末句"明年入怀袖，别是机中练"而言。实际上，这正说中了刘禹锡此诗较之前人之作的特点，也就是说此诗怨气更为明显，表达方式较之前人更显得标新。故前人多有指出这些特色的，钟惺所谓“末语又作一想，更自难堪”(《唐诗归》卷二八)，即着意于刘诗的“意迫”而言；贺裳认为“五古自是刘诗胜场，然其可喜处，多在新声变调尖警不含蓄者。《团扇歌》曰：‘明年入怀袖，别是机中练。’不惟竿头进步，正自酸楚感人”(《载酒园诗话又编》)，又进一步指出刘诗的“新声变调尖警不含蓄”这一有别前人同题之作的新特点，可谓的评。当然，刘诗也有继承发展前人之作并影响后人之处，这只要我们将此诗与其前后之作进行对比即可看出，在此我们借用前人之评以明了之：翁方纲云：“班婕妤《怨歌行》云：‘出入君怀袖，动摇微风发。’已自恰好。至江文通拟作，则有‘画作秦王女，乘鸾向烟雾’之句，斯为刻意标新矣。迨刘梦得又演之曰：‘上有乘鸾女，苍苍虫网遍。’即此可悟词场祖述之秘妙也。”(《石洲诗话》卷二)吕祖谦谓“刘禹锡《团扇歌》曰……而坡和文潜《秋扇》亦云：‘犹胜汉宫悲婕妤，虫网不见乘鸾女。’至荆公亦有‘月边仍有女乘鸾’，皆仿禹锡也”。(《诗律武库》卷六)

视刀环歌[①]

常恨言语浅，　不如人意深。
今朝两相视，　脉脉万重心。[②]

【注释】

①刀环：刀头的环。环音同还，寓回还之意。《汉书·李陵传》：“(任)立政等见陵，未得私语，即目视陵，而数数自循其刀环，

握其足，阴谕之，言可还归汉也。” ②脉脉：即脉脉多情，含情不语貌。

【品评】

此诗题“视刀环”，原为汉人李陵兵败困入匈奴，友人陇西任立政等三人前往匈奴招李陵，因不便私语，故屡屡视刀环以示还汉之意。刘禹锡此诗以此为题，即寓此意。故其题如此，实为设题之妙，取得诗益觉深致的好处。故何焯看出此深意，云：“咏李陵事，思归京都，有如痿人之念起壮（状），又恐再辱。二十字中，意味极长。”（卞孝萱《刘禹锡诗词何焯批语考订》）从全诗用字看，其中“视”字乃诗人最着意处，盖诗中并无“刀环”二字以暗示还意，仅在诗题中标出，故此“视”字，联系标题任立政数数视“刀环”故事，即可表明乃视刀环之“脉脉万重心”。故此含蓄的表现手法，乃是此诗的突出之处。以此，前人周咏棠即云：“言不得归也，措词妙绝。”（《唐贤小三昧集·脉脉万重心》）

竞渡曲[1]

沅江五月平堤流，　邑人相将浮彩舟。
灵均何年歌已矣，[2] 哀谣振楫从此起。[3]
扬桴击节雷阗阗，[4] 乱流齐进声轰然。
蛟龙得雨鬐鬣动，[5] 螮蝀饮河形影联。[6]
刺史临流褰翠帏，[7] 揭竿命爵分雄雌。[8]

先鸣余勇争鼓舞，[9] 未至衔枚颜色沮。[10]
百胜本自有前期，[11] 一飞由来无定所。[12]
风俗如狂重此时， 纵观云委江之湄。[13]
彩旗夹岸照蛟室，[14] 罗袜凌波呈水嬉。[15]
曲终人散空愁暮， 招屈亭前水东注。[16]

【注释】

①此诗元和中作于朗州。原注："竞渡始于武陵，至今举楫而相和之，其音咸呼云'何在'，斯招屈之义。事见《图经》。"竞渡：竞渡之起源有多种说法，其中有因寻觅沉江的屈原之说，如《隋唐嘉话》卷下载："俗五月五日为竞渡戏。自襄州以南，所向传云：屈原初沉江之时，其乡人乘舟求之，意急而争前，后因为戏。"又《乐府诗集》卷九四记："……《荆楚岁时记》云：'旧传屈原死于汨罗，时人伤之，竞以舟楫拯之，因以成俗。'《岁华纪丽》云：'因勾践以成风，拯屈原而为曲'是也。" ②灵均：屈原字灵均。 ③振楫：举桨，此指划舟、竞渡以求屈原。 ④扬桴(fú)：举起鼓槌。阗阗：雷声。 ⑤蛟龙：此用以比喻竞渡的龙舟。鬐鬣(qí liè)：原指鱼的脊鬐。此用以描写蛟龙的体态。 ⑥蝃蝀(dì dōng)：即虹。此用以比喻龙舟。饮河：《梦溪笔谈》卷二："世传虹能入涧饮溪水。"此用以比喻龙舟破浪前进状。 ⑦褰(qiān)翠帏：揭起翠绿色的车帘。 ⑧揭竿：举起旗帜。命爵：喝酒。爵，酒器、酒杯。分雄雌：比高低、分胜负。 ⑨先鸣：指获胜者。 ⑩衔枚：枚形状如箸，兵士行军时横衔于口中，以禁喧嚣。此处指失败一方沮丧得懒于讲话。 ⑪前期：冥冥中的定数。 ⑫一飞：即一飞冲

天、一鸣惊人之意。《史记·滑稽列传》:“此鸟不飞则已,一飞冲天;不鸣则已,一鸣惊人。” ⑬云委:如云委积,指观看竞渡者众多。江之湄:江边。 ⑭蛟室:传说中鲛人在水中的居室。⑮罗袜凌波:曹植《洛神赋》:“凌波微步,罗袜生尘。”水嬉:在水上戏乐。 ⑯招屈亭:故址在今湖南常德。《舆地纪胜》卷六九:“招屈亭,今郡南亭即其所,在安济门之右,沅水之滨。”

【品评】

此诗较为具体地描绘了唐时朗州沅江上划龙舟的竞赛场面,而场面描写尤其以竞龙舟的奋力拼搏以及观者的热闹如狂为精彩。“扬桴击节雷阗阗,乱流齐进声轰然。蛟龙得雨鬐鬣动,螮蝀饮河形影联”四句,将比赛场面渲染得有声有色,显出拼搏的紧张、热烈的气氛,以及龙舟生龙活虎,在水中如龙如虹行进的状态,极富张力与感染力。“风俗如狂重此时,纵观云委江之湄。彩旗夹岸照蛟室,罗袜凌波呈水嬉”四句,又从观赛者的角度进行描写,以观者如云,彩旗鲜艳,水嬉热闹以表现竞舟民俗活动的如狂场面。值得注意的是,诗人在描写竞舟活动的热闹之后,却以极为愁郁怅惘的“曲终人散空愁暮,招屈亭前水东注”二句结束全篇,其中深意值得深思。或有感于屈原之遭遇,或许也有诗人因此而兴起的身世际遇之痛。如果联系诗中的“百胜本自有前期,一飞由来无定所”两句加以深思,诗人于诗末的愁郁怅惘之情的内涵也就可得而知了。

蛮子歌[1]

蛮语钩辀音，[2] 蛮衣斑斓布。[3]
熏狸掘沙鼠，[4] 时节祠盘瓠。[5]
忽逢乘马客， 恍若惊麏顾。[6]
腰斧上高山， 意行无旧路。[7]

【注释】

①此诗元和中作于朗州。蛮子:此指居住在朗州一带的少数民族人民。 ②蛮语:此指朗州少数民族人民的语言。钩辀音:鸟鸣声,形容蛮子难懂的语言。 ③蛮衣斑斓布:指朗州少数民族人民所穿的色彩斑斓的衣服。 ④狸:兽名。似狐而小,身肥而短,善于捕鼠。 ⑤祠盘瓠:盘瓠,传说原乃高辛帝的狗名。《后汉书·南蛮传》:"昔高辛氏有犬戎之寇,帝患其侵暴,而征伐不克,乃访募天下,有能得犬戎之将吴将军头者……妻以少女。时帝有畜狗,其毛五彩,名曰盘瓠。"后来盘瓠衔得吴将军头以献,"帝不得已,乃以女配盘瓠",生"六男六女。盘瓠死后,因自相夫妻。织绩木皮,染以草实,好五色衣服,制裁皆有尾形。……其后滋蔓,号曰蛮夷"。《后汉书·南蛮传》注引干宝《晋纪》云:"武陵、长沙、庐江郡夷,盘瓠之后也。杂处五溪之内……糅杂鱼肉,叩槽而号,以祭盘瓠。" ⑥惊麏顾:麏,兽名,即獐子。《埤雅》卷三:"獐,麏也,如小鹿而美……或曰,獐性善惊……盖麏鹿皆健骇,而

麕性胆尤怯，饮水见影辄奔。” ⑦意行：随意而行。无旧路：不按照原来经行之路而行走。

【品评】

此诗用极为形象而具体的诗句，描写了朗州一带少数民族人民的语音服饰特点，记叙其迥异于汉族人民的生活习性与民俗传统，让人们了解传说为盘瓠之后的朗州地区少数民族人民的生活风貌与习性。诗歌富有民俗风情特色，从中可见到刘禹锡贬谪朗州时，深入民众，对当地民俗风情的关注与熟悉。黄常明曾谓“梦得《蛮子歌》云：‘蛮语钩辀音……’宾客谪居朗州，而五溪习俗尽得之矣”。（《诗话总龟》后集卷二四引）所说诚是。

堤上行三首①

一

酒旗相望大堤头，　堤下连樯堤上楼。②
日暮行人争渡急，　桨声幽轧满中流。③

二

江南江北望烟波，　入夜行人相应歌。
《桃叶》传情《竹枝》怨，④　水流无限月明多。

三

春堤缭绕水徘徊，　酒舍旗亭次第开。⑤
日晚上楼招估客，⑥ 轲峨大艑落帆来。⑦

【注释】

①诗元和中作于朗州。堤上行：《乐府诗集》卷九四："《古今乐录》曰：'清商西曲《襄阳乐》云：朝发襄阳城，暮至大堤宿。大堤诸儿女，花艳惊郎目。梁简文帝由是有《大堤曲》。'《堤上行》又因《大堤曲》而作也。" ②连樯：指船帆众多。樯，船桅。 ③幽轧：象声词，此指桨声。 ④《桃叶》：《乐府诗集》卷四五："《古今乐录》曰：'《桃叶歌》者，晋王子敬之所作也。桃叶，子敬妾名。缘于笃爱，所以歌之。'《隋书·五行志》曰：'陈时江南盛歌王献之《桃叶》诗云：桃叶复桃叶，渡江不用楫。但渡无所苦，我自迎接汝。'" 《竹枝》：词调名。又名《巴渝辞》，本出于乐府《竹枝词》。此为巴渝民歌。 ⑤酒舍：酒店。旗亭：酒楼。次第：依次。 ⑥估客：贩买货物的行商。 ⑦轲峨：高大貌。艑：一种大船。

【品评】

《堤上行》三首描绘沅江一带的民俗风情，将湖湘民间的江边人家生活情景，与以地方民歌传情的习俗淋漓尽致地描绘出来，极富民俗色彩与风韵。此三首诗各有侧重地描写沅湘人民的水边生活、情感与商业活动，共同构成一幅幅沅湘民俗生活图。第一首以写景见长，活画出酒家相望，船帆林立，行人日暮争渡的热闹喧哗景象。故俞陛云论第一首曰："《堤上行》与《踏歌词》音节相似，但《踏歌》每言情思，此则写其景耳。首二句言酒楼临水，帆影排樯，写堤上所见。后二句言薄晚渡头之景，孟浩然《鹿门》诗以‘渡头争渡喧’五字状之，此则衍为绝句，赋其景并状其声，较‘野渡无人舟自横’句，喧寂迥殊矣。”（《诗境浅说续编》）第二首则以传情为特色，含蓄传达的儿女情感尤为婉转有味，且富有地方习俗和风味特色。其中“《桃叶》传情《竹枝》怨，水流无限月明多”两句尤为人们激赏。周敬即云：“苏子由晚年多令人学刘禹锡诗，以为用意深远，有曲折处。余读其绝句，如‘桃叶传情’二语，何等宛转含蓄！”（《唐诗选脉会通评林》）宋顾乐也称此诗“景象深，意致远，婉转流丽，真名作也。落句情语，尤堪叫绝”。（《万首唐人绝句选评》）第三首则描绘晚间江边酒楼招客，客商停船上岸入酒肆的情景。三首各有不同，然均展现沅江边的生活画面与民俗风情。从这一角度而言，三首乃蝉联一气，互相呼应。第一首末两句之江上争渡，引起第二首的江南江北等句；第三首的“春堤缭绕水徘徊”句又承接第二首的“水流无限月明多”，可谓首首相连相贯，密不可分。这一呼应手法也表现在一诗各句间，尤以第二首为最，以此周珽云：“第三句跟此句‘相应歌’来。末句应首句，亦承第三句说。”（《唐诗选脉会通评林》）冒春荣亦谓“绝句字句虽少，含蓄倍深。其体或对起，或对收，或两对，或两不对……两不对者，大抵以一句为主，余三句尽顾此句……亦有以两句为主者，又有两呼两应者，或分应，或合应，或错综应……刘禹锡‘江南江北望烟波，入夜行人相应歌。《桃叶》传情《竹枝》怨，水流无限月明多’，一呼四应，二呼三应”。

采菱行[①]

白马湖平秋日光，[②] 紫菱如锦彩鸳翔。
荡舟游女满中央， 采菱不顾马上郎。
争多逐胜纷相向， 时转兰桡破轻浪。[③]
长鬟弱袂动参差， 钗影钏文浮荡漾。[④]
笑语哇咬顾晚晖，[⑤] 蓼花缘岸扣舷归。[⑥]
归来共到市桥步，[⑦] 野蔓系船萍满衣。
家家竹楼临广陌， 下有连樯多估客。[⑧]
携觞荐芰夜经过，[⑨] 醉踏大堤相应歌。
屈平祠下沅江水，[⑩] 月照寒波白烟起。
一曲南音此地闻，[⑪] 长安北望三千里。

【注释】

①诗元和中作于朗州。原注："武陵旧俗嗜芰菱。岁秋矣，有女郎盛游于白马湖，薄言采之，归以御客。古有《采菱曲》，罕传其词，故赋之以俟采诗者。"御客：招待客人。御，进用、侍进。《采菱曲》：《尔雅翼》卷六："吴楚之风俗，当芰熟时，士女相与采之，故有采菱之歌以相和，为繁华流荡之极。《招魂》云：'涉江采菱发《阳阿》。'《阳阿》者，采菱之曲也。"又《乐府诗集》卷五〇："《古今乐录》曰：'梁天监十一年冬，武帝改西曲，制……《江南

弄》七曲……五曰《采菱曲》。'” ②白马湖：一名白蟒湖。在今湖南常德市西七里。曾巩《归老桥记》："武陵之西北，有湖属于梁山者，白马湖也。"《嘉靖常德府志》卷二："白蟒湖，府西七里，相传有蟒出于此，俗名白马湖。" ③兰桡：兰桨。 ④钗影钏文句：指女子戴的钗和钏等饰物映照在水中，浮在水面荡漾。 ⑤哇咬：指笑声。 ⑥蓼(liǎo)：植物名。品类甚多，有水蓼、马蓼、辣蓼等。草本，叶味辛香，花淡红色或白色。 ⑦市桥步：地名。在常德市东门外。步：柳宗元《永州铁炉步志》："江之浒，凡舟可縻而上下者曰步。" ⑧估客：贩货的行商。 ⑨荐芰(jì)：进献芰菱。⑩屈平祠：《嘉靖常德府志》卷一〇："屈平祠，府东二里，祠久废，址尚存。" ⑪南音：指《采菱曲》等沅湘一带民歌。

【品评】

诗中最为精彩之处在于对采菱女郎的描写，其中"争多逐胜纷相向，时转兰桡破轻浪"以下数句，尤将采菱女子的活泼、美丽、昂扬焕发的身姿神采活脱脱地勾勒而出。"长鬟弱袂动参差，钗影钏文浮荡漾。笑语哇咬顾晚晖，蓼花缘岸扣舷归"四句，让人如见其人，如闻其声，洋溢着采菱女郎的欢乐气息与青春活力，可谓声情并茂，善于三言两语即情景毕现。"家家竹楼临广陌"以下四句，则着重展现地方习俗与风情，将沅湘一带踏歌相应和的最具特色的民俗着重揭出，颇富民俗风味。值得注意的是此诗末四句乃转乐为悲，以凄凉哀怨结束，令人沉思回味此中深意。其实，末四句乃以屈原事写自己被贬朗州的遭遇，以"长安北望"句，表现在遥远的贬地对京城以及家乡的思念愁情。全诗先着意刻画南方采菱女郎的欢乐，后继以数句含蓄而出的哀愁，更衬出其南贬北人哀愁的浓郁深厚。可谓以乐衬悲，其悲更深一层。

秋风引[①]

何处秋风至， 萧萧送雁群。[②]
朝来入庭树， 孤客最先闻。[③]

【注释】

①引：乐曲体裁之一，有序曲之意。《乐府诗集》卷五七："梁元帝《纂要》曰：'……琴……其曲有畅，有操，有引，有弄。'《琴论》曰：'……引者，进德修业，申达之名也。'" ②萧萧：象声词，状风声。 ③孤客：寓居他乡的孤独者。此为诗人自指。

【品评】

诗写在异乡流寓者对秋声的敏感感受。其中"孤客最先闻"句乃最着力之笔，值得体味。唐汝询谓"秋风起而雁南飞，孤客之心未摇落而先秋，所以闻之最早"。(《唐诗解》卷二三)"最先闻"，乃写出所有人中孤客对秋风最为敏感动情，故其语意最深，较"不堪闻"更深入一层。前人亦多能领会此语之妙，云："咏秋风必有闻此秋风者，妙在'最先'二字，为'孤客'写神，无限情怀，溢于言表。"(李瑛语，见《诗法易简录》)诗人用语之深妙，并非仅工于词语，而是身历其境，谙悉孤客之情怀，故于由夏转季节之萧瑟秋风

体会最深。诚如徐克所评："人情之真，非老于世故者不能此。"（《唐诗选脉会通评林》）

踏歌词四首[1]

一

春江月出大堤平，堤上女郎连袂行。
唱尽新词欢不见，[2] 红霞映树鹧鸪鸣。[3]

二

桃蹊柳陌好经过，灯下妆成月下歌。
为是襄王故宫地，[4] 至今犹自细腰多。[5]

三

新词宛转递相传，振袖倾鬟风露前。[6]
月落乌啼云雨散，游童陌上拾花钿。[7]

四

日暮江头闻《竹枝》，南人行乐北人悲。
自从雪里唱新曲，[8] 直到三春花尽时。

【注释】

①诗元和中作于朗州。踏歌：连手而歌，以足踏地为节奏。《宣和书谱》卷五："南方风俗，中秋夜妇人相持踏歌，婆娑月影中，最为盛集。" ②欢：江南人称情人为欢。 ③红霞：此指朝霞。④襄王：楚顷襄王。故宫：指江陵的楚宫。 ⑤细腰：纤细的腰身。《后汉书·马廖传》："楚王爱细腰，宫中多饿死。"关于楚王爱细腰事，有谓楚灵王、楚庄王以及楚襄王之不同说法。《墨子·兼爱》中乃谓楚灵王："昔者楚灵王好士细要，故灵王之臣皆以一饭为节，胁息然后带，扶墙然后起，比期年，朝有黧黑之危。"《西溪丛语》卷上："《墨子》云：楚灵王爱细腰……《韩非子》云：楚庄王好细腰，一国皆有饥色。刘禹锡《踏歌行》云：'为是襄王故宫地，至今犹自细腰多。'未知孰是。"《焦氏笔乘》则疑刘禹锡楚襄王说为误记。 ⑥振袖倾鬟（huán）：歌舞时扬袖低鬟貌。 ⑦花钿：古代妇女的一种首饰，即花钗。 ⑧雪里：指下雪的冬天。

【品评】

踏歌乃沅湘一带民俗，极富地方色彩风韵。刘禹锡此四首《踏歌词》，从不同的侧面描绘了这一民俗活动，让我们在千年之后仍可领略这一习俗的盛况、细节与风采。其中第一首尤引人议论，宋代谢枋得云："堤上女郎非不多也，色必有可观，声必有可听。唱尽新词，而欢爱不见……但见红霞之色，但闻鹧鸪之声，其思想当如何也？"（《注解章泉涧泉二先生选唐诗》卷一）第二首的"桃蹊柳陌好经过，灯下妆成月下歌"，以及第三首也颇能展现其时歌舞情形与盛况。"新词宛转递相传，振袖倾鬟风露前"两句，颇具传情情态;“月落乌啼云雨散,游童陌上拾花钿”两句,则其时男女彻夜尽情狂欢,以致花钿委地之况,亦可思而得知。第四首之“南人行乐北人悲”,乃诗人自写其情。因属于贬官来南方湖湘之地的北人,故易于他人在欢乐时节,兴起流寓他乡之苦楚。他的这一情感,在贬谪阶段,可谓铭心刻骨,时时难忘! 诗为湖湘民歌,则情调语词多具风骚色彩,楚地风韵。

潇湘神二首[①]

一

湘水流,湘水流, 九疑云物至今愁。[②]
君问二妃何处所? 零陵香草露中秋。[③]

二

斑竹枝,斑竹枝,[④] 泪痕点点寄相思。
楚客欲听瑶瑟怨,[⑤]潇湘深夜月明时。

【注释】

①诗元和中作于朗州。潇湘神:尧之二女娥皇、女英。二女为舜妃,死后人们尊其为神。《水经注·湘水》:“湖水西流,径二妃庙南,世谓之黄陵庙也。言大舜之陟方也,二妃从征,溺于湘江,神游洞庭之渊,出入潇湘之浦。” ②九疑:即九疑山,又叫九嶷山,在今湖南宁远县境。大舜葬于九疑山南。《水经注·湘

水》:"营水……西流径九疑山下,蟠基苍梧之野,峰秀数郡之间,罗岩九举,各导一溪,岫壑负阻,异岭同势,游者疑焉,故曰九疑山。大舜窆其阳,商均葬其阴。" ③零陵:地名。古史传说舜葬于此。《史记·五帝纪》:"(舜)葬于江南九疑,是为零陵。"香草:据《楚辞·湘夫人》诗意:"芷葺兮荷屋,缭之兮杜衡。合百草兮实庭,建芳馨兮庑门。九嶷缤兮并迎,灵之来兮如云。" ④斑竹:紫竹,竹身有紫色或灰褐色的斑纹。也称湘妃竹。古代神话谓舜南巡不返,葬于苍梧,舜妃娥皇、女英思帝不已,泪下沾竹,竹悉成斑。韩愈《送惠师》:"斑竹啼舜妇,清湘沉楚臣。" ⑤瑶瑟:饰有玉的瑟。瑶,美玉。

【品评】

刘禹锡贬谪朗州之后,身处沅湘,深受楚地传说、民俗与文化传统的习染,加之他极为重视民风民俗,深入民间生活,因此在创作中常反映楚地人民的现实生活与历史传说,其诗歌也颇具楚湘地域特色与楚骚风韵。这两首《潇湘神》即是咏唱楚地极为传颂的娥皇、女英传说的诗歌。特别值得一提的是,诗歌不仅在内容上具有楚地民间传说色彩,而且在情感风韵上也颇具婉转凄楚,既芳馨流丽又含情哀怨的内质。"君问二妃何处所?零陵香草露中秋"、"楚客欲听瑶瑟怨,潇湘深夜月明时"等句,富此风味。当然,细索这一诗歌特色,不仅因大舜南巡,死葬苍梧,二妃恸哭,泪洒斑竹,溺于湘江的传说本身具有这一内涵,而且也与诗人本身的贬谪遭遇不无关系。盖诗人乃于诗中融进自身的遭贬经历与感受,故诗中既具有传说故事的色彩,也有诗人自己的身世体验和情感的浸染。

元和甲午岁诏书尽征江湘逐客余自武陵赴京宿于都亭有怀续来诸君子[①]

雷雨江山起卧龙，[②] 武陵樵客蹑仙踪。[③]
十年楚水枫林下， 今夜初闻长乐钟。[④]

【注释】

①诗作于元和十年初至长安时。元和甲午岁：元和十年，岁次甲午。诏书：指元和九年十二月征召刘禹锡等人回京的诏书。刘禹锡《问大钧赋》："俟罪朗州，三见闰月……因作《谪九年赋》以自广。是岁腊月，诏追。"刘禹锡谪九年即元和九年。都亭：都城长安的驿亭。诸君子：指与刘禹锡同时被诏征的柳宗元、韩泰、韩晔、陈谏等因参加永贞革新而被贬诸人。 ②卧龙：潜藏之龙，指被贬的八司马等人。 ③武陵樵(qiáo)客：刘禹锡自称，因他贬于武陵，故称武陵樵客。蹑仙踪：仙踪，指陶潜《桃花源记》所记的渔人入桃花源事。 ④长乐钟：长乐宫的钟声，指首都长安宫中的钟声。长乐为汉宫名。《三辅黄图》卷二："长乐宫，本秦之兴乐宫也。高皇帝始居栎阳，七年，长乐宫成，徙居长安城。"

【品评】

刘禹锡因参加永贞革新而与柳宗元、韩泰等所谓的八司马同时被贬出都城长安，各赴南方贬所。经历了十年的贬谪生涯，元和十年初，诗人被诏抵京，再闻已久违了的京都钟声，此时回想被贬的艰难岁月，思念同被贬而即将归来的友人，真可谓感触良深，情难于已，故写下这首声情并茂的绝句。从诗歌内容上推敲，首句“雷雨江山起卧龙”，颇具英豪东山再起的倔强自信、豪爽英迈之气。诗人尽管因参加永贞革新被贬，壮志未酬，也曾苦闷愤慨，但他的英豪之气并未消磨殆尽。适值征召抵京，已见到政治上的转机，故久抑的英豪之气不禁油然喷发，遂有此英豪之语。再者，末两句也颇可玩味。“十年楚水”句，乃回忆在朗州的贬谪苦难岁月，此时可谓痛定思痛，其中酸甜苦辣、哀怨悲愤，瞬间并集心头，令人肝肠寸断。而“今夜初闻长乐钟”，对于遭受政治磨难，被贬久离京城的具有政治抱负的诗人来说，听到久违的皇城钟声，“因伤十年放逐，深以得闻长乐钟声为幸耳”（唐汝询《唐诗解》卷二九），又是一番震撼心灵的触动，令人感慨系之，潸然泪下。

元和十年自朗州承召至京戏赠看花诸君子①

紫陌红尘拂面来，② 无人不道看花回。
玄都观里桃千树，③ 尽是刘郎去后栽。④

【注释】

①诗元和十年作于长安。看花诸君子：指与刘禹锡同时被征召回京的柳宗元、韩泰、韩晔、陈谏等人。 ②紫陌：京城郊外的

道路。 ③玄都观：本名通达观，隋开皇二年，自长安故城移至安善坊，改名为玄都观，东与大兴善寺相比。 ④刘郎：刘禹锡自称。此处兼用刘晨、阮肇入天台山事，写自己久贬归后世事沧桑之感慨："刘晨、阮肇共入天台山，迷不得返。经十三日，粮乏尽，饥馁殆死。遥望山上有一桃树，大有子实……上，各啖数枚，而饥止体充。复下山持杯取水……见芜青叶从山腹间流出，复有一杯流出，便共汲水……出一大溪边，有二女子，姿质妙绝。见二人持杯出，便笑曰：'刘、阮二郎，捉向所流失杯来。'乃相见，而悉问来何晚，因邀还家。遂停半年……求归……既出，亲旧零落，邑屋改异，无相识，问讯得七世孙。"(《法苑珠林》卷四一引《幽明录》)

【品评】

此诗是刘禹锡最有影响的诗歌之一，关于其产生的背景与影响，史传、诗话、小说等多有记载议论。《旧唐书·刘禹锡传》："元和十年，自武陵召还，宰相复欲置之郎署。时禹锡作《游玄都观咏看花君子》诗，语涉讥刺，执政不悦，复出为播州刺史。诏下，御史中丞裴度奏曰：'刘禹锡有母，年八十余。今播州西南极远，猿狖所居，人迹罕至。禹锡诚合得罪，然其老母比去不得……伏请屈法，稍移近处。'……乃改授连州刺史。"孟棨《本事诗·情感》亦载："刘尚书禹锡自屯田员外左迁朗州司马，凡十年始征还，方春，作《赠看花诸君子》诗曰：'紫陌红尘拂面来……'其诗一出，传于都下。有素嫉其名者，白于执政，又诬其有怨愤。他日见时宰，与坐，慰问甚厚。既辞，即曰：'近有新诗，未免为累，奈何？'不数日，出为连州刺史。"刘禹锡再出为连州刺史是否即仅因此诗连累而及，事尚可再议。《资治通鉴考异》卷二〇即谓："按当时叔文之党一切除远州刺史，不止禹锡一人，岂缘此诗？盖以此得播州恶处耳。"但此诗的讽刺之意，以及为执政所不悦当可信。敖英即谓此诗："风刺时事，全用比体。"(《唐诗选脉会通评林》)唐汝询亦分析云："首句便见气焰，次见附势者众，三以桃喻新贵，末太露，安免再谪！"(同上)谢枋得论云："奔趋富贵者汩没尘埃，自谓得志，如春日看花，红尘满面也。玄都观喻朝廷，桃千树喻富贵无能者……皆刘郎去国后宰相所栽培也。"所说容有异同，但均以为诗含讥刺，当合作者本意。刘禹锡因参加永贞革新，有被长期贬谪的经历，历尽艰辛，心怀愤慨，故其诗多有讥刺之语，这也是可以理解的。

再游玄都观绝句并引[1]

余贞元二十一年为屯田员外郎，[2]时此观中未有花木。是岁，出牧连州，[3]寻贬朗州司马。居十年，召至京师，人人皆言有道士手植仙桃，满观如烁晨霞，遂有前篇，以志一时之事。旋又出牧，于今十有四年，复为主客郎中，[4]重游玄都，荡然无复一树，唯兔葵燕麦动摇于春风耳。[5]因再题二十八字，以俟后游。时大和二年三月。

百亩庭中半是苔，　桃花净尽菜花开。
种桃道士归何处？　前度刘郎今又来。[6]

【注释】

①诗作于大和二年三月。 ②屯田员外郎:唐尚书省工部官员。《新唐书·百官志》一:"屯田郎中、员外郎各一人,掌天下屯田及京之文武职田、诸司公廨田,以品给焉。" ③连州:州名,今属广东省。南朝梁置阳山郡,隋改置连州,以州西南有黄连岭而名。唐改为连山郡,寻复旧。 ④主客郎中:唐尚书省礼部官员。《新唐书·百官志》一:"主客郎中、员外郎各一人,掌二王后,诸蕃朝见之事。" ⑤兔葵燕麦:兔葵与燕麦皆植物名。洪迈《容斋三笔》卷三引郭璞注谓:"颇似葵而叶小,状如藜。雀麦即燕麦,有毛。" ⑥刘郎:刘禹锡自谓。

【品评】

关于此诗,两《唐书·刘禹锡传》均有记载,《旧传》云:"大和二年,自和州刺史征还,禹锡衔前事未已,复作《游玄都观》诗……人嘉其才而薄其行。(裴)度在中书欲令知制诰,执政又闻诗序,滋不悦。累转礼部郎中、集贤院学士。度罢知政事,禹锡求分司。终以恃才褊心,不得久处朝列。"《新传》云:"由和州刺史入为主客郎,复作《游玄都》诗,以诋权近,闻者益薄其行。俄分司东都。宰相裴度兼集贤殿大学士,雅知禹锡,荐为礼部郎中、集贤院学士。"唐汝询亦谓:"文宗之朝,互为朋党,一相去位,朝士易尽,正犹道士去而桃不复存,是以执政者复恶其轻薄。"(《唐诗选脉会通评林》)上述记载议论提供了了解此诗的背景以及对禹锡所产生的影响,但其中也有值得商议之处,后人即有一些不同的看法。如《十驾斋养新录》卷六云:"以禹锡集考之,《再游玄都》绝句在大和二年三月，而自和州刺史除主客郎中分司东都，则在大和元年六月，是分司在前，题诗在后也。次年，以裴度荐，起元官直集贤院，方得还都，《玄都》诗正在此时。……可见初入集贤犹是主客郎中，后乃转礼部也。史云以荐为礼部郎中、集贤直学士，犹未甚核。至《玄都》诗，虽含讥刺，亦词人感慨今昔之常情，何致遂薄其行？史家不考年月，误认分司与主客为两任，疑由题诗获咎，遂甚其词耳。”所说值得分析此诗参考。

荆门道怀古[①]

南国山川旧帝畿，[②] 宋台梁馆尚依稀。[③]
马嘶古道行人歇， 麦秀空城泽雉飞。[④]
风吹落叶填宫井， 火入荒陵化宝衣。[⑤]
徒使词臣庾开府，[⑥] 咸阳终日苦思归。[⑦]

【注释】

①诗作于元和十年赴连州途中。荆门：唐江陵府属县，今属于湖北。 ②旧帝畿：畿，为京城所管辖的地区。帝畿，犹谓帝都。荆门曾为梁元帝即位之地，故称旧帝畿。 ③宋台梁馆：《渚宫旧事·补遗》："湘东王于子城中造湘东苑，穿池构山。"宋文帝、梁元帝（即湘东王）称帝前均曾镇荆州，故有"宋台梁馆"之筑。④麦秀空城句：麦秀，即小麦扬花。《史记·宋微子世家》："其后箕子朝周，过殷故墟，感宫室毁坏，生禾黍，箕子伤之……乃作《麦

秀》之诗以歌咏之。其诗曰：'麦秀渐渐兮，禾黍油油……'。"泽雉：野鸡。　⑤荒陵：指后梁宣、明二帝在江陵的陵墓。《舆地纪胜》卷六五江陵府："梁宣、明二帝陵，在府西北六十里，纪山即宣帝陵，西即明帝陵。"　⑥庾开府：即梁诗人庾信。信初仕梁，侯景乱，遂奔江陵。及元帝即位，奉命使周，为留于长安。后仕至车骑大将军、仪同三司。　⑦咸阳句：咸阳，指北周京城长安。《周书·庾信传》："信虽位望通显，常有乡关之思，乃作《哀江南赋》以寄其意云。"

【品评】

诗为怀古之作，故全诗多据江陵之历史遗迹与人物故事描绘景物，生发感想议论，寄寓历史沧桑之感。金圣叹、何焯、纪昀对此诗某些句子的句意及对仗等艺术技巧有所阐释，可供参读。金圣叹云："三、四承写'依稀'，盖马嘶人歇，此为欲认依稀之人，麦秀雉飞，此即所认依稀之地也。上解写'依稀'，是行人意欲还认。此解写实无依稀，少得认也。言睹此苍苍，徒有首丘在念，其余一切雄心奢望，遂已不觉并尽也。"（《贯华堂选批唐才子诗》甲集七言律卷五下）何焯谓："三、四流对，五、六参差对，未尝犯四平头及板板四实句也。"（《瀛奎律髓汇评》卷三）纪昀云："五、六新警，结不入套。"（同上）诗中颇有寓意深邃之句，如"风吹落叶"两句即颇为精警，方南堂曾评云："所谓'语不惊人死不休'者，非奇险怪诞之谓也。或至理名言，或真情实景，应心称手，得未曾有，便可震惊一世……刘禹锡云：'风吹落叶填宫井，火入荒陵化宝衣'，李商隐之'于今腐草无萤火，终古垂杨有暮鸦'，不过写景句耳，而生前侈纵，死后荒凉，一一托出，又复光彩动人，非惊人语乎？”（《辍耕录》）此诗在表情上尚有其含蓄，情见于言外的特点，诚如毛张健所云：此诗“不入论断，而徘徊瞻眺，感慨见于言外，得风人之微旨”。（《唐体余篇》）由于有上述的写景抒情特色，故此诗总体风格上显得高淡凄清，而又柔婉蕴藉。

再授连州至衡阳酬柳柳州赠别①

去国十年同赴召，② 渡湘千里又分岐。③
重临事异黄丞相，④ 三黜名惭柳士师。⑤
归目并随回雁尽，⑥ 愁肠正遇断猿时。
桂江东过连山下，⑦ 相望长吟有所思。⑧

【注释】

①诗作于元和十年赴连州经衡州途中。刘禹锡于永贞元年曾首贬连州刺史，未抵任寻改朗州，故此次授连州为再授。衡阳：即今湖南衡阳。柳柳州：即柳州刺史柳宗元。 ②去国十年句：国，即京师。刘禹锡永贞元年被贬，经十年与同贬诸人被召回京师长安。 ③渡湘千里句：湘，湘江。刘禹锡与柳宗元被召回京师后，刘禹锡又外授连州刺史，柳宗元授柳州刺史，两人同至衡阳时即分手各自赴任。 ④黄丞相：汉代宰相黄霸，曾两为颍川太守。《汉书·黄霸传》：“为颍川太守……以外宽内明得吏民心，户口岁增，治为天下一。征守京兆尹，秩二千石。坐发民治驰道不

先以闻……连贬秩，有诏归颍川太守官，以八百石居治如其前。前后八年，郡中愈治。” ⑤三黜（chù）：三次被贬黜。柳士师：即柳下惠。《论语·微子》：“柳下惠为士师，三黜。”士师：周代狱官。⑥回雁句：衡阳有回雁峰，故诗人有此句。《方舆胜览》卷二四：“回雁峰，在衡阳之南，雁至此不过，遇春而回，故名。或曰，峰势如雁之回。” ⑦桂江：即广西境内的漓水，为西江上源之一，入临桂县境名桂江。连山：山名，在连州。高步瀛《唐宋诗举要》卷五注：“桂江本不经连州，此特因桂江为湘江分流，由此可至连州，子厚柳州复属桂管，故绾合言之耳。” ⑧相望句：有所思亦为乐府名称。张衡《四愁诗》：“我所思兮在桂林，欲往从之湘水深，侧身西望涕沾襟。”柳宗元时乃往任柳州刺史，故刘禹锡诗即取张衡诗意。

【品评】

刘禹锡于元和十年再授连州刺史，而柳宗元此时授柳州刺史，两人同行至衡阳，即将分手各往任所。时柳宗元先有《衡阳与梦得分路赠别》诗：“十年憔悴到秦京，谁料翻为岭外行。伏波故道风烟在，翁仲遗墟草树平。直以慵疏招物议，休将文字占时名。今朝不用临河别，垂泪千行便濯缨。”刘禹锡遂以此诗酬和之。清人纪昀谓：“此酬柳子厚诗，笔笔老健而深警，更胜子厚原唱。七句绾合得有情。”（《瀛奎律髓汇评》卷四三）其各句意思，清人金圣叹缕析云：“一解四句，凡写四事：一写十年重贬，是伤仕宦颠踬；二写千里又分，是悲知己隔绝；三写坐事重大，未如颍川小过；四写不曾自失，无异柳下不浼，最为曲折详至也。五、六为衡阳写景，此是二人分路处。七为桂江写景，此是二人相望处也。”(《贯华堂选评唐才子诗》甲集七言律卷五下)应该补充的是“三黜名惭柳士师”句被方回评为“柳士师事甚切”。(《瀛奎律髓》卷四三)其义包含以柳士师比喻柳宗元之意。五、六两句也非仅衡阳写景，而是景中写情；七、八两句，除了桂江写景外，尚有以此表达相望相思深情。故王夫之谓：“字皆如濯，句皆如拔，何必出沈、宋下？‘长吟有所思’五字一气。‘有所思’，乐府篇名，言相望而吟此曲也。于此可得七言命句之法。”(《唐诗选评》卷四)

代靖安佳人怨二首并引[①]

靖安，丞相武公居里名也。元和十年六月，公将朝，夜漏未尽三刻，骑出里门，遇盗，薨于墙下。初，公为郎，[②]余为御史，繇是有旧故。今守于远服，[③]贱不可以诔，[④]又不得为歌诗声于楚挽，故代作《佳人怨》，以裨于乐府云。

一

宝马鸣珂踏晓尘，[⑤] 鱼文匕首犯车茵。[⑥]
适来行哭里门外，[⑦] 昨夜华堂歌舞人。

二

秉烛朝天遂不回，　路人弹指望高台。[⑧]

墙东便是伤心地，　夜夜流萤飞去来。

【注释】

①此诗元和十年作于连州。靖安：唐长安里坊名，武元衡有宅在此。据《旧唐书・宪宗纪下》：元和十年六月“癸卯，镇州节度使王承宗遣盗夜伏于靖安坊，刺宰相武元衡，死之”。　②公为郎：指贞元十九年闰十月，刘禹锡初任监察御史，时武元衡为左司郎中。　③今守于远服：指刘禹锡在边远的连州任刺史。　④贱不可以诔：诔，累述死者功德以示哀悼。《礼记・曾子问》：“贱不诔贵，幼不诔长，礼也。”　⑤珂：马笼头上的玉制装饰品。　⑥鱼文句：鱼文，鱼形花纹。车茵，车上的座缛。《旧唐书・武元衡传》载：“元衡宅在静安里，九（按，应为“十”）年六月三日，将朝，出里东门，有暗中叱使灭烛者，导骑诃之，贼射之中肩。又有匿树阴突出者，以棓击元衡左股。其徒驭已为贼所格奔逸，贼乃持元衡马，东南行十余步害之，批其颅骨怀去。及众呼偕至，持火照之，见元衡已踣于血中，即元衡宅东北隅墙之外。”　⑦行哭：《礼记・檀弓下》：“文伯之丧，敬姜据其床而不哭，曰：‘昔者吾有斯子也，吾将以为贤人也，吾未尝以就公室。今及其死也，朋友诸臣未有出涕者，而内人皆行哭失声！斯子也，必多旷于礼矣夫！’”　⑧弹指：弹击手指。佛教仪，以手作拳，屈食指，以大拇指捻弹作声，表示许诺、愤怒、赞叹或告诫等意。此处当为表示愤怒。高台：桓谭《新论・琴道》：“雍门周以琴见孟尝君，曰：‘……千秋万岁之后，

宗庙必不血食，高台既已倾，曲池又已平，坟墓生荆棘，狐狸穴其中。'”丘迟《与陈伯之书》:“高台未倾，爱妾尚在。”

【品评】

刘禹锡这两首诗乃为武元衡被盗杀所作，其主旨到底是伤武元衡之死或是快之，前人多有评说，然多以为快武元衡被杀。宋人葛立方《韵语阳秋》(卷三)云：“刘梦得有《代靖安佳人怨》诗云……余考梦得为司马时，朝廷欲澡濯补郡，而元衡执政，乃格不行，梦得作诗伤之，而托于靖安佳人，其伤之也，乃所以快之欤!”刘克庄亦谓“子厚《古东门行》、梦得《靖安佳人怨》恐皆为武相元衡所作也。柳云‘当街一叱百吏走，冯敬胸中函匕首。凶徒侧耳潜惬心，悍臣破胆皆杜口’，犹有嫉恶悯忠之意。梦得‘昨夜华堂歌舞人’之句，似伤于薄。世言柳、刘为御史，元衡为中丞，待二人灭裂。果然，则柳贤于刘矣。”(《后村先生大全集》卷一七六)乔亿又云：“盗杀武元衡，与韩相侠累何异？非国家细故也。柳子厚《古东门行》，直指其事，其义正，其词危，可使当日君相动色。而刘梦得置国事勿论，乃为《靖安佳人怨》诗，观其小引，似与武不相能者。顾梦得左迁远服，当不以私废公，为国惜相臣，又况其死以国事，胡托为女子凄断之词，而犹以为‘裨于乐府’，过矣!”(《剑溪说诗又编》)如此等说尚多，皆以为梦得乃快武元衡之死，以致朱熹不解而感叹云：“唐文人皆不可晓。如刘梦得作诗说张曲江无后，即武元衡被刺，亦作诗快之。”(《朱子语类》卷一四〇)然前人此说是否合乎刘禹锡诗本意，实在尚需斟酌。观今存刘禹锡集，其任职朝中及至贬谪朗州、连州后，诗人仍与武元衡时有往还与感激之语，如贬连州后即有《谢门下武相公启》，中云："昨蒙征还，重罹不幸。诏书一下，周章失图，吞声咋舌，显白无路。岂谓乌鸟微志，恻于深仁……重言一发，睿听克从……俾移善地，获奉安舆。"可见刘禹锡贬连州后感激武元衡之援手，使他能免除贬播州恶地。如此难于想象诗人在不久后会快武元衡之死。再者，武元衡被杀乃关于国家邪正是非大体，嫉恶如仇之刘禹锡何乃反快武元衡为邪恶所刺杀！细思此诗为人所误解，在于有关刘禹锡与武元衡关系之记载多失实。再者，刘禹锡诗多有讥刺朝中奸邪者，故人们误以为此诗亦含讥刺。陶敏、陶红雨《刘禹锡全集编年校注》以为"盖诗不过如《伤庞京兆》'今朝缌帐哭君处，前日见铺歌舞筵'，《再伤庞尹》'可怜鸾镜下，哭杀画眉人'，借佳人怨寓伤悼之意，非必快其死也"。所说或得其实。

平蔡州三首（其二）[①]

汝南晨鸡喔喔鸣，[②] 城头鼓角音和平。
路傍老人忆旧事， 相与感激皆涕零。
老人收泣前致辞， 官军入城人不知。
忽惊元和十二载， 重见天宝承平时。[③]

【注释】

①诗元和十二年冬作于连州。据《旧唐书·宣宗纪》下所记，宰相裴度于元和十二年秋带兵伐蔡州叛将吴元济，十月"随唐节

度使李愬率师入蔡州，执吴元济以献，淮西平”。 ②汝南：郡名，即唐蔡州，地即今河南汝南。 ③重见天宝句：天宝乃唐玄宗年号，开元、天宝乃史称盛世时期。此句用以歌颂蔡州平后的和平安定景象。

【品评】

中唐唐宪宗时期的一件重要大事，即是裴度率军平定蔡州吴元济的叛乱，可以说这是唐代平定藩镇叛乱的一次杰出的盛事。这首诗即从蔡州老人的角度展现这次战役的转乱为安，重见盛世的和平胜利景象。诗中老人之语，并非谀颂之辞，而是有事实根据的。据《资治通鉴》卷二四〇所载，蔡州平后，“先是，吴氏父子阻兵，禁人偶语于途，夜不燃烛，有以酒食相过从者罪死。（裴）度既视事，下令惟禁盗贼，余皆不问，往来者不限昼夜，蔡人始知生民之乐”。刘禹锡此诗反映了当时的和平情景。前人即谓：“禹锡所谓‘州中喔喔晨鸡鸣，谯楼鼓角声和平’，所以见李愬不动风尘，晓入蔡州擒捕丑虏如此。‘始知元和十二载，四海重见升平年’，所以见宪宗当姑息藩镇之后，能毅然削平祸乱，使人复见太平官府如此。”（王楙《野客丛书》卷九）贺裳亦谓：“‘汝南晨鸡喔喔鸣……’前两句言兵不血刃、凶渠就缚之易，末见蔡人庆幸之意。”（《载酒园诗话》卷一）对于此诗句意以及表现艺术特色，翁方纲有如下的解释与评述：“刘宾客自称其《平蔡州》诗‘城中晨鸡喔喔鸣，城头鼓角声和平’云云，意欲凌驾韩《碑》柳《雅》。此诗真集中高作也。首句‘城中’一作‘汝南’。古《鸡鸣歌》云：‘东方欲明星烂烂，汝南晨鸡登坛唤。’蔡州，即汝南地。但曰‘晨鸡’，即是用乐府语，而‘城中’、‘城头’两两唱起，不但于官军入城事醒切，抑且深合乐府神理，似不必明出‘汝南’而后觉其用事也。末句‘忽惊元和十二载’更妙，此以《竹枝》歌谣之调，而造老杜‘诗史’之地位，正与‘大历三年调玉烛’二句近似。此由神到，不可强也。”（《石洲诗话》卷二）还可补充的是，此诗在表现手法上是从平乱后倒说入，在章法句法上，显得格外警拔。

莫徭歌①

莫徭自生长，名字无符籍。②
市易杂鲛人，③婚姻通木客。④
星居占泉眼，⑤火种开山脊。⑥
夜渡千仞溪，含沙不能射。⑦

【注释】

①此诗作于诗人任连州刺史时。莫徭：隋唐时西南地区少数民族名。也作莫傜。《隋书·地理志》下：“长沙郡又杂有夷蜒，名曰莫傜。自云其先祖有功，常免傜役，故以为名。其男子但着白布裈衫，更无巾袴。其女子青布衫，斑布裙，通无鞋屩。婚嫁用铁钴锅为聘财。” ②符籍：官府的户籍。 ③市易：在市场上交易买卖。鲛人：见前《武陵书怀五十韵》诗注。 ④木客：传说中山中似人的怪兽。其形颇似人，手脚爪如钩。《太平广记》卷四八二引《南康记》：“山间有木客，形骸皆人也，但鸟爪耳。巢于高树，一

名山精。” ⑤星居句：指莫徭人占据泉洞分散居住。 ⑥火种：即刀耕火种。 ⑦含沙：即蜮，又名射工、射影。相传居水中，听到人声，以气为矢，因激水，或含沙以射人，被射中的人皮肤发疮，中影者亦病。

【品评】

刘禹锡到连州（今属广东省）任刺史后，对南方的人民生活与当地民俗仍然很关心，对其中的少数民族人民尤其关注，故多有描写他们生活习性、劳动，乃至打猎的诗歌。如《连州腊日观莫徭猎西山》诗即有“海天杀气薄，蛮军步伍嚣。林红叶尽变，原黑草初烧。围合繁钲息，禽兴大旆摇。张罗依道口，嗾犬上山腰。猜鹰虑奋迅，惊鹿时局跳”等诗句描写莫徭人民的打猎活动。此诗同样也是描写莫徭人民，但所写的角度有所不同，主要是从几个侧面来展示莫徭族人的“市易”、“婚姻”、居住、耕种、人种特色等生活劳动习性。虽然仅八句，但因能抓住莫徭族人的习性特点，其生活、习俗等面貌活脱脱地呈现在读者面前，显得怪异生动而鲜明。

插田歌并引[1]

连州城下，俯接村墟，偶登郡楼，适有所感，遂书其事为俚歌，[2]以俟采诗者。[3]

冈头花草齐，　燕子东西飞。
田塍望如线，[4]　白水光参差。[5]
农妇白纻裙，　农父绿蓑衣。
齐唱田中歌，　嘤伫如竹枝。[6]
但闻怨响音，　不辨俚语词。
时时一大笑，　此必相嘲嗤。
水平苗漠漠，　烟火生墟落。[7]
黄犬往复还，　赤鸡鸣且啄。
路旁谁家郎，　乌帽衫袖长。
自言上计吏，[8]　年幼离帝乡。
田夫语计吏，　君家侬定谙。[9]
一来长安道，　眼大不相参。[10]
计吏笑致辞：　长安真大处。
省门高轲峨，[11]　侬入无度数。[12]
昨来补卫士，　唯用筒竹布。[13]
君看二三年，　我作官人去。

【注释】

①此诗作于连州，时刘禹锡任连州刺史。　②俚歌：民间通俗歌曲。　③采诗者：古代采诗官。《汉书·艺文志》："古有采诗之官，王者所以观风俗，知得失，自考证也。"　④田塍(chéng)句：指田间界道修得细小，望去如丝线一般。　⑤光参差：水光闪耀不定的样子。　⑥嘤伫(yīng zhù)：语音俚俗难懂。　⑦墟落：村

落。 ⑧计吏：掌记簿的官吏。 ⑨侬：我。谙：熟悉。 ⑩不相参：不相认。 ⑪省门：泛指中央各部门的官府大门。轲峨：高大貌。 ⑫无度数：即无数次。 ⑬筒竹布：一种布名。

【品评】

此诗主要写了两个场面，一是农夫农妇插田唱歌的情景；一是田夫与计吏的对话。这两种场面，诗人均描绘得极为生动风趣，可谓"前状插田唱歌，如闻其声；后状计吏问答，如绘其形"。（沈德潜《唐诗别裁》卷三）前面对插田、唱歌的描写，颇为生动、活泼，展现农夫农妇衣着面目声口，可谓极真、极像。而"水平苗漠漠，烟火生墟落。黄犬往复还，赤鸡鸣且啄"四句，又将水田农舍风景如画展示，使人如临其境，鸡犬之形影声音如在眼前身旁。当然此诗的重点恐怕还是在后面对计吏的描写讽刺上。诗人对计吏形象的描绘主要通过农夫之语与计吏的致辞进行。其绘写也是极为出色的，如贺裳所评："匪徒言动如生，言外感伤时事，使千载后人犹为之欲哭欲泣。"（《载酒园诗话又编》）当然，这一效果也与诗人写计吏时的夸得俚，夸得妙，以及其语中的讽刺淡然，可谓怨而不怒的口吻风格不无关系。

重至衡阳伤柳仪曹并引①

元和乙未岁，②与故人柳子厚临湘水为别，③柳浮舟适柳州，余登陆赴连州。后五年，余从故道出桂岭，至前别处，而君没于南中，[4]因赋诗以投吊。

忆昨与故人，　湘江岸头别。
我马映林嘶，　君帆转山灭。
马嘶循古道，　帆灭如流电。
千里江蓠春，[5]故人今不见。

【注释】

①此诗作于元和十五年春从连州北上经衡阳时。柳仪曹：即柳宗元。仪曹，指礼部。柳宗元曾任礼部员外郎，故称。　②元和乙未岁：即元和十年。　③与故人柳子厚句：元和十年，柳宗元自京赴柳州刺史任，刘禹锡赴连州刺史任，两人同行，至衡阳分别，各赴任所。　④南中：泛指国土南部，即今川黔滇一带，也指岭南。此处指柳州。柳宗元于元和十四年十一月卒于柳州任所。⑤江蓠：香草名，又作江离、蘼芜。

【品评】

刘禹锡和柳宗元是志同道合，又有相同经历的知交。在赋此诗的前五年，他们一起从长安出发，同行赴远方的州刺史任。行至湘水边的衡州，刘禹锡与舟行赴柳州的柳宗元分别，独自策马往连州。元和十五年春，当刘禹锡因丁母忧北返经衡阳时，获知柳宗元于去年十一月卒于柳州。得知噩耗，刘禹锡非常悲痛，“惊号大叫，如得狂病。良久问故，百哀攻中。涕洟迸落，魂魄震越”。

(刘禹锡《祭柳员外文》)此时他不禁回忆起当年和柳宗元在衡州分别的情景,并借此寄托哀伤深情。诗中的“我马映林嘶,君帆转山灭。马嘶循古道,帆灭如流电”四句,既是回忆当年两人在衡州分别的实际情形,又以“帆灭”、“流电”喻指柳宗元的一去不返,寄寓诗人对友人遽然逝世的伤痛之情。末两句“千里江蓠春,故人今不见”,似若写景之笔,实暗用《楚辞·招魂》“目极千里兮伤春心”句意,表达伤悼故人,招其魂魄的伤痛之意。

松滋渡望峡中[1]

渡头轻雨洒寒梅,　云际溶溶雪水来。
梦渚草长迷楚望,[2]　夷陵土黑有秦灰。[3]
巴人泪应猿声落,[4]　蜀客船从鸟道回。[5]
十二碧峰何处所?[6]　永安宫外是荒台。[7]

【注释】

①此诗作于长庆二年春自鄂州赴夔州途中经松滋渡时。松滋渡:在今湖北松滋县西。　②梦渚:即云梦泽。楚望:指楚国祭祀的疆域。望,古代祭祀山川的专称。遥望而祭,故称。　③夷陵:春秋楚先王墓地,后亦为县名。故城在今湖北。土黑:《三辅黄图》卷四:“武帝初,穿(昆明)池得黑土,帝问东方朔。东方朔曰:‘西域胡人知。’乃问胡人。胡人曰:‘劫烧之余灰也。’”秦灰:秦国烧夷陵之劫灰。《史记·白起列传》:“白起攻楚……烧夷

陵。” ④巴人泪应句:《水经注·江水》:“自三峡七百里中……常有高猿长啸,属引凄异,空谷传响,哀啭久绝。故渔者歌曰:巴东三峡巫峡长,猿鸣三声泪沾裳。” ⑤鸟道:鸟才能飞过的险碍之路。 ⑥十二碧峰:指巫山望霞、翠屏、朝云、登龙等十二峰。⑦永安宫:宫名,乃汉末公孙述所筑。故址在今重庆奉节。荒台:即指楚襄王所游之阳台。

【品评】

以《松滋渡望峡中》为诗题,故此诗紧紧扣住题目,着力写一“望”字,所望均为峡中景物。故方东树评云:“起句松滋渡,以下七句,皆有‘望’字意,一直说去,大气直喷。”(《昭昧詹言》)朱三锡亦分析各句之“望”意,谓:“题是‘望峡中’,只写‘望’字意。轻雨洒梅,必是交春时候;雪消水来,必是腊尽春初时候。唐人写景,各有分寸,不轻下笔可知……三四皆望中可见之景,有无限感触意。五、六皆望中可想之事,有无限低徊意。‘碧峰’、‘永安’一联最为尽致,欲写无‘碧峰’,偏写‘有荒台’,令人悠然神远矣。”(《东岩草堂评订唐诗鼓吹》卷一)金圣叹着重解读下半首云:“五、六言但见人哭、猿啼、客归、船下,若夫十二碧峰,则我竟知其安在乎?末欲写无碧峰,却偏写有荒台,最为尽意之笔。”(《贯华堂选评唐才子诗》甲集七言律卷五下)此诗在表情达意上的显著特点是避开议论,采用景中藏情,浑然不露的手法,其自然感慨,尽从景得。故桂天祥以为此诗“韵格落盛唐诸公后,然所得亦自深浑”。(《批点唐诗正声》)

伤愚溪三首并引[①]

故人柳子厚之谪永州，得胜地，结茅树蔬，[②]为沼沚，为台榭，目曰愚溪。柳子没三年，有僧游零陵，[③]告余曰："愚溪无复曩时矣！"一闻僧言，悲不能自胜，遂以所闻为七言以寄恨。

一

溪水悠悠春自来，　草堂无主燕飞回。
隔帘惟见中庭草，　一树山榴依旧开。[④]

二

草圣数行留坏壁，[⑤]　木奴千树属邻家。[⑥]
唯见里门通德榜，[⑦]　残阳寂寞出樵车。

三

柳门竹巷依依在，　野草青苔日日多。
纵有邻人解吹笛，　山阳旧侣更谁过。[⑧]

【注释】

①此诗作于长庆二年，时诗人任夔州刺史。愚溪：水名，乃柳

宗元所命名。在今湖南零陵市西南。柳宗元《愚溪诗序》："灌水之阳有溪焉，东流入于潇水。或曰，冉氏尝居也，故姓是溪为冉溪。或曰，可以染也，故谓之染溪。余以愚触罪，谪潇水上，爱是溪，入二三里，得其尤绝者家焉。古有愚公谷，今予家是溪……故更之为愚溪。" ②结茅树蔬：指构建茅舍，种植蔬菜花木等。《愚溪诗序》云："愚泉凡六穴……合流屈曲而南，为愚沟。遂负土累石，塞其隘，为愚池。愚池之东为愚堂，其南为愚亭，池之中为愚岛，嘉木异石错置……" ③零陵：郡名，即唐永州。 ④山榴：即海石榴，乃柳宗元所栽植。 ⑤草圣数行：指柳宗元所书墨迹。柳宗元擅章草，故以草圣称其墨迹。 ⑥木奴：指柑橘。《三国志·吴书·三嗣主传》孙休注引《襄阳记》载：三国吴丹阳太守李衡于宅边种橘千株，临死谓其子曰："汝母恶我治家，故穷如是。然吾州里有千头木奴，不责汝衣食，岁上一匹绢，亦可足用耳。" ⑦通德榜：木片，匾额。榜，通"牓"。《后汉书·郑玄传》："国相孔融深敬于玄，告高密县为玄特立一乡，曰：'……今郑君乡宜曰郑公乡。昔东海于公仅有一节，犹或戒乡人侈其门间，矧乃郑公之德，而无驷牡之路？可广开门衢，令容高车，号为通德门。'" ⑧山阳旧侣：此处用以喻刘禹锡和柳宗元的知交关系。山阳，县名，西汉置，属河内郡。治所在今河南焦作市东十里墙南村北侧。《晋书·向秀传》载，向秀和嵇康、吕安为知交。秀曾和吕安灌园于山阳。后来嵇康、吕安被杀，秀入洛经山阳，作《思旧赋》以怀念故交。其《思旧赋序》云："余与嵇康、吕安居止接近，其人并有不羁之才……其后并以事见法。……逝将西迈，经其旧庐。于时日薄虞渊，寒冰凄然。邻人有吹笛者，发音嘹亮。追想曩昔游宴之好，感音而叹。”

【品评】

柳宗元在贬官永州时，曾喜欢愚溪，并在愚溪构建房舍，栽竹种花植树，留下了不少遗迹。随着时光的流逝，柳宗元的去世，柳宗元所建置的愚溪景物已“无复曩时矣”！刘禹锡听到这消息，悲伤不已，遂写下三首绝句，借咏唱愚溪景物的寂寞无主，以寄托对友人的伤悼之情。这三首诗最明显的表现手法即是以景抒情，情从景出，而且风格显得极为蕴藉缠绵深厚。如第一首的“溪水悠悠春自来，草堂无主燕飞回”，第二首的“唯见里门通德榜，残阳寂寞出樵车”，以及第三首的一、二两句尤其具有这一特色。其所咏景物多是与柳宗元有关的旧物，如溪水、草堂、山榴、草圣、木奴、柳门竹巷等，将这些景物经过诗人情感的熏染吟出，不惟特具荒芜、寂寞、感伤的怅惘情调，而且使人睹物思人，涌起物在人亡的伤悼之情，更令人低徊婉转，潸然泪下。故吴子良颇称之云：“词人即事睹景，怀古思旧，感慨悲吟，情不能已。今举其最工者，如……刘禹锡《愚溪诗》：‘溪水悠悠春自来……’又：‘草圣数行留坏壁……’……盖人已逝而迹犹存，迹虽存而景随变。古今词云，语言百出，究其意趣，大概不越诸此。”（《吴氏诗话》卷下）清人贺裳《载酒园诗话》卷一也认为“《伤愚溪》诗‘溪水悠悠春自来……’‘草圣数行留坏壁……’摹写荒凉之慨，真觉言与泗俱。……此诗自因僧言零陵来，言零陵无曩时之观，而述所闻以寄恨耳”。所说诚是。

宣上人远寄贺礼部王侍郎发榜后诗因而继和[①]

礼闱新榜动长安,[②] 九陌人人走马看。[③]
一日声名遍天下, 满城桃李属春官。[④]
自吟白雪诠词赋,[⑤] 指示青云惜羽翰。[⑥]
借问至公谁印可,[⑦] 支郎天眼定中观。[⑧]

【注释】

①此诗长庆三年作于夔州。宣上人:即唐诗僧广宣上人,蜀人。元和、长庆时为内供奉,居于长安兴善寺、安国寺红楼院。善诗,与其时文士多有交往。有《红楼集》,今佚。礼部王侍郎:即王起,时任礼部侍郎主持科举考试。传见《旧唐书》卷一六四、《新唐书》卷一六七。礼部侍郎:唐代礼部乃尚书省六部之一,其长官为尚书,礼部侍郎为其二。《新唐书·百官志》一:礼部"侍郎一人,正四品下,掌礼仪、祭享、贡举之政"。 ②礼闱新榜句:礼闱,即礼部。新榜,礼部新张贴在礼部东墙的科举考试登第者名单。 ③九陌:指长安街道。《三辅黄图》卷二:"长安城中八街九陌。" ④桃李:指及第的门生。春官:即礼部。《新唐书·百官志》一:"光宅元年,改礼部曰春官。" ⑤白雪:即阳春白雪,喻指美妙高超的诗文。诠:品评选择。 ⑥青云:指青云得意、飞黄腾达者。 ⑦印可:佛教称印证、许可为印可,犹言同意。《维摩诘所说经·弟子品》:"若能如是坐者,佛所印可。" ⑧支郎:本三国时僧人支

谦之称，此处借指广宣上人。天眼：《翻译名义集》五八：“眼有五种：一肉眼、二天眼、三慧眼、四法眼、五佛眼。《大论》释曰：‘得是天眼，远近皆见，前后内外，昼夜上下，悉皆无碍。’”定：即入定。入定为佛教语。僧人静坐敛心，不起杂念，使心定于一处，叫入定。

【品评】

王起为唐时著名的文士官吏，掌科举考试得士尤精，故颇得时人称赏。长庆中，王起为礼部侍郎掌贡举，颇得多士，故广宣上人有《贺王侍郎典贡发榜》诗：“从辞凤阁掌丝纶，便向青云领贡宾。再辟文场无枉路，两开金榜绝冤人。眼看龙化门前水，手放莺飞谷口春。明日定归台席去，鹡鸰原上共陶钧。”王起遂有《广宣上人以诗贺发榜和谢》诗答之：“延英面奉入春闱，亦选工夫亦选奇。在冶只求金不耗，用心空学秤无私。龙门变化人皆望，莺谷飞鸣自有时。独喜至公谁是证？弥天上人与新诗。”刘禹锡接得广宣上人贺王起诗，遂有此诗之唱和。因是唱和之作，因此理解刘禹锡此诗，应参读广宣和王起诗。刘禹锡诗之大意即记叙此次王起主持的科举得人盛事，歌颂王起的精于品量词赋人才，赢得满城的桃李芬芳。同时也赞颂广宣上人的识人眼力，故有诗末的“借问至公谁印可，支郎天眼定中观”两句。这两句诗为宋人苏东坡所化用，并为黄彻所称赏：“黄彻曰：（东坡）《寄参寥问少游失解》云：‘底事秋来不得解，定中试与问诸天。’盖刘禹锡《和宣上人贺王侍郎发榜后诗》云：‘借问至公谁印可，支郎天眼定中观。’不惟兼具儒释，又政属科场事。其不泛如此。”（《碧溪诗话》卷八）

酬杨司业巨源见寄[①]

辟雍流水近灵台，[②] 中有诗篇绝世才。
渤海归人将集去，[③] 梨园弟子请词来。[④]
琼枝未识魂空断，[⑤] 宝匣初临手自开。[⑥]
莫道专城管云雨，[⑦] 其如心似不然灰。[⑧]

【注释】

①此诗长庆三年作于夔州。司业：国子司业，唐国子监副长官。《新唐书·百官志》三，国子监："司业二人，从四品下，掌儒学训导之政，总国子、太学、广文、四门、律、书、算凡七学。"杨巨源：字景山，河中人。贞元五年登进士第，历监察御史、太常博士、虞部员外郎、凤翔少尹。长庆元年为国子司业，四年，转为河中少尹。 ②辟雍：周王朝为贵族子弟所设的大学。取四周有水，形如璧环为名。此指国子监。灵台：汉代观察天象的天文台。《三辅黄图》卷五："汉灵台在长安西北八里，汉始曰清台，本为候者观阴阳天文灾变，更名曰灵台。" ③渤海：唐时我国靺鞨族等所建的地方政权，受唐封为左骁卫大将军、渤海郡王，改名渤海。首府上京，在今黑龙江省宁安县东京城。 ④梨园弟子：唐玄宗时梨园歌舞艺人的称呼。此指歌舞艺人。 ⑤琼枝：玉树之枝，比喻美好杰出的人才。此用以比喻杨巨源。 ⑥宝匣：美称杨巨源盛诗之匣。 ⑦专城：地方长官太守、刺史之称呼。云雨：即巫山云

雨之意。刘禹锡时为蜀境夔州刺史，故有“专城管云雨”之句。⑧不然灰：即不燃灰，死灰。《庄子·知北游》：“心若死灰。”《史记·韩长孺传》：“死灰独不复然乎?”

【品评】

诗歌乃酬和杨巨源之作。杨巨源时为国子司业，且亦擅诗，故刘禹锡诗即着重赞颂杨巨源的“绝世”诗歌才能。其中“渤海归人将集去，梨园弟子请词来”两句，前句乃具体写出其诗歌才能影响与流播的广远，后句则以精通音乐歌舞的梨园子弟之请词，以见其诗词之高超绝伦，为名流所求索。杨巨源寄刘禹锡诗已佚，但刘此诗后两句“莫道专城管云雨，其如心似不然灰”，当是酬和杨巨源原诗之意的诗句。“莫道”后的“专城管云雨”，当是杨诗句意。“云雨”既是实物，又有巫山云雨之意，可谓双关之语。刘禹锡巧妙地以“其如心似不然灰”句酬和之，并用以表明自己的情怀，亦有双关之妙，可谓风流倜傥之至。

送周使君罢渝州归郢州别墅①

君思郢上吟归去，　故自渝南掷郡章。②
野戍岸边留画舸，　绿萝阴下到山庄。
池荷雨后衣香起，　庭草春深绶带长。③
只恐鸣驺催上道，④　不容待得晚菘尝。⑤

【注释】

①此诗长庆中作于夔州。周使君：周载，曾任盐铁转运山南东道院事、殿中侍御使，长庆元年授渝州刺史。渝州：唐州名，治所在今四川重庆市。郢州：唐州名，治所在今湖北钟祥县。 ②渝南：此指渝州，盖渝州在渝水之南。掷郡章：即罢渝州刺史任。郡章，指渝州的官府印章。 ③绶带：原为系官印的丝带，此用以比喻庭草。 ④鸣驺（zōu）：古时显贵出行，随从的骑卒吆喝开道。此处用以指朝廷征召的使臣。上道：上路赴任。 ⑤晚菘：蔬菜名。柄厚而色青者为青菜，柄薄而色白者为白菜，别称黄芽菜。《南齐书·周颙传》："颙于钟山西立隐舍，休沐则归之……卫将军王俭谓颙曰：'卿山中何所食？'颙曰：'赤米白盐，绿葵紫蓼。'文惠太子问颙：'菜食何味最胜？'颙曰：'春初早韭，秋末晚菘。'"

【品评】

诗为周载罢渝州刺史归郢州别墅时而作，故诗歌乃着力于描写其隐居生活之适意与自在，诗中的"野戍岸边留画舸，绿萝阴下到山庄。池荷雨后衣香起，庭草春深绶带长"四句，即是这一隐居生活的具体刻画。全诗八句一路写来，虽各有侧重，然连贯而下，一气贯注，如行云流水，自然流美，诚如金圣叹所评："言使君由掷郡章，而留画舸，而到山庄，直将渝南一副官腔便如蛇蜕谢之，此其轻快，便有非人所及者。看他二句、三句、四句，上从'自'字，下至'到'字，分明直作一气一句，又为绝奇之律格也。"（《贯华堂选批唐才子诗》甲集七言律卷五下）末两句含典故以表意。"鸣驺"乃用孔稚珪《北山移文》"鸣驺入谷，鹤书赴陇"，和李密《陈情表》

“郡县逼迫，催臣上道”典实。典故的应用显得如盐入水，颇为浑然，似非用典。这一用典艺术，又表现在末句上。黄常明即谓：“梦得诗‘只恐鸣驺催上道，不容待得晚菘尝’，乃周彦伦答文惠太子问山中菜食云‘春初早韭，秋末晚菘’。此乃两字用事者。”（《诗话总龟》后集卷二二）此诗乃写周载适意于隐居之生活，然何焯则有不同看法，今录其说以为参考思索：“何焯曰：只是规避，岂有高情，发端唱破，却仍不觉。闻‘池荷’即追忆衣香，见庭草亦联想结绶，亟亟求出，不可卒岁，实……戏言尔家自来无真隐，勿我欺也。”（卞孝萱《刘禹锡诗何焯批语考订》）

白舍人自杭州寄新诗有柳色春藏苏小家之句因而戏酬兼寄浙东元相公①

钱塘山水有奇声，② 暂谪仙官领百城。③
女妓还闻名小小，④ 使君谁许唤卿卿。⑤
鳌惊震海风雷起，⑥ 蜃斗嘘天楼阁成。⑦
莫道骚人在三楚，⑧ 文星今向斗牛明。⑨

【注释】

①诗长庆三年作于夔州。白舍人：白居易。白居易长庆元年曾任中书舍人，故称。然此时白居易已在杭州刺史任，称其为舍人，乃循唐人之习。浙东元相公：即元稹。元稹曾在长庆二年任宰相，故称其相公。然此时已改为越州刺史、兼御史大夫、浙东观

察使。 ②钱塘：即杭州。 ③仙官：指白居易来杭州前在朝廷所任的中书舍人。以其为在朝官职，故称为仙官。领百城：白居易时任杭州刺史，故谓其领百城。 ④小小：指南齐钱塘名妓苏小小。《乐府诗集》卷八五引《乐府广题》曰："苏小小，钱塘名倡也，盖南齐时人。" ⑤使君：对地方长官太守、刺史的称呼。卿卿：古时男女之间的亲昵称呼。《世说新语·惑溺》："王安丰（戎）妇常卿安丰。丰曰：'妇人卿婿，于礼为不敬，后勿复尔。'妇曰：'亲卿爱卿，是以卿卿。我不卿卿，谁当卿卿？'遂恒听之。" ⑥鳌（áo）：传说中的海中大龟。 ⑦蜃斗嘘天句：蜃，海中的大蛤蜊。古人误以为海中的蜃气乃蜃所吐之气所成，而海市蜃楼亦为蜃气所成。 ⑧三楚：地名，战国楚地。今从黄淮至湖南一带，有西楚、东楚、南楚之分。亦用以泛指湘、鄂一带。《史记·货殖列传》："自淮北沛、陈、汝南、南郡，此南楚也……彭城以东，东海、吴、广陵、此东楚也……衡山、九江、江南、豫章、长沙，是南楚也。" ⑨文星：主持文运的星星。此用以喻元稹、白居易。斗牛：斗宿和牛宿，其分野在吴越一带地区。

【品评】

刘禹锡与白居易、元稹均是诗文来往的好友。其时，白居易在杭州刺史任，元稹在会稽为浙东观察使，两地相近，且风光秀丽，故元、白多有游山水唱和之作。诗中的"莫道骚人在三楚，文星今向斗牛明"两句即谓元白在浙东游山水唱和之事。关于此事，了解有关记载可以加深对这首诗的解读。《旧唐书·白居易传》谓白居易"除杭州刺史，俄而元稹罢相……转浙东观察使。交契素深，杭、越邻境，篇咏往来，不间旬浃”。《旧唐书·元稹传》亦记“会稽山水奇秀，稹所辟幕职，皆当时文士，而镜湖、秦望之游，月三四焉。而讽咏篇什，动盈卷帙”。诗中的“钱塘山水有奇声”、“女妓还闻名小小，使君谁许唤卿卿”等句乃是酬和白居易原诗之句，此为酬和所需，更能显出酬和诗歌的紧密互动关系，不过刘禹锡诗更显得风流倜傥，流情婉转。为便于看出两诗之关系，今录白居易《杭州春望》原诗如下：望海楼明照曙霞（原注：城东楼名望海楼），护江堤白踏晴沙。涛声夜入伍员庙，柳色春藏苏小家。红袖织绫夸柿蒂（原注：杭州出柿蒂花者尤佳），青旗沽酒趁梨花（原注：其俗酿酒，趁梨花时熟，号为“梨花春”）。谁开湖寺西南路，草绿裙腰一带斜（原注：孤山寺路在湖洲中，草绿时望如裙腰）。

和乐天题真娘墓①

薝卜林中黄土堆，② 罗襦绣黛已成灰。
芳魂虽死人不怕， 蔓草逢春花自开。
幡盖向风疑舞袖，③ 镜灯临晓似妆台。
吴王娇女坟相近，④ 一片行云应往来。⑤

【注释】

①此诗长庆四年作于夔州。真娘墓：《平江纪事》：“真娘，唐帝时名妓也，墓在虎丘剑池之西。”《吴地记》：“虎丘山寺侧有贞娘，吴国之佳丽也。行客才子多题墓上。” ②薝卜：花名，即郁金

花。唐段成式《酉阳杂俎》一八《广动植·木》:“陶贞白(弘景)言,栀子翦花六出,刻房七道,其花香甚,相传即西域薝卜花也。”③幡盖:幢幡华盖之类。 ④吴王娇女:《吴越春秋》卷二:“吴王有女滕玉,因谋伐楚,与夫人及女会,蒸鱼,王前尝半而与女。女怒曰:‘王食鱼,辱我。’乃自杀。阖闾痛之,葬于国西阊门外。”⑤行云:用巫山神女朝为行云,暮为行雨故事。此指真娘与吴王娇女。

【品评】

白居易为杭州刺史,杭州虎丘寺有真娘墓,白居易遂有《真娘墓》之作:“真娘墓,虎丘道。不识真娘镜中面,唯见真娘墓头草。霜摧桃李风折莲,真娘死时犹少年。脂肤荑手不牢固,世间尤物难留连。难留连,易销歇,塞北花,江南雪。”白诗乃借咏真娘墓而致惜其青春年少而死之深情,深痛“霜摧桃李风折莲”、“世间尤物难留连”之悲哀。刘禹锡既为与白居易唱和诗,其诗所表达的情感也自有与白居易诗相同之处。不过,刘诗的这一情感要淡得多,反之又多了一层真娘可亲可近,如若活人的亲和力,故有“芳魂虽死人不怕”之句;也有“幡盖向风疑舞袖,镜灯临晓似妆台”的真娘美好舞姿与临镜梳妆的想象之句,这样使得真娘仿佛已返死回生,能像巫山神女般的行云行雨,更显得美好可爱,比之白居易诗更活脱,也更具有诗歌的感人魅力。

蜀先主庙[①]

天地英雄气,[②] 千秋尚凛然。

势分三足鼎，[③] 业复五铢钱。[④]
得相能开国，[⑤] 生儿不象贤。[⑥]
凄凉蜀故妓，[⑦] 来舞魏宫前。

【注释】

①此诗长庆中作于夔州。原注："汉末谣，黄牛白腹，五铢当复。"蜀先主庙：即夔州的刘备庙。《方舆胜览》卷五七夔州路："蜀先主庙，去奉节县六里。"《汉书·五行志》一："世祖建武六年，蜀童谣曰：'黄牛白腹，五铢当复。'是时公孙述僭号于蜀，时人窃言：'王莽称黄，述欲继之，故称白；五铢，汉家货，明当复也。'述遂诛灭。" ②英雄：《三国志·蜀书·先主传》："曹公从容谓先主曰：'今天下英雄，惟使君与操耳。本初之徒，不足数也。'" ③三足鼎：指魏、蜀、吴三国鼎立。 ④五铢钱：汉武帝元狩五年所铸的一种重五铢的钱。后来魏晋六朝，也曾铸五铢钱。 ⑤得相句：指刘备得到帮助他建立蜀汉政权的宰相诸葛亮。《三国志·蜀书·诸葛亮传》：刘备"与亮情好日密，关羽、张飞等不悦，先主解之曰：'孤之有孔明，犹鱼之有水也。'……先主于是即帝位，策亮为宰相"。 ⑥生儿句：儿，指刘备儿子后主刘禅。象贤：《仪礼·士冠礼》："继世以立诸侯，象贤也。"注："贤者子孙，恒能法其父德行。" ⑦蜀故妓：蜀国原来的妓乐。《三国志·蜀书·后主传》注引《汉晋春秋》记刘禅降魏后，"司马文王与禅宴，为之作故蜀技，旁人皆为之感怆，而禅喜笑自若。王谓贾充曰：'人之无情，乃可至于是乎！虽使诸葛亮在，不能辅之久全，而况姜维耶？'……他日，王问禅曰：'颇思蜀否？'禅曰：'此间乐，不思蜀。'"

【品评】

诗题为咏刘备庙之作，实为咏怀蜀先主，故着重于与刘备有关的人与事的歌咏。因此诗中牵涉到人与事的典故。前人对诗中的个别诗句有不同的理解。方回云："梦得此诗用三足鼎、五铢钱，可谓精当。然末句非事实也。蜀固亡矣，魏亦岂为存哉？其业已属司马氏矣。诸葛公之子死于难，不为先主羞。而魏之群臣举国以授晋，则何灭蜀之有哉！"(《瀛奎律髓》卷二八）对于这样的误解，清人冯舒批评曰："落句可伤。用刘禅事，何云'非事实'？方君不学乃至是！蜀亡时魏未禅位，何言之梦梦耶？'不象贤'，自谓后主，何言诸葛？方君不通如此。"(《瀛奎律髓汇评》卷二八）对于刘诗末两句的解读，宋人方岳以之与杜牧《赤壁》诗相比，云：杜牧"'东风不与周郎便，铜雀春深锁二乔。'许彦周不谕此老以滑稽弄翰，每每反用其锋，辄雌黄之，谓孙氏霸业，系此一战，宗庙丘墟，皆置不问，乃独含情妓女，岂非与痴人言不应及于梦也！刘禹锡《题蜀主庙》诗云：'凄凉蜀故妓，来舞魏宫前'亦是此意，惟增凄感，却不主于滑稽耳！本朝诸公，喜于议论，往往不深谕。唐人主于性情，便隽永有味，然后为胜"。(《深雪偶谈》)许印芳对于此诗以重笔咏人而稍扣"庙"字，亦颇为称赏，云："凡祠庙坟墓等题，总宜从人着笔，不可纠缠祠墓。盖祠墓是公共之物，略用关合足矣。人是本题正位，宜用重笔发挥，乃合体裁。如此诗全说先主，于'庙'字无一语道及，而起结皆扣住'庙'字。起语是从庙貌看出，结语则以魏宫对照蜀庙也。"(《瀛奎律髓汇评》卷二八）此诗乃刘禹锡咏史诗名篇，故其诗内容与艺术表达造诣多为人们所称道，兹引录若干，供参读赏析。余成教云："'得相能开国，生儿不象贤。'论断简切。"(《石园诗话》卷一)刘克庄谓:"刘梦得五言如《蜀先主庙》……皆雄浑老苍,沉着痛快,小家数不能及也。"(《后村诗话》)何焯评云:"通篇极着意'蜀'字,破题再涵盖'魏'字,非千钧笔力不能。二十字中,无字不典,无字不紧,老杜执笔,不过如此。"(卞孝萱《刘禹锡诗何焯批语考订》)黄周星说首句"五字有千钧之力",末句"先主有知,亦当泪下"。(《唐诗快》)纪昀谓"句句精拔。起二句确是先主庙,妙似不用事者。后四句沉着之至,不病其直"。(《初白庵诗评》,下引同)查慎行评云:"中两联字字确切。"

观八陈图①

轩皇传上略,② 蜀相运神机。③
水落龙蛇出,④ 沙平鹅鹳飞。⑤
波涛无动势, 鳞介避余威。⑥
会有知兵者, 临流指是非。⑦

【注释】

①此诗长庆中作于夔州。八陈图:即八阵图。"陈"通"阵"。八阵图相传为诸葛亮所造,有多处,此指夔州奉节县长江中者。《太平寰宇记》卷一四八夔州奉节县:"八阵图在县西南七里。《荆州图记》云:'永安宫南一里渚下平碛上,周回四百十八丈,中有诸葛孔明八阵图,聚细石为之。各高五尺,广十围,历然棋布,纵横

相当。中间相去九尺，正中间南北巷广悉五尺，凡六十四聚。'" ②轩皇句：轩皇，即轩辕氏黄帝。据说八阵形乃黄帝设计，《神机制敌太白阴经》卷六："黄帝设八阵之形：车厢洞当，金也；车工中黄，土也……其后秦由余、诸葛亮并有阵图，以教人战。" ③蜀相：三国时蜀国宰相诸葛亮。 ④龙蛇：战阵名称。 ⑤鹅鹳(guàn)：鹅、鹳皆为战阵名称。《左传·昭公二十一年》："郑翩愿为鹅，其御愿为鹳。"注："鹅、鹳皆阵名。" ⑥鳞介：泛指有鳞和介甲的水生动物。 ⑦指是非：指东晋桓温识八阵图事。《太平寰宇记》卷一四八夔州："八阵图……桓温伐蜀经之，以为常山蛇势。"

【品评】

诸葛亮八阵图有在夔州者，刘禹锡任夔州刺史时经过此处，故有咏八阵图之作，以抒发对神机妙算富有谋略的诸葛孔明的敬仰之情。诗人对八阵图曾观察了解得颇为细致。《刘宾客嘉话录》(《太平广记》卷三七四引)云："夔州西市，俯临江岸，沙石下有诸葛亮八阵图，箕张翼舒，鹤形鹳势，象(聚)石分布，宛然尚存。峡水大时，三蜀雪消之际，澒涌滉漾，可胜道哉。大树十围，枯槎百丈……及乎水落川平，万物皆失故态，唯诸葛阵图小石之堆，标聚行列依然。如是者仅已六七百年，年年淘洒推激，迨今不动。"又《唐语林》卷二亦记有刘禹锡推崇诸葛亮事："诸葛公诚明，一心为先主效死。况此法出《六韬》，是太公上智之材所构，自有此法，惟孔明行之，所以神明扶持，一定而不可改也。"可见此诗也是借咏八阵图表达诗人对诸葛亮的崇敬之情，故诗有"蜀相运神机"和

"鳞介避余威"之句。诗末的"会有知兵者,临流指是非"两句用桓温识八阵图的典故:"东晋桓温征蜀过此,曰:'此常山蛇阵,击头则尾应,击其中则头尾皆应。'常山者,地名。其蛇两头,出于常山。其阵适类其蛇之两头,故名之也。温遂勒铭曰:'望古识其真,临源爱往迹。恐君遗事节,聊下南山石。'"(同上引)这一典故的运用,也是通过后人对八阵图的辨识,表明诸葛亮是能运神机的"知兵者",赞颂他的军事才能。

巫山神女庙①

巫山十二郁苍苍,　片石亭亭号女郎。②
晓雾乍开疑卷幔,　山花欲谢似残妆。
星河好夜闻清佩,③ 云雨归时带异香。
何事神仙九天上,④ 人间来就楚襄王。⑤

【注释】

①此诗长庆中作于夔州。巫山神女庙:巫山神女,乃传说中巫山的神女。宋玉《高唐赋》:"昔者,楚襄王与宋玉游于云梦之台,望高唐之观,其上独有云气,崪兮直上,忽兮改容,须臾之间,变化无穷。王问玉曰:'此何气也?'玉对曰:'所谓朝云者也。'王曰:'何谓朝云?'玉曰:'昔者先王尝游高唐,怠而昼寝,梦见一妇人,曰:妾巫山之女也,为高唐之客。闻君游高唐,愿荐枕席。王因幸之。去而辞曰:妾在巫山之阳,高丘之阻,旦为朝云,暮为行

雨，朝朝暮暮，阳台之下。旦朝视之，如言，故为立庙，号曰朝云。'”《渔洋诗话》卷下：“巫峡中神女庙，在箜篌山麓。茅茨三间，而神像幽闲，婉嫿可观。其西即高唐观也。” ②亭亭：直立美好貌。 ③清佩：清脆的玉佩声。 ④神仙：指巫山神女。九天：即九重天，天最高处。 ⑤楚襄王句：楚襄王，战国时楚王。宋玉《神女赋序》：“楚襄王与宋玉游于云梦之浦，使玉赋高唐之事。其夜王寝，果梦与神女遇，其状甚丽。”

【品评】

诗乃咏巫山神女事，全诗立意平平，唯“何事神仙九天上，人间来就楚襄王”两句乃讥讽时事，可见刘禹锡诗好讥刺及好议论之特色，故纪昀评云：“三、四俗语，结亦平浅。……尾句太直。此种已是宋诗，设题下换宋人名字，不知如何唾骂耳。”（《瀛奎律髓汇评》卷二八）亦可见刘禹锡诗与宋诗的影响关系。“晓雾乍开疑卷幔，山花欲谢似残妆”两句，乃写神女句，虽为纪昀称为“俗语”，但亦有所脱化之处。庾信《梁东宫行雨铭》：“翠幔朝开，新妆旦起。草绿衫同，花红面似。”刘禹锡此诗即用庾信诗意。

竹枝词九首并引[①]

四方之歌，异音而同乐。岁正月，余来建平，[②]里中儿联歌《竹枝》，吹短笛，击鼓以赴节。歌者扬袂睢舞，[③]以曲多为贤。聆其音，中黄钟之羽，[4]其卒章激讦如吴声。[5]虽伧伫不可分，[6]而含思宛转，有淇濮之艳。[7]昔屈原居沅湘间，其民迎神，词多鄙陋，乃为作《九歌》，[8]到于今荆楚鼓舞之。故余亦作《竹枝词》九篇，俾善歌者扬之，[9]附于末。后之聆巴歈，[10]知变风之自焉。[11]

一

白帝城头春草生，[12]　白盐山下蜀江清。[13]
南人上来歌一曲，　北人莫上动乡情。

二

山桃红花满上头，　蜀江春水拍山流。
花红易衰似郎意，　水流无限似侬愁。

三

江上朱楼新雨晴，　瀼西春水縠纹生。[14]
桥东桥西好杨柳，　人来人去唱歌行。

四

日出三竿春雾消，　江头蜀客驻兰桡。[15]
凭寄狂夫书一纸，[16]　家住成都万里桥。[17]

五

两岸山花似雪开，　家家春酒满银杯。
昭君坊中多女伴，[18]　永安宫外踏青来。[19]

六

城西门前滟滪堆，[20]　年年波浪不能摧。
懊恼人心不如石，　少时东去复西来。

七

瞿塘嘈嘈十二滩，[21]　人言道路古来难。
长恨人心不如水，　等闲平地起波澜。

八

巫峡苍苍烟雨时，　清猿啼在最高枝。
个里愁人肠自断，[22]　由来不是此声悲。

九

山上层层桃李花，　云间烟火是人家。
银钏金钗来负水，[23]　长刀短笠去烧畲。[24]

【注释】

①《竹枝词》九首长庆中作于夔州。《竹枝》：乐府名。其形式为七言绝句。唐人所作多以写旅人离思愁绪，或儿女柔情，后人

所作多歌咏风土人情。《师友诗传续录》:“《竹枝》咏风土,琐细诙谐皆可入,大抵以风趣为主,与绝句迥别。” ②建平:即夔州。③扬袂睢舞:举袖仰目欢舞貌。睢,仰目视貌。 ④黄钟之羽:黄钟,古乐十二律之一。声调最洪大响亮。羽,古代五音之一。《礼记·月令》:“其日壬癸……其音羽,律中黄钟。” ⑤激讦(jié):激切。吴声:吴地民歌。 ⑥伧伫:形容边地语言音调粗重村鄙,难于听懂。 ⑦淇濮之艳:淇、濮乃古代卫国的二水名。淇濮之艳,指男女恋情的歌曲。 ⑧《九歌》:屈原所作诗歌,有《湘君》、《湘夫人》等十一篇。王逸谓:“《九歌》者,屈原之所作也。昔楚南郢之邑,其俗信鬼而好祠,其祠必作乐鼓舞,因为作《九歌》之曲,托之以讽谏也。” ⑨俾:使。扬:显扬。 ⑩巴歈(yú):巴地的民歌。 ⑪变风:说诗者指《诗经》中以《邶风》至《豳风》一百三十五篇为变风,以别于《周南》《召南》自《关睢》至《驺虞》二十五篇之正风。 ⑫白帝城:城名,在今四川奉节县城东瞿塘峡口。东汉公孙述至鱼腹,见白气如龙出井中,自以为瑞,改鱼腹为白帝。⑬白盐山:山名,在夔州奉节县东。《水经注·江水》:“江水又东径广溪峡……北岸山上有神渊,渊北有白盐崖,高可千余丈,俯临神渊。土人见其高白,故因名之。” ⑭瀼西:瀼溪之西。陆游《入蜀记》:“夔州在瀼之西,故一曰瀼西。土人谓山涧之流通江者曰‘瀼’云。”縠纹:绉纱的纹理。此喻江水的波纹。 ⑮兰桡:兰木制成的桨。此指兰舟。 ⑯狂夫:女子对自己丈夫的谦称。⑰万里桥:桥名,在成都。《元和郡县图志·成都府成都县》:“万里桥,架大江水,在县南八里。蜀使费祎聘吴,诸葛亮祖之,祎叹曰:‘万里之路,始于此桥。’因以为名。” ⑱昭君:字嫱,南郡人,汉元帝宫女。貌美而不被宠爱，后出嫁匈奴。昭君坊：昭君在家乡曾住处，地在湖北秭归。 ⑲永安宫：汉宫名，故址在重庆奉节。《太平寰宇记》卷一四八夔州奉节县："永安宫，汉末公孙述所筑，蜀先主崩于此城中，故曰永安宫。" ⑳滟滪堆：《太平寰宇记》卷一四八夔州奉节县："滟滪堆，周回二十丈，在州西南二百步蜀江中、瞿塘峡口。……其状如马，舟人不敢进。" ㉑瞿塘：《水经注·江水》："江水又东径广溪峡……峡中有瞿塘、黄龛二滩，夏水回复，沿溯所忌。瞿塘滩上有神庙，尤至灵验。刺史二千石径过，皆不得鸣角伐鼓，商旅上水，恐触石有声，乃以布裹篙足。"《太平寰宇记》卷一四八夔州奉节县："瞿塘峡在州东一里，古西陵峡也。连崖千丈，奔流电激，舟人为之恐惧。"嘈嘈：此喻水流声。 ㉒肠自断：《世说新语·黜免》："桓公入蜀，至三峡中，部伍中有得猿子者，其母缘岸哀号，行百余里不去，遂跳上船，至即便绝。破视其腹中，肠皆寸断。"《水经注·江水》：载渔人歌："巴东三峡巫峡长，猿鸣三声断人肠。" ㉓银钏金钗：银钏、金钗皆妇女妆饰品，此用以指代妇女。 ㉔长刀短笠：长刀为农垦工具；短笠为雨具。此处长刀短笠皆为劳动者所用，故亦代指去劳动的男子。烧畲：烧山草开荒。俗称火耕。

【品评】

这九首《竹枝词》皆是刘禹锡任夔州刺史时，观察并熟悉当地人民的日常生活与风俗习尚，依据巴蜀夔州一带民歌的声调音律、风情韵致加以改造，创作而成。故前人谓"《竹枝》入绝句自刘始"。(《雅论》卷一〇)又谓"竹枝为巴渝之曲，刘宾客特擅其长，以俚词而入雅调，别有一种风格”。（宋长白《柳亭诗话》卷三）《竹枝》本是泛咏风土，琐细诙谐皆可入咏，而刘禹锡这九首竹枝词正是依据这一本色，在九首诗中皆从各个侧面表现当地普通劳动人民的生活及其风俗与风情，展现了巴蜀地区的节物风光与生活、生产、爱情与娱乐场景风貌。其中第九首写巴蜀刀耕火种生活，尤能抓住其特点入笔，很能展现当时当地的男女劳动风习，这只要参考陆游《入蜀记》和范成大《劳畲耕序》的有关记载，即更能理解诗歌对于“银钏金钗来负水，长刀短笠去烧畲”的描写：“妇人汲水，皆背负一全木盎，长二尺，下有三足。至泉旁，以杓挹水，及八分，即倒坐旁石，束盎背上而去。大抵峡中负物率着背，又多妇人，不独水也。未嫁者，率为同心结，高二尺，插银钗至六只，后插大象牙梳，如手大。”“畲田，峡中刀耕火种之地也。春初斫山，众木尽蹶，至当种时，伺有雨候，则前一夕火之，藉其灰以粪。明日雨作，乘热土下种，即苗盛倍收。无雨反是。”写爱情和峡中风光也是颇为出色的，如第二首、第四首以及第六、第七、第八首皆是。其表现手法又皆善于用比喻对比的民歌常用的方法，如“花红易衰似郎意，水流无限似侬愁”、“懊恼人心不如石，少时东去复西来”句即是如此。因此可以看出这九首诗颇能展现巴蜀风貌风情，宋人黄庭坚即谓“刘梦得作《竹枝歌》九章，余从容夔州，歌之，风气声俗皆可想见”。（《山谷外集》卷一二《跋竹枝歌》）他对这九首诗评价极高：“刘梦得《竹枝》九章，词意高妙，元和间诚可以独步。道风俗而不俚，追古昔而不愧，比之杜子美《夔州歌》，所谓同工而异曲也。昔苏子瞻尝闻余咏第一篇，叹曰：‘此奔轶绝尘，不可追也。’……大概梦得乐府小章优于大篇，诗优于它文耳。”（《苕溪渔隐丛话》前集卷二〇引)这些诗尚有当地《竹枝》民歌的特色,如陈仅云:“此体本起于巴、濮间男女相悦之词,刘禹锡始取以入咏,诙谐嘲谑,是其本体。”(《竹林答问》)但又有所创调,杨际昌以为“《竹枝》体宜拗中顺,浅中深,俚中雅,太刻划则失之,入科诨更谬矣。刘梦得创调可按也”。这一创调就在于以古调入新声(《国朝诗话》卷一),因此他的《竹枝词》虽所写皆儿女子口中语,然颇有雅味,读来颇有含思婉转、声情儇利之况味。

竹枝词二首

一

杨柳青青江水平,　闻郎江上唱歌声。
东边日头西边雨,　道是无晴却有晴。

二

楚水巴山江雨多,　巴人能唱本乡歌。
今朝北客思归去,　回入纥那披绿罗。①

【注释】

①纥(gē)那:曲调名。唐代民间有歌词:“得体,纥那也,纥囊得体耶?潭里船车闹,扬州铜器多。三郎当殿坐,看唱《得体歌》。”杨慎《艺林伐山》卷二〇:“刘禹锡《竹枝词》云:‘……回入纥那披绿萝。’阿那、纥那,皆当时曲名。……刘禹锡诗言翻南音为

北曲也。'阿那'皆叶上声,'纥那'皆叶平声,此又随方音而转也。"绿罗:即绿萝。

【品评】

刘禹锡的《竹枝词》多为人们喜闻乐见,广为传唱,尤其是"东边日头西边雨,道是无晴却有晴"一诗更是脍炙人口,赢得称赏。盖其诗句措辞颇为流丽,酷似六朝民歌,古趣盎然,且简而妙,颇具风情韵致。其表现手法也多采用民歌的比喻、谐音谐隐的方法,如周珽所说的"起兴于杨柳、江水,而借景于东日西雨,隐然见唱歌、闻歌,无非情之所流注也"。(《唐诗选脉会通评林》)宋人洪迈也说:"自齐、梁以来,诗人作乐府《子夜四时歌》之类,每以前句比兴引喻,而后句实言以证之,至唐……亦多此体,或四句皆然。……七言亦间有之,如'东边日头西边雨,道是无情又有情'……是也。"(《容斋三笔》卷一六)而且此诗"东边日出"、"道是无情"两句,也颇具无理而妙者,可谓"语圆意足,信手拈来,无非妙趣"。(方南堂语,见《辍锻录》)

别夔州官吏[①]

三年楚国巴城守,[②]　一去扬州扬子津。[③]
青帐联延喧驿步,[④]　白头俯伛到江滨。[⑤]
巫山暮色常含雨,　峡水秋来不恐人。
惟有《九歌》词数首,[⑥]　里中留与赛蛮神。[⑦]

【注释】

①此诗乃长庆四年秋诗人罢夔州刺史任，改和州刺史时所作。 ②楚国巴城守：指夔州刺史。 ③扬子津：古津渡名。在江苏江都县南，有扬子桥，自古为江滨津要处。 ④青帐：指饯别宴席所设的青色帐幕。步：码头。柳宗元《永州铁炉步志》："江之浒，凡舟可縻而上下者曰步。" ⑤白头：指夔州当地年老的百姓。俯伛：俯身曲背。 ⑥《九歌》：本为屈原所作的诗篇，此指刘禹锡在夔州所创作的九首《竹枝词》。 ⑦蛮神：夔州在西南边地，故称本地所供奉的神为蛮神。

【品评】

诗为刘禹锡调任和州刺史，将离开夔州时的留别之作。尽管诗人任夔州，乃他贬谪岁月的一段经历，本是颇为失意的。但诗人在夔州的三年，与当地人民结下深厚情谊，故临别之际，也不无留恋之情。这一情感乃表现在诗歌的后半首。所谓的"巫山暮色常含雨"，实与巫山神女的"暮为行雨"相关，乃含情之具象；而峡水本是咆哮奔腾，极为恐人的，但此时在刘禹锡看来，则是"峡水秋来不恐人"，这正是他喜欢于此，留恋于此的情感表现。当然，刘禹锡的善政及其对人民的爱护，也赢得当地人民的热爱，故有"青帐联延喧驿步，白头俯伛到江滨"两句，可见送行的人们众多，且一直送到江边，恋恋不舍。连白发苍苍的老人也步履艰难地来送行，可谓情谊深厚，颇得民心。

自江陵沿流道中[①]

三千三百西江水，[②] 自古如今要路津。
月夜歌谣有渔父， 风天气色属商人。
沙村好处多逢寺， 山叶红时觉胜春。
行到南朝征战地，[③] 古来名将尽为神。[④]

【注释】

①此诗长庆四年秋作于赴和州刺史途中。江陵：地名，属于今湖北省。 ②西江：长江自江陵以下的一段，因大江从西而来，故称西江。《懊侬歌》："江陵趣扬州，三千三百里。" ③南朝：史称吴、东晋、宋、齐、梁、陈为南朝。征战地：指江陵以下的长江沿岸一带地区。 ④原注："陆逊、甘宁，皆有祠宇。"名将：指陆逊、甘宁等将领。陆游《入蜀记》："至富池昭勇庙……谒昭毅武惠遗爱灵显王神。神，吴大帝时折冲将军甘兴霸也。"按，甘宁，字兴霸。

【品评】

长江三峡及其以下一段，风光景色极为壮丽优美，尤其是江陵以下水路，放眼望之，不惟两岸景色如画，而且江面开阔，颇为壮观。加上这一地区自古以来即为商旅往来，商业活动繁盛之地，也是军事重镇，乃兵家争战之地，故刘禹锡经过此地，观览山川形胜，颇兴怀古之想，抚今思昔，不胜感慨，遂有此作。此诗主要内容及其表现手法、风格，纪昀曾云："入手陡健。三、四言闲适自如则有渔父，迅利来往则有商人，言外寓不闲居又不得志之感。结慨儒冠流落，即飞卿（即温庭筠）'欲将书剑学从军'、昭谏'拟脱儒冠从校尉'之意，而托之古迹，其词较为蕴藉。"（《瀛奎律髓汇评》卷四）何焯亦谓此诗："笔力千钧。'三千三百'，破尽'沿流'。中四句皆'沿流'也。景物虽佳，何如立功立事？落句所以慨然于庙食者。"（卞孝萱《刘禹锡诗何焯批语考订》）这也就是说，此诗在表达意蕴上具有从言外悟出的特点，故其三、四句，七、八句，都是写他人，藏过自己。然而要旨乃从对面着笔，悟出自己之不得意，遂生无穷感慨。

望洞庭[①]

湖光秋月两相和，　潭面无风镜未磨。
遥望洞庭山水翠，　白银盘里一青螺。[②]

【注释】

①此诗长庆四年秋赴和州刺史任，经洞庭湖时作。　②白银盘：比喻洞庭湖平静如白银盘。青螺（luó）：比喻君山。《大清一统志》卷三五九岳州府："君山在巴陵县西南洞庭湖中，状如十二螺髻。"

【品评】

诗乃描写洞庭湖和湖中的君山之作，故全诗四句皆为描绘景色之句。其描绘景色之佳妙，遂使此诗成为咏唱洞庭湖和君山的名作。其描写山水的表现手法，乃取比喻一法，然其妙处则在比喻之贴切以及山水湖光月色的交相辉映，构图的和谐优美，遂成一完美之山水图画，令后人咏唱不绝，遂有黄庭坚点化此诗之作。葛立方《韵语阳秋》卷二谓："诗家有换骨法，谓用古人意而点化之，使加工也。刘禹锡云：'遥望洞庭湖水翠，白银盘里一青螺。'山谷点化之云：'可惜不当湖水面，银山堆里看青山。'"当然，将君山比喻为青螺，约与刘禹锡同时而稍后的诗人雍陶也有此喻，何光远曰："刘禹锡尚书有《望洞庭》之句，雍使君陶有《咏君山》之诗，其如作者之才往往暗合。……雍《咏君山》诗曰：'烟波不动影沉沉，碧色全无翠色深。疑是山仙梳洗罢，一螺清黛镜中心。'"（《鉴戒录》卷八）雍诗可能作于刘禹锡诗后，其喻君山为青螺，不知是暗合，还是受刘诗影响。

西塞山怀古[1]

王浚楼船下益州，[2] 金陵王气黯然收。[3]
千寻铁锁沉江底，[4] 一片降幡出石头。[5]
人世几回伤往事， 山形依旧枕寒流。
今逢四海为家日，[6] 故垒萧萧芦荻秋。[7]

【注释】

①诗作于长庆四年秋赴和州途中。西塞山：在今湖北省大冶市东，是长江中流要塞。《元和郡县图志》卷二七鄂州武昌县："西塞山在县东八十五里，竦峭临江。" ②王浚：《晋书·王浚传》："浚字士治，弘农湖人也。……拜益州刺史。武帝谋伐吴，诏浚修舟舰。浚乃作大船连舫，方百二十步，受二千余人。以木为城，起楼橹，开四门出，其上皆得驰马来往。……太康元年正月，浚发自成都"攻吴。益州：晋时益州州治在今四川成都市。 ③金陵王气句：金陵，今南京市，三国时吴都城。《太平御览》卷一七〇引《金陵图》谓："昔楚威王见此有王气，因埋金以镇之，故曰金陵。秦并天下，望气者言江东有天子气，凿地断连冈，因改金陵为秣陵。" ④千寻铁锁句：指晋水军突破吴国长江防线，直逼金陵。《晋书·王浚传》："吴人于江险碛要害之处，并以铁锁横截之。又作铁锥，长丈余，暗置江中，以逆距船。……浚乃作大筏数十，亦方百余步。缚草为人，披甲持杖，令善水者，以筏先行。筏遇铁锥，锥辄着筏去。又作火炬……灌以麻油，在船前。遇锁，燃炬烧之。须臾，融液断绝，于是船无所碍。" ⑤一片降幡句：指吴国投降事。石头：城名，故址在今南京市清凉山。《元和郡县图志》卷二十五润州："石头城在(上元)县西四里，即楚之金陵城也。吴改为石头城。"《晋书·王浚传》："浚自发蜀，兵不血刃，攻无坚城，夏口、武昌，无相支抗，于是顺流鼓棹，径造三山。……浚入于石头。(孙)皓乃备亡国之礼，索车白马，肉袒面缚，衔璧牵羊，大夫衰服，士舆榇……造于垒门。浚躬解其缚，受焚榇，送于京师。" ⑥四海为家：指全国统一。《史记·高祖本纪》："天子以四海为家。"

⑦故垒：指古时流传下来的旧垒。《元和郡县图志》卷二六："贺若弼垒在(上元)县二十里。……韩擒虎垒在(上元)县西四里。"

【品评】

此诗为刘禹锡怀古名作，古来评析者纷纷，虽不无批评之言，如翁方纲云："刘宾客《西塞山怀古》之作，极为白公所赏，至于为之罢唱。起四句洵为佳作，后四则不振矣。此中唐以后所以气力衰飒也。"(《石洲诗话》卷二)然大都称赏有加，缕析其句之佳，如金圣叹分析各句云：首句"只加'楼船'二字，便觉声势之甚。所以写王浚必要声势之盛者，政欲反衬金陵惨阻之甚也。从来甲子兴亡，必有如此相形，正是眼看不得"。又称金陵句"'收'字妙，更不必多费笔墨，而当时面缚出降，更无半策，气色如画"。称三、四两句"此即详写'黯然收'三字也。看他又加'千寻'字，'一片'字，写昨日锁江，锁得尽情，此日降晋，又降得尽情，以为一笑也"。评"人世"联云："看他如此转笔，于律诗中真为象王回身，非驴所拟。而又随手插得'几回'二字，便见此后兴亡，亦不止孙皓一番，直将六朝纷纷，曾不足当其一叹也。"又谓末联"结用无数衰飒字，如'故垒'，如'萧萧'，如'芦荻'，如'秋'，写当今四海为家，此又一奇也"。(均见《贯华堂选批唐才子诗》甲集七言律卷五下)方世举亦云："刘梦得《西塞山怀古》，白香山所能让，其妙安在？宜田曰：'前半专叙孙吴，五句以七字总括东晋、宋、齐、梁、陈五代，局阵开拓，乃不紧迫。六句始落到西塞山，'依旧'二字有高峰堕石之迅捷。七句落到怀古，'今逢'二字有居安思危之遥深。八句'芦荻'是实时景，仍用'故垒'，终不脱题。此转结一片之法也。至于前半一气呵成，具有山川形势，制胜谋略，因前验后，兴废皆然，下只以‘几回’二字轻轻兜满，何其神妙！’”（《兰丛诗话》）何焯亦称颂此诗“气势笔力，匹敌崔颢《黄鹤楼》诗，真千载绝作”。并分析各句云“‘江底’、‘石头’，天然自工”，“‘下益州’，兵自西来也。落句收住‘塞’字。‘四海为家’，则无东西之可间，又与‘西’字反对，诗律之密如此。前半櫽括史事，形胜在目。健笔雄才，诚难匹敌。若专赋金陵往事，不惟意味浅短，且不应只说孙氏也。”（卞孝萱《刘禹锡诗何焯批语考订》）汪师韩亦谓：“金陵之盛，至吴而始盛。假使感古者取三国、六代事衍为长律，便使一句一事，包举无遗，岂成体制？梦得之专咏晋事也，尊题也。下接云‘人世几回伤往事’，若有上下千年、纵横万里在其笔底者。山形枕水之情景，不涉其境，不悉其妙。至于芦荻萧萧，履清时而依故垒，含蕴正靡穷矣。所谓骊珠之得，或在于斯者欤？”（《诗学纂闻》）总之，前人对此诗评价甚高，正如薛雪云：“刘宾客《西塞山怀古》，似议非议，有论无论，笔着纸上，神来天际，气魄法律，无不精到，洵是此老一生杰作，自然压倒元、白。”（《一瓢诗话》）

武昌老人说笛歌[①]

武昌老人七十余，　手把庾令相问书。[②]
自言少小学吹笛，　早事曹王曾赏激。[③]
往年征镇到蕲州，[④]　楚山萧萧笛竹秋。[⑤]
当时买材恣搜索，　典却身上乌貂裘。[⑥]

古苔苍苍封老节，石上孤生饱风雪。
商声五音随指发，⑦水中龙应行云绝。⑧
曾将黄鹤楼上吹，⑨一声占尽秋江月。
如今老去语尤迟，音韵高低耳不知。
气力已微心尚在，时时一曲梦中吹。

【注释】

①此诗作于长庆四年秋赴和州经武昌时。②庾令：即晋代曾任中书令而移镇武昌的庾亮。此处盖借指其时之鄂岳观察使。③曹王：指嗣曹王李皋，字子兰，曹王明玄孙，嗣王戢之子。少补左司御率府兵曹参军。天宝十一载嗣封，授都水使者，三迁至秘书少监，皆同正。卒于贞元八年。传见《旧唐书》卷一三一。④征镇到蕲州："征镇"，另作"镇戍"，此处据《唐文粹》。蕲州，治所在今湖北省蕲春县蕲州镇西北。据《旧唐书·李皋传》，李皋曾于德宗建中李希烈反时迁江西道节度使，曾"进拔蕲州，降其将李良，又取黄州"。⑤笛竹：蕲州出产的笛竹，可制好笛。⑥典却：典当掉。⑦商声：古代宫、商、角、徵、羽五音之一，此处用以指乐声。⑧行云绝：本指音乐响遏行云，此处意为笛声动听，使得水中的龙亦为笛声所感，未能随云而舞动。⑨黄鹤楼：楼名，在湖北武昌。《太平寰宇记》卷一一二鄂州江夏县："黄鹤楼在县西二百八十步。昔费祎登仙，每乘黄鹤于此憩驾，故号为黄鹤楼。"

【品评】

此诗记叙武昌老人回忆吹笛的经历以及其吹笛之高超技艺，

叙述得宛转有思致，令前人赞叹不绝。何汶《漫斋语录》云：“刘禹锡长于歌行并绝句，如《武昌老人说笛歌》，山谷云：‘使宋玉、马融复生，亦当许之。’”(《竹庄诗话》卷二〇）其叙事从其少小学吹笛获得曹王称赏说起，中经蕲州吹笛之“商声五音随指发，水中龙应行云绝”之绝妙动听境界，又有“曾将黄鹤楼上吹，一声占尽秋江月”之辉煌经历，末尾则结以“如今老去语尤迟，音韵高低耳不知”之慨叹，其叙述令人颇兴往事如烟，美景不再之感慨，颇具回味之魅力。而其所以能达到如此效果，亦与其中表达之佳妙有关。宋人蔡居厚谓“昔苏子美言：乐天《琵琶行》中云‘夜深忽梦少年事，觉来粉泪红阑干’。此联有佳句。余谓梦得《武昌老人说笛歌》云：‘如今老去语犹迟，音韵高低耳不知。气力已无心尚在，时时一曲梦中吹。’不减乐天”。(《诗话总龟》前集卷六引《诗史》)清人贺裳也有相似的评价，谓“刘梦得……七言古大致多可观，其《武昌老人说笛歌》娓娓不休，极肖过时人追忆盛年不禁技痒之态。至曰‘气力已微心尚在，时时一曲梦中吹’，不意笔舌之妙一至于此”。(《载酒园诗话又编》)此诗还为吴沆所称，认为“琴诗当读韩、柳《琴操》，笛诗当看《武昌老人说笛歌》，琵琶诗当看《琵琶行》及欧阳公、王介甫《明妃曲》。却虽用事时不犯正位，不随古人言语走”。(《环溪诗话》卷下)评说值得参读。

经檀道济故垒[1]

万里长城坏，[2] 荒营野草秋。

秣陵多士女，[③] 犹唱《白符鸠》。[④]

【注释】

①檀道济：刘宋时官至征南大将军、开府仪同三司、江州刺史。颇有功名，威名甚重，朝廷颇疑畏之，召入朝。元嘉十三年春，将遣还镇，旋召入，下狱被杀。檀道济故垒：在江州境内。②万里长城：《宋书·檀道济传》："道济见收，乃脱帻投地，曰：'乃复坏汝之万里长城！'" ③秣陵：即金陵，楚威王以其地有王气，埋金镇之，号曰金陵。地在今江苏江宁。 ④原注："史云：当时人歌曰：'可怜《白符鸠》，枉杀檀江州。'"白符鸠（jiū）：舞曲名。《宋书·乐志》引杨泓《拂舞序》："自到江南见白符舞，或言白符鸠舞，云有此来数十年。察其词旨，乃是吴人患孙皓虐政，思属晋也。"《南史·檀道济传》：道济"及其子八人并诛，时人歌曰：'可怜《白符鸠》，枉杀檀江州'"。

【品评】

此诗为诗人经江州檀道济故垒时有感而作。檀道济乃南朝宋时的颇立战功、威震一时的著名将领。后宋彭城王义康妒忌其功，利用宋文帝病发，于是矫诏下狱杀之。当时人颇为此事伤痛，故民间有歌云："可怜《白符鸠》，枉杀檀江州。"刘禹锡见到檀道济故垒，回想这一故实，顿生感慨，故首两句即以"万里长城坏，荒营野草秋"伤之，然虽伤之，亦含赞颂景仰檀道济之意，此从将檀道济比喻为巍巍万里长城可见。因此这两句既是写景，又是抒发沉痛情感，伤悼之情的诗句，可谓含义深远，情感丰厚深沉。后两句以金陵士女之歌，抒发当时人以及诗人对“枉杀檀江州”的不满与伤痛。故周珽云：“伤痛之深，历三百年而犹不泯，道济虽死犹生矣。”(《唐诗选脉会通评林》)

秋江晚泊[①]

长泊起秋色，　空江涵霁晖。
暮霞千万状，　宾鸿次第飞。[②]
古戍见旗迥，　荒村闻犬稀。
轲峨艑上客，[③]　劝酒夜相依。

【注释】

①此诗长庆四年作于赴和州途中。　②宾鸿：即鸿雁。《礼记·月令》：“季秋之月，鸿雁来宾。”郑注：“来宾，言其客止未去也。”次第：次序。　③轲峨：高貌。艑(biàn)：一种大船。《北堂书钞》卷一三八《荆州土地记》：“湘州七郡，大艑所出，皆受万斛”。

【品评】

诗乃写晚泊江上所见到的秋天景色，通过景色的描写而含蓄地抒发诗人的情感。然其情感之流露又从景出，以极为委婉的比喻，巧妙地让人领悟其景中所含蓄的情感，显得颇为蕴藉。如“暮霞千万状，宾鸿次第飞”两句，表面为描绘秋江晚景，然此景色中实含深意。盖诗人乃以景色来比况自己，寄寓其人生之经历与感慨。故何焯识得此中韵味，谓“文章事业，既不能收之桑榆，又为人排笮，末由量移北归”。又说：“落句从凄凉中能出情趣，又是活景，妙绝。”（卞孝萱《刘禹锡何焯批语考订》）所谓“劝酒”而“相依”，实际上可体味出诗人经由长期的贬谪生涯，时人已老大，心情颇为落寞低沉，故需以酒解愁，与船上客共醉而相依为乐，打发旅程之落寞无聊。故“劝酒”句实可谓收足“晚”字。于此亦可见，诗人此诗颇具写景抒情之微婉，且用字极切，具有脱化之妙。如果从诗律的角度来审视此诗，前人王寿昌则有所不足，云：“唐人有诗虽传而不免有病，初学者不可不知者……刘梦得‘暮霞千万状，宾鸿次第飞’及‘酒对青山月，琴韵白苹风’，皆不论平仄。……如此之伦，皆白璧之瑕，明珠之颣也。”（《小清华园诗谈》卷下）

九华山歌并引[①]

九华山在池州青阳县西南，[②]九峰竞秀，神采奇异。昔予仰太华，[③]以为此外无奇；爱女几、荆山，[④]以为此外无秀。及今见九华，始悼前言之容易也。[⑤]惜其地偏且远，不为世所称，故歌以大之。

奇峰一见惊魂魄，意想洪炉始开辟。[⑥]疑是九龙夭矫欲攀天，[⑦]忽逢霹雳一声化为石，不然何至今，悠悠亿万年，气势不死如腾仚。[⑧]云含幽兮月添冷，月凝辉兮江漾影。结根不得要路津，迥秀长在无人境。轩皇封禅登云亭，[⑨]大禹会计临东溟。[10]乘樏不来广乐绝，[11]独与猿鸟愁青荧。[12]君不见敬亭之山黄索漠，[13]兀如断岸无棱角。[14]宣城谢守一首诗，[15]遂使声名齐五岳。九华山，九华山，自是造化一尤物，[16]焉能籍甚乎人间。[17]

【注释】

①此诗作于长庆四年赴和州任经池州时。九华山：我国名山之一，在今安徽青阳县。《太平寰宇记》卷一五〇池州青阳县："九华山在县南二十里，旧名九子山……顾野王《舆地志》云：'其山上有九峰，千仞壁立，周回二百里，高一千丈。'" ②池州：唐时州治在今安徽省贵池县。 ③太华：即华山。 ④女几：山名，俗名石鸡山，在河南宜阳县。《山海经》："女几之山，洛水出焉，东注于江。"荆山：山名，在今河南宜阳县南，传说为黄帝铸鼎之处。 ⑤容易：此为轻率、不慎重之意。 ⑥洪炉：犹言天地。《庄子·大宗师》："今一以天地为大炉，造化为大冶。" ⑦夭矫：曲伸自如貌。 ⑧原注："音骞，轻举貌。" ⑨轩皇：即黄帝轩辕氏。封禅登云亭：云、亭皆为泰山下小山之名。《史记·封禅书》："炎帝封泰山，禅云云；黄帝封泰山，禅亭亭。"正义引《括地志》谓云云山、亭亭山在兖州博城县西南三十里。 ⑩会计：会见诸侯计其功劳。《史记索隐·封禅书》："《吴越春秋》云：'禹巡天下，登茅山，群臣乃大会计，更名茅山为会稽。'亦曰苗山也。"东溟：东海。《史记·夏本纪》："帝禹东巡狩，至于会稽而崩。" ⑪樏：大禹治水时登山的用具。广乐：传说天上的一种乐曲。《穆天子传》一："天子乃奏广乐。" ⑫青荧：青色而光泽貌，此代指九华山。 ⑬敬亭

山：山名，在安徽宣城市北。黄索漠：浑黄无光彩貌。 ⑭兀：高耸而上平貌。 ⑮宣城谢守：即南齐诗人谢朓，曾任宣城太守。一首诗：谢朓有《游敬亭山》诗，中云："兹山亘百里，合沓与云齐。"又《祀敬亭山庙》诗："翦削兼太华，峥嵘跨玄圃。" ⑯造化：天地、大自然。尤物：特出珍贵的美好之物。 ⑰籍甚：盛大、甚多。

【品评】

诗为诗人经九华山，见九华高耸秀美神奇之态有感而作，故诗人一开篇即用了"奇峰一见惊魂魄，意想洪炉始开辟。疑是九龙夭矫欲攀天，忽逢霹雳一声化为石"四句极力惊叹九华山的神奇峻秀之美。此诗更为重要的主旨在于借九华山而感叹"惜其地偏且远，不为世所称"，故诗歌后半即以九华山"结根不得要路津，迥秀长在无人境"，感叹其古来不为帝皇、世人所知赏，盼望九华山也能像敬亭山一样，借助于谢朓的诗歌而声名广播，为人所欣赏。刘禹锡的这一感叹与愿望，实际上也不仅于此，乃有更深的含义，其实也可以看作对于杰出人才的赞美以及其因各种原因不为世人所知的感叹。前人认为此诗拟李白诗，但又不离本色。吴震方更认为此诗"与《华山歌》各极其妙"。(《放胆诗》)由于刘禹锡等人诗，后九华山果为世人所知赏，黄周星于《唐诗快》云："此山自太白改'九子'为'九华'，更加梦得一诗，至今薄海内外无不知有九华矣。"而诗人也有受此诗影响而脱化成新句者，胡仔《苕溪渔隐丛话》后集卷一二谓"东坡……以湖口李正臣所蓄石，九峰玲珑，宛转若窗棂然，名之曰壶中九华。后归自岭南，欲买此石与仇池为偶，已为好事者取去，赋诗有'尤物已随清梦断'之句。盖用刘梦得《九华山歌》云‘九华山，自是造化一尤物，焉能籍甚乎人间’”。

晚泊牛渚[1]

芦苇晚风起，　秋江鳞甲生。[2]
残霞忽变色，　游雁有余声。
戍鼓音响绝，[3] 渔家灯火明。
无人能咏史，[4] 独自月中行。

【注释】

①此诗作于长庆四年赴和州任途中。牛渚（zhǔ）：山名，在安徽当涂县西北长江南岸。《太平寰宇记》卷一〇五当涂县：“牛渚山在县北三十五里，突出江中，谓为牛渚圻，古津渡处也。” ②鳞甲：指风吹江水，水波皱起状。 ③戍鼓：边防驻军的鼓声。④咏史句：用袁宏咏史事。《世说新语·文学》刘孝标注引《续晋阳秋》：“（袁）虎少有逸才，文章绝丽，曾为《咏史诗》，是其风情所寄。少孤而贫，以运租为业。镇西谢尚时镇牛渚，乘秋佳风月，率尔与左右微服游江，会虎在运租船中讽咏，声既清会，辞文藻拔，非尚所曾闻，遂往听之，乃遣问讯。答曰：‘是袁临汝郎诵诗。’即其咏史之作也。尚嘉其率有胜致，即遣要迎，谈话申旦，自此名誉日茂。”

【品评】

此诗虽咏傍晚泊牛渚所见江天景色，但并非仅是写景之作，而是咏史之篇，其要处在咏唱历史上著名的牛渚袁宏咏史而为谢尚所嘉赏的佳话。故诗末遂有“无人能咏史，独自月中行”之句以醒诗意。因此此诗最重要之句即在末二句，盖此二句乃所谓的画龙点睛之笔，为全诗最为精彩的结穴之句。前人评此诗即多着意于末两句。方回云：“意尽晚景。尾句用袁宏咏史事，尤切于牛渚也。”（《瀛奎律髓》卷一五）何焯亦谓“落句正自叹不如谢尚耳，又恰收足‘晚’字”。（《瀛奎律髓汇评》卷一五）纪昀评此诗“三、四写晚景有神”，但又与李白诗相比，谓“结处同一用事，而不及太白‘余亦能高咏，斯人不可闻’句之玲珑生动矣”。（同上）所谓刘诗不如李白之玲珑生动，其意在于刘禹锡诗逊于李白诗的委婉而讽，表达得更为玲珑剔透，有如羚羊挂角，无迹可寻。

春日书怀寄东洛白二十二杨八二庶子①

曾向空门学坐禅，② 如今万事尽忘筌。③
眼前名利同春梦， 醉里风情敌少年。
野草芳菲红锦地，④ 游丝撩乱碧罗天。⑤
心知洛下闲才子，⑥ 不作诗魔即酒颠。⑦

【注释】

①此诗宝历元年春在和州作。东洛：东都洛阳。白二十二：

即白居易。白居易排行第二十二,故称。杨八:即杨归厚。杨归厚排行第八,故称。其时白居易任太子左庶子、分司东都,杨归厚任太子右庶子、分司东都。 ②空门:佛教。坐禅:僧尼佛教徒修行的功课,每天在一定时间静坐,排空一切杂念,使心神恬静自在。 ③忘筌(quán):忘却捕鱼的器具。比喻事成后就忘了原来的凭藉。《庄子·外物》:“荃者所以在鱼,得鱼而忘荃。”筌,又作荃。 ④红锦:红色的地毯。此处喻长满各色花朵的绿草地。 ⑤游丝:在天空飞扬的细丝。碧罗:碧绿色的丝罗。 ⑥闲才子:指白居易、杨归厚二人。当时两人所任均为闲散官,且以文称,故称其如此。 ⑦诗魔:指作诗成癖,有如着魔般。酒颠:即酒狂。白居易《与元九书》云:“今年春游城南时,与足下马上相戏,因各诵新艳小律,不绝声音二十余里。知我者以为诗仙,不知我者以为诗魔。”又《醉吟》:“酒狂又引诗魔发,日午悲吟到日西。”

【品评】

此诗乃作于作者遭受近二纪的贬谪生涯后所作,此时可谓百经磨难,历尽沧桑,故颇具人生感慨,同时不无劫后的人生感喟。因此诗中所流露的看破红尘,名利两忘,醉心于歌舞诗酒的心态,虽不无消沉旷放情态,但是可以理解,不必以此责难诗人的消极颓废。这也是大多数具有相同经历的古代文士所共有的心路历程的自然表现,是他们老来已百经生活的磨难而又无可如何时的正常精神心态与生活追求与寄托。从这一角度来解读此诗,我们可以理解刘禹锡此阶段的心态,避免以其早年的意气风发、敢于作为而责其此时的颓放。从诗歌的艺术风格来欣赏,还如杨慎所

说："'野草芳菲红锦地，游丝撩乱碧罗天'……宛有六朝风致，尤可喜也。"(《升庵诗话笺证》卷一〇)

苏州白舍人寄新诗有叹早白无儿之句因以赠之①

莫嗟华发与无儿，　却是人间久远期。
雪里高山头白早，②　海中仙果子生迟。③
于公必有高门庆，④　谢守何烦晓镜悲。⑤
幸免如新分非浅，⑥　祝君长咏梦熊诗。⑦

【注释】

①此诗宝历元年作于和州。苏州白舍人：苏州刺史白居易。此前白居易曾任中书舍人，故称。新诗：指白居易宝历元年到苏州任后所作《自咏》和《吟前篇寄微之》诗。　②雪里高山：谓高山上不化的白雪。此用以比喻头白。　③海中仙果：《十洲记》：东海碧海中有一地"有椹树，长者数千丈，大二十余围，树两两同根偶生，更相依倚，是名扶桑。仙人食其椹，而一体皆作金光色……但椹而色赤，九千岁一生实耳"。　④原注："高山本高，于门，使之高，二义有殊，古之诗流晓此。"于公必有句：于公指汉代于定国之父。《汉书·于定国传》："定国父于公，其闾门坏，父老方共治之。于公曰：'少高大门闾，令容驷马高盖车。我治狱多阴德，未尝有所冤，子孙必有兴者。'至定国为丞相，永为御史大夫，封侯传世云。"　⑤谢守：指南朝宣城太守谢朓，此用以喻白居易。晓镜

悲：谢朓《冬绪羁怀示萧咨议虞田曹刘江二常侍》有“寒灯耿宵梦，清镜悲晓发”。 ⑥如新：有如新交往者。《汉书·邹阳传》：“谚曰：‘白头如新，倾盖如故。’”孟康曰：“初相识至白头不相知。” ⑦梦熊：生男的征兆。《诗·小雅·斯干》：“乃占我梦，吉梦维何？维熊维罴，……大人占之，维熊维罴，男子之祥。”

【品评】

白居易曾有《自咏》诗：“形容瘦薄诗情苦，岂是人间有相人。只合一生眠白屋，何因三度拥朱轮？金章未佩虽非贵，银榼常携亦不贫。唯是无儿早头白，被天磨折恰平均。”又有《吟前篇寄微之》：“君颜贵茂不清羸，君句雄华不苦悲。何事遣君还似我，髭须早白亦无儿？”白居易将两诗寄给刘禹锡，故诗人有此诗寄赠。全诗针对白诗的叹发早白以及无儿之感叹，而加以宽慰。其中“雪里高山头白早，海中仙果子生迟”两句颇为白居易所称道，曾云：“文之神妙，莫先于诗。若妙与神，则吾岂敢。如梦得‘雪里高山头白早，海中仙果子生迟’，‘沉舟侧畔千帆过，病树前头万木春’之句之类，真谓神妙，在在处处，应当有灵物护持。”（《白居易集》卷六九《刘白唱和集解》）但白居易此评颇不为后代诗评家所赞同，如王世贞认为刘此句“此不过学究之小有致者”（《全唐诗说》）；王士禛以为白所称“殊不可晓。宜元、白于盛唐诸家兴会超诣之妙，全未梦见”。（《池北偶谈》卷一四）魏泰也称“白居易殊不善评诗”，认为刘句“此皆常语也。禹锡自有可称之句甚多，顾不能知之尔”。（《临汉隐居诗话》）所说可供参考。不过平心而论，此句虽非必神妙之句，但其比喻也是可称道的。值得一提的是此诗两“高”字也为人所议，谢榛谓“两联最忌重字，或犯首尾可矣”。(《四溟诗话》卷二)梁章钜也说：“作近体诗前后复字须避，即古体诗亦不宜重迭用之。刘梦得赠白乐天诗：‘雪里高山头白早。’又：‘于公必有高门庆。’自注云：‘高山本高，高门，使之高，二字为义不同。’观唐人之忌复字如此，我辈又焉得不检点乎。”(《退庵随笔》)

和浙西李大夫霜夜对月听小童吹觱篥歌(依本韵)[①]

海门双青暮烟歇，[②] 万顷金波涌明月。
侯家小儿能觱篥，　对此清光天性发。
长江凝练树无风，　浏栗一声霄汉中。[③]
涵胡画角怨边草，[④] 萧瑟清蝉吟野丛。
冲融顿挫心使指，[⑤] 雄吼如风转如水。
思妇多情珠泪垂，　仙禽欲舞双翅起。[⑥]
郡人寂听衣满霜，　江城月斜楼影长。
才惊指下繁韵息，　已见树杪明星光。[⑦]
谢公高斋吟激楚，[⑧] 恋阙心同在羁旅。
一奏荆人白雪歌，[⑨] 如闻雒客扶风邬。[⑩]
吴门水驿按山阴，[⑪] 文字殷勤寄意深。
欲识阳陶能绝处，[⑫] 少年荣贵道伤心。[⑬]

【注释】

①此诗宝历元年在和州作。浙西李大夫：指时任浙西观察使的李德裕。李德裕，字文饶，宰相李吉甫之子。长庆二年九月，以御史中丞为润州刺史，兼御史大夫、浙江西道都团练观察处置等使。小童：指时年十二的乐童薛阳陶。觱篥(bì lì)：《乐府杂录》："觱篥者，本龟兹国乐也，亦曰悲栗，有类于笳。" ②海门双青：指润州长江中的象、焦二山。《古今图书集成·职方典》卷七二五镇江府："焦山在郡城东九里大江中，与金山并峙……郡之门户在焉。金陵之下流，赖为锁钥，亦称双峰。……山之余支东出分峙于鲸波弥淼中，曰海门山。" ③浏栗：象声词，此状觱篥乐声。④涵胡：即含糊，此状画角呜咽之声。 ⑤冲融：指乐声平和舒畅。心使指：随心自如地弹奏。 ⑥仙禽：指鹤。 ⑦明星：即启明星。见东方的启明星，即意味着天将亮。 ⑧谢公：南朝宣城太守谢朓。此喻指浙西观察使李德裕。激楚：声音激越高亢。⑨荆人：郢人、楚人。白雪歌：此指李德裕原诗。宋玉《对楚王问》："客有歌于郢中者，其始曰《下里巴人》，国中属而和者数千人。……其为《阳春白雪》，国中属而和者不过数十人。引商刻羽，杂以流征，国中属而和者不过数人而已。是其曲弥高，其和弥寡。" ⑩雒(luò)客：即洛客。扶风邬：《文选》马融《长笛赋》："融性好音，能鼓琴吹笛，而为督邮，无留事，独卧郿平阳坞中。有雒客，舍逆旅，吹笛为《气出》、《精列》相和。融去京师逾年，暂闻，甚悲而乐之，作《长笛赋》。"李善注："《汉书》，右扶风有郿县。平阳坞，聚邑之名也。" ⑪吴门：指苏州。此指苏州刺史白居易，有唱和诗。山阴：唐县名，属越州。此指时为越州刺史、

浙东观察使的元稹，有唱和诗。 ⑫能绝处：指技艺高绝之处。⑬少年荣贵：指李德裕和元稹，两人均年不高而曾任宰相和观察使等显贵要职。

【品评】

李德裕镇浙江西道时，其乐童薛阳陶善吹觱篥歌，李德裕在霜月夜听其乐，遂有诗咏之，并以诗寄给友人。故其时刘禹锡、元稹、白居易均有诗唱和。刘诗唱和也如同李诗原唱，主要在于描绘乐童吹觱篥歌的高超技巧和音乐丰富而多变的风情意境，故诗人即用“长江凝练树无风，浏栗一声霄汉中。涵胡画角怨边草，萧瑟清蝉吟野丛”等六句来表现其乐声的凝寂恬美、激扬高亢、浑厚幽怨、萧瑟清寂、平和流畅、雄壮流转等声情意境；又用“思妇多情珠泪垂，仙禽欲舞双翅起”以下诸句以状听者的沉醉与感受。这些状写音乐意境声情与感染魅力的诗句应该说是多方形容刻画比喻，颇富表现力的，以此可见诗人具有令人称赏的鉴赏与表现音乐意境的能力。如果我们联系白居易酬和诗的有关部分，我们可以更好地鉴赏刘诗。白诗《小童薛阳陶吹觱篥歌》有关表现乐声声情意境部分云：“润州城高霜月明，吟霜思月欲发声。山头江底何悄悄，猿声不喘鱼龙听。翕然声作疑管裂，诎然声尽疑刀截。有时婉软无筋骨，有时顿挫生棱节。急声圆转促不断，轹轹辚辚似珠贯。缓声展引长有条，有条直直如笔描。下声乍坠石沉重，高声忽举云飘萧。明旦公堂呈宴席，主人命乐娱宾客。碎丝细竹徒纷纷，宫调一声雄出群。众音觇缕不落道，有如部伍随将军。”两相比较，刘、白二诗虽各有不同的描写，但也多有相似之处，特别在表现其声情意境上，其相似处更为明显。

白舍人曹长寄新诗有游宴之盛因以戏酬[①]

苏州刺史例能诗，　西掖今来替左司。[②]
二八城门开道路，[③]　五千兵马引旌旗。
水通山寺笙歌去，[④]　骑过虹桥剑戟随。[⑤]
若共吴王斗百草，[⑥]　不如应是欠西施。[⑦]

【注释】

①此诗宝历二年作于和州。白舍人：即白居易。白居易曾任中书舍人，故称。曹长：《唐国史补》卷下："尚书丞郎、郎中相呼曰曹长。"　②西掖：《初学记》卷一〇："前世文士以中书在右，因谓中书为右曹，又称西掖。"《汉书·成帝纪》颜师古注："掖门在两旁，言如人臂腋也。"此指曾为中书舍人来任苏州刺史的白居易。左司：左司郎中。此指贞元二年曾由左司郎中来任苏州刺史的诗人韦应物。　③二八城门：指苏州的陆门八、水门八，共十六座城门。　④山寺：指苏州虎丘山的虎丘寺。　⑤虹桥：苏州桥名，一在娄门，一在齐门外。　⑥吴王：即春秋时吴国国王夫差。斗百草：古代民俗，五月初五有踏百草之戏。唐人称此为斗百草。⑦西施：春秋越国美女。

【品评】

刘禹锡和白居易是诗文唱和的好友，两人虽隔两地，频有唱和。在唱和诗中，颇能展现日常生活情景与情思，体现他们之间的深厚情谊。因此这类诗作虽多表现日常起居生活与情感，较少抒发高情远志之篇，但却能让我们看到极为平凡而又富于人情化的文人形态，了解他们的交往与情感交流，实在是我们了解古代文士的极好的诗句。刘禹锡此诗即是这样的诗作，而下引白居易的答诗也是如此："分无佳丽敌西施，敢有文章替左司？随分笙歌聊自乐，等闲篇咏被人知。花边妓引寻香径，月下僧留宿剑池。可惜当时好风景，吴王应不解吟诗。"其中的"水通山寺笙歌去，骑过虹桥剑戟随"、"花边妓引寻香径，月下僧留宿剑池"等句，我们不是可以看到苏州刺史白居易的极为世俗化的生活情景吗？了解了诗人的这一面，我们才能较全面地认识白居易。

金陵五题并引（选三首）①

余少为江南客，而未游秣陵，② 尝有遗憾。后为历阳守，③ 跂而望之。④ 适有客以《金陵五题》相示，逌尔生思，⑤ 欻然有得。⑥ 它日，友人白乐天掉头苦吟，叹赏良久，且曰："《石头》诗云：'潮打空城寂寞回'，吾知后之诗人不复措词矣！"余四韵虽不及此，亦不孤乐天之言尔。

石头城⑦

山围故国周遭在，⑧　潮打空城寂寞回。
淮水东边旧时月，⑨　夜深还过女墙来。⑩

【注释】

①《金陵五题》乃宝历中作于和州。　②秣陵：即金陵。③历阳守：即和州刺史。和州，古称历阳郡。　④跂(qí)：踮起脚。⑤逌尔：宽缓悠闲貌。　⑥欻(xū)然：突然、迅疾貌。　⑦石头城：城名，故址在今南京市西石头山后。　⑧周遭：四周、周围。⑨淮水：指秦淮河。　⑩女墙：城墙上面呈凹凸形的小墙。

【品评】

《金陵五题》原为五首，今选其中三首。这首《石头城》诗据后来刘禹锡所言，其时极为白居易所欣赏，并推赏"潮打空城寂寞回"句云："吾知后之诗人不复措词矣！"可见其诗之妙。因此后人对此诗颇多分析赞赏，如《唐诗品汇》卷五一引谢曰："山无异东晋之山，潮无异东晋之潮，月无异东晋之月也。求东晋之宗庙宫室，英雄豪杰，俱不可见矣。意在言外，寄有于无。"沈德潜《唐诗别裁》卷二〇云："只写山水明月，而六代繁华俱归乌有，令人于言外思之。"李慈铭也评说："二十八字中，有无限苍凉，无限沉着，古今兴废，形胜盛衰，皆已括尽，而绝不见感慨凭吊字面，真高作也。"(《越缦堂读书简端记·唐人万首绝句选》)此诗为无数后人所推赏，并多有效法者，然似皆难出其右。焦竑曰："刘禹锡诗'山围故国周遭在，潮打空城寂寞回'，乐天叹为警绝。子瞻云：'山围故国城空在，潮打西陵意未平’，则又以己意斡旋用之，然终不及刘。大率诗中翻案，须点铁为金手，令我语出而前语可废始得。”（《焦氏笔乘》卷四）宋人洪迈也认为苏东坡句不如刘诗，并分析原因云：“岂非绝唱寡和，理自应尔耶？”（《容斋随笔》卷一四）

乌衣巷①

朱雀桥边野草花，② 乌衣巷口夕阳斜。
旧时王谢堂前燕，③ 飞入寻常百姓家。

【注释】

①乌衣巷：地名。《舆地纪胜》卷一七建康府：“乌衣巷，在秦淮南，去朱雀桥不远。”《能改斋漫录》卷四：“《世说》：诸王诸谢，世居乌衣巷。《丹阳记》曰：‘乌衣之起，吴时乌衣营处所也。江左初立，琅琊诸王所居。’审此，则名营以乌衣，盖军兵所衣之服，因此得名。” ②朱雀桥：《六朝事迹编类》卷上：“晋咸康二年，作朱雀门，新立朱雀浮航，在县城东南四里，对朱雀门，南渡淮水，亦名朱雀桥。” ③王谢：指东晋王导、谢安二大家族。

【品评】

此诗为传诵人口的杰作。其主旨在于感慨人世沧桑，时移事易。此本是极为普通的情感，然其佳处在于借景物巧妙地传达这一变幻以及人们的感叹。诚如谢枋得分析：“世异时殊，人更物换……其高门甲第，百无一存，变为寻常百姓之家……朱雀桥边之花草如旧时之花草，乌衣巷口之夕阳如旧时之夕阳，惟功臣王谢之第宅今皆变为寻常百姓之室庐矣。乃云'旧时王谢堂前燕，飞入寻常百姓家'，此风人遗韵。……用'旧时'二字，绝妙。"(《注解章泉涧泉二先生选唐诗》卷一)唐汝询亦谓"不言王谢堂为百姓家，而借言于燕，正诗人托兴玄妙处"。(《唐诗解》卷二九)此诗令人感触颇深，如桂天祥所言："有感慨，有讽刺，味之自当泪下。"(《批点唐诗正声》)而之所以感人，原因之一在于"盖燕子仍入此堂，王、谢零落，已化作寻常百姓矣。如此则感慨无穷，用笔极曲"(施补华《岘佣说诗》)，故感人也深。

生公讲堂①

生公说法鬼神听，　身后空堂夜不扃。
高坐寂寥尘漠漠，　一方明月可中庭。②

【注释】

①生公：指东晋名僧竺道生。传见《高僧传》卷七。讲堂：《方舆胜览》卷一四建康府："高座寺，名永宁寺，在城南门外。或云晋朝法师竺道生所居，因号高座寺。《四蕃志》云：'道生讲经于此，人无信者，乃聚石为徒，与谈至理，石皆点头。'" ②可：当，对着。

【品评】

关于此诗主旨，谢枋得以为"乃笑生公也。'生公说法鬼神听'，言其生前佛法有神通也。'身后空堂夜不扃，高坐寂寥尘漠漠'，更不洒扫，惟有一方明月可以周遍于中庭。生前听法二千人，今安在哉？可见生公略无灵圣，寺僧无一人有恭敬之心也"。

(《注解章泉涧泉二先生选唐诗》卷一)此诗最为人称道议论的是“一方明月可中庭”句。其中“可”字,人们均赞其妙。杨慎曾解释:“按《佛祖统纪》载:‘宋文帝大会沙门,亲御地筵。食至良久,众疑日过中,僧律不当食。帝曰:“始可中耳。”生公曰:“白日丽天,天言可中,何得非中?”遂举箸而食。’禹锡用‘可中’,字本此,盖即以生公事咏生公堂,非杜撰也。彼言白日可中,变言‘明月可中’,尤见其妙。”(《升庵诗话》卷一〇)此句还引起宋僧人妄改的笑话。洪刍云:“山谷至庐山一寺,与群僧围炉,因举《生公讲堂》诗,末云‘一方明月可中庭’。一僧率尔曰:‘何不曰“一方明月满中庭”?’山谷笑去。”(《苕溪渔隐丛话》前集卷二〇引《洪驹父诗话》)黄庭坚之所以笑去,乃在于改“可”为“满”,实在乃点金成铁之举,令知诗者反胃。可见此诗“可”字用字之妙。

金陵怀古

潮满冶城渚,① 日斜征虏亭。②
蔡洲新草绿,③ 幕府旧烟青。④
兴废由人事, 山川空地形。
后庭花一曲,⑤ 幽怨不堪听。

【注释】

①冶城:城名,故址在南京市朝天宫附近,相传乃吴鼓铸之处。 ②征虏亭:亭名,故址在今南京方山南。《世说新语·雅

量》注引《丹阳记》："太安中，征虏将军谢安立此亭，因以为名。"③蔡洲：又名蔡家泾、蔡家沙。故址在今江苏南京市西南。《元和郡县图志》卷二五润州上元县："蔡洲州在县西十二里江中。晋卢循作乱，战士十余万，舟舰数百里，连旗而下。宋高祖登石头以望循军。初，循引向新亭，公顾左右，失色。既而回泊蔡洲，公曰：'此成擒耳。'俄而，循大败而走。" ④幕府：山名，亦作莫府山，在今南京市北，长江南岸。《舆地纪胜》卷一七建康府："晋琅邪王初过江，宰相王导建幕府于其上，因以为名。"《宋书·礼志一》：元嘉二十五年，"设行宫殿便坐武帐于幕府山南冈。" ⑤后庭花：唐教坊曲名，乃南朝陈叔宝与幸臣按曲造词，夸称宫女美色而成。《南史·张贵妃传》："后主每引宾客，对贵妃等游宴，则使诸贵人及女学士与狎客共赋新诗，互相赠答，采其尤艳丽者以为曲调，被以新声。选宫女有容色者以千数，令习而歌之，分部迭进，持以相乐。其曲有《玉树后庭花》、《临春乐》等。其略云：'璧月夜夜满，琼树朝朝新。'大抵所归皆美张贵妃、孔贵嫔之容色。"

【品评】

此诗为刘禹锡怀古名作，除了其"兴废由人事，山川空地形"乃传诵人口的警策之句外，其诗前后各句之间的脉络关联、遣词用字均为评者所称。宋人方回云："每读刘宾客诗，似乎百十选一以传诸世者，言言精确。前四句用四地名，而以潮、日、草、烟附之。第五句乃一篇之断案也，然后应之曰'山川空地形'，而末句乃寓悲怆，其妙如此。"(《瀛奎律髓》卷三)何焯亦谓"此等诗何必老杜？才识俱空千古。'潮落'、'日斜'、'草绿'、'烟青'，画出'废'字。

落日即陈亡，具亡国之意。第五起后二句，第六收前四句，变化不测。前四句借地形点化人事”。(《瀛奎律髓汇评》卷三)纪昀也分析各句意思作用："五六筋节，施于金陵尤宜，是龙盘虎踞，帝王之都。末《后庭》一曲，乃推江南亡国之由，申明五、六。……起四句似乎平平对，实则以三句‘新草’剔出四句‘旧烟’，即从四句转出下半首。运法最密，毫无起承转合之痕。”(同上)诗为怀古，其怀古之意蕴也颇浓郁，诗中所点出的冶城，即让人想到《世说新语》所记的“王右军与谢太傅共登冶城”等史事；而征虏亭、蔡洲、幕府、《后庭花》等也是让人不禁起思古之幽情。而其景物也具有怀古之意蕴。故冯舒谓“‘新草’、‘旧烟’，只四字逼出‘怀古’。……起结俱金陵。丝缕俨然，却自无缝”。(同上)选用地名之妙也是此诗的特色，其妙在于“选用四地名，妙在安于前四句，如四峰相直矗，特有奇气。若安于中四联，即重复碍格”。(同上)

酬乐天扬州初逢席上见赠①

巴山楚水凄凉地，② 二十三年弃置身。③
怀旧空吟闻笛赋，④ 到乡翻似烂柯人。⑤
沉舟侧畔千帆过， 病树前头万木春。
今日听君歌一曲， 暂凭杯酒长精神。

【注释】

①此诗作于宝历二年在扬州时。 ②巴山楚水：此前刘禹锡

曾贬朗州，转连州、夔州、和州等巴、蜀之地，故以巴山楚水概括之。 ③二十三年句：约言被贬边远之地的经历。 ④闻笛赋：用向秀作《思旧赋》以怀念吕安、嵇康事。详见前《伤愚溪三首》之三注。 ⑤烂柯人：柯，为斧柄。《水经注·渐江水》："信安县有悬空阪。晋中朝时，有民王质伐木至石室中，见童子四人，弹琴而歌，质因留，倚柯听之。童子以一物如枣核与质，质含之，便不复饥。俄顷，童子曰：'其归。'承声而去，斧柯漼然烂尽。既归，质去家已数十年，亲情凋落，无复向时比矣。"此诗用此状自己长期被贬，归后恍如隔世之感慨。

【品评】

此诗乃酬和白居易赠诗而作。白诗《醉赠刘二十八使君》云："为我引杯添酒饮，与君把箸击盘歌。诗称国手徒为尔，命压人头不奈何。举眼风光长寂寞，满朝官职独蹉跎。亦知合被才名折，二十三年折太多！"故诗多就白诗句酬唱。其中"沉舟侧畔千帆过，病树前头万木春"二句最为脍炙人口，然其意时有被误解读者。其实，这两句乃酬应白诗的"举眼风光长寂寞，满朝官职独蹉跎"二句而发，"沉舟"、"病树"均诗人自喻。故胡震亨谓此二句"若有不胜宦途荣悴之感曲为之拟者"。(《唐音癸签》卷二六)沈德潜亦谓"'沉舟'二语，见人事不齐，造化亦无如之何。悟得此旨，终身无不平之心矣"。(《唐诗别裁集》卷一五)此两句诗与"巴山楚水"二句一样，道尽刘禹锡长期被贬谪的辛酸与牢骚，读后使人感知诗人声泪俱下之悲情。故白居易读此两句后谓"真谓神妙，在在处处，应有神物护持"。(《刘白唱和集解》)然此二句亦有人认为“皆常语也”(《临汉隐居诗话》),“此不过学究之小有致者”(《艺苑卮言》卷四)。但平心而论,从其意蕴而言,却不能不承认其含蕴之深厚,故赵执信称云:“诗人贵知学,尤贵知道。东坡论少陵诗外尚有事在,是也。刘宾客诗云:‘沉舟侧畔千帆过,病树前头万木春。’有道之言也,白傅极推之。”(《谈龙录》)所说诚是。

同乐天登栖灵寺塔①

步步相携不觉难,　九层云外倚阑干。
忽然笑语半天上,　无限游人举眼看。

【注释】

①此诗作于宝历二年在扬州时。栖灵寺塔:塔名,在扬州。《扬州府志》卷二八:“法净寺,古之栖灵寺也,又曰西寺。旧有塔,后塔毁。”

【品评】

刘禹锡宝历二年冬在扬州曾与诗人白居易同登栖灵寺塔,时白居易有《与梦得同登栖灵塔》诗:“半月悠悠在广陵,何楼何塔不同登。共怜筋力犹堪在,上到栖灵第九层。”从白居易诗可以见到此行两人的自在悠游以及亲密关系,而刘禹锡诗除了描写两人同游之乐外,又别开生面,除了以“九层云外”和“半天上”极状栖灵寺塔之高耸外,又突然爆出“忽然笑语”以先声夺人,引人注目,再加上“无限游人举眼看”句以突出在塔顶欢笑的两位诗人，于是两位老人仿佛成了老顽童，一下子成了众人瞩目的对象，让人惊异赞叹不已。诗歌后两句乃俊快语，而全诗在气韵上均显得俊爽流畅，豪气俊迈，颇见刘禹锡“诗豪”的风格本色。

谢寺双桧[①]

双桧苍然古貌奇，　含烟吐雾郁参差。
晚依禅客当金殿，　初对将军映画旗。
龙象界中成宝盖，[②]　鸳鸯瓦上出高枝。
长明灯是前朝焰，[③]　曾照青青年少时。[④]

【注释】

①此诗宝历二年在扬州作。原注：“扬州法云寺谢镇西宅，古桧存焉。”谢寺：即扬州法云寺。《墨庄漫录》卷六：“扬州吕吉甫观文宅，乃晋镇西将军谢仁祖宅也，在唐为法云寺，有双桧存焉，犹当时物也。刘禹锡有诗云……吉甫家居时桧尚依然。”晋镇西将军谢仁祖即谢尚，曾都督扬州六郡诸军事。《晋书》有传。　②龙象界：指佛寺。盖：伞盖。　③长明灯：佛像前长期点燃的油灯。前朝：指晋朝，亦指作者年轻时的德宗朝。　④青青年少：此处有双关意，一指桧树，一指自己。盖刘禹锡早年曾佐杜佑徐泗和扬州二幕府，时乃“青青年少”时。

【品评】

诗乃咏扬州双桧，而此双桧乃前朝所植，曾历历史风云变幻，可谓饱经风霜，故具“苍然古貌奇”之姿态。诗人咏桧亦有以桧自喻之意，故有时事变幻的历史沧桑感。其“初对将军映画旗”句，既是指桧树曾经谢镇西将军时，也指自己年轻时曾在杜佑军中，时“会出师淮上，恒磨墨于楯鼻”的种种情事。何焯对“双桧”句颇会心地说：“贞元朝士，衣冠俨如古人，此诗盖自况也。”（卞孝萱《刘禹锡诗何焯批语考订》）诗末“长明灯是前朝焰，曾照青青年少时”二句，看若平平之句，却颇具历史沧桑，其中饱含无限怀念与无限感伤之情，乃是最触动人心之句，深长咏之，令人心神黯然，潸然泪下。此即此等句之神奇魅力。

韩信庙[①]

将略兵机命世雄，[②] 苍黄钟室叹良弓。[③]
遂令后代登坛者，[④] 每一寻思怕立功。

【注释】

①诗作于宝历二年经楚州时。韩信庙：在楚州山阳县。《古今图书集成·职方典》卷七四八淮安府：“淮阴侯祠，在郡治东南，祀韩信。”韩信，淮阴人，善用兵，曾佐刘邦，立大功，封楚王。后天下平，遭疑忌而被诛。传见《史记·淮阴侯列传》。 ②命世雄：显耀一世的英雄。 ③苍黄：即仓皇。钟室：放置编钟等乐器的

房屋。据《史记·淮阴侯列传》载，韩信谋欲袭吕后、太子，为人所告密。吕后与萧何谋诛韩信，遂谎称反叛的陈豨已死，列侯群臣皆贺，“绐信曰：‘虽疾，强入贺。’信入，吕后使武士缚信，斩之长乐钟室。信方斩，曰：‘吾悔不用蒯通之计，乃为儿女子所诈，岂非天哉！’遂夷信三族”。叹良弓：据《史记·淮阴侯列传》，“汉六年，人有上书告楚王信反。高帝以陈平计，天子巡狩会诸侯，南方有云梦，发使告诸侯会陈：‘吾将游云梦。’实欲袭信。信弗知……谒高祖于陈。上令武士缚信，载后车。信曰：‘果若人言：狡兔死，走狗烹；高鸟尽，良弓藏；敌国破，谋臣亡。天下已定，我固当烹。’上曰：‘人告公反。’遂械系信，至洛阳，赦信罪，以为淮阴侯。” ④登坛者：指登坛拜为将军者。《史记·淮阴侯列传》载，刘邦欲拜韩信为大将，萧何对刘邦说：“王素慢无礼，今拜大将如呼小儿耳，此乃信所以去公也。王必欲拜之，择良日，斋戒，设坛场，具礼，乃可耳。”

【品评】

汉代韩信在楚汉之争中立下赫赫战功，但在帮助刘邦夺得政权后，由于谋袭吕后与太子，后被斩于长乐钟室。司马迁评云：“假令韩信学道谦让，不伐其功，不矜其能，于汉家勋可比周、召、太公之流，后世血食矣。”（《史记·淮阴侯列传》）当然这是历史学家的看法，诗人刘禹锡在这首诗中所表达的有所不同。他的主要感想是如诗中所表达的“遂令后代登坛者，每一寻思怕立功”。也就是总结历史上的“狡兔死，走狗烹；高鸟尽，良弓藏；敌国破，谋臣亡”的经验教训，看到了历史上的统治者，只能在未获取政权时与他们共患难，而在成功后，功臣一旦不能退步抽身早，像范蠡似地泛舟五湖，隐退而去，就很有可能遭到谗害的结局。因此想到这一层，还不如不立功的为好。诗人的这一看法，是赞同韩信在一次险被杀时的感悟之语，是有其历史事实为根据的，应该说这一体悟是大致说中了部分历史事实的。

城东闲游[①]

借问池台主，　多居要路津。[②]
千金买绝境，[③]　永日属闲人。
竹径萦纡入，[④]　花林委曲巡。
斜阳众客散，　空锁一池春。

【注释】

①此诗大和元年作于洛阳。　②要路津：交通要道的津渡之处。此喻指居于显贵要职。　③绝境：绝佳之境。　④萦纡(yíng yū)：萦回纡曲。

【品评】

唐代的贵族显要、达官贵人凭着自己的权势金钱，多占据东都等繁华地区和风景名胜地建筑宅第别墅，有如《洛阳名园记》所记：“唐贞观、开元之间，公卿贵戚开馆列第于东都者，号千有余邸。”然而尽管他们占据了这么好的馆第，但不少人只是空置而已，终身难得居住。实如此诗所言这些宅第虽然千金所购置，但只能“永日属闲人”；尽管风景绝佳，但也只能“空锁一池春”。诗人的这一感叹，实在颇能击中时弊。当时的白居易在《题洛中第宅》诗中亦云：“试问池台主，多为将相官。终身不曾到，唯展图画看。”这一揭露应该说是深刻的。

洛中送韩七中丞之吴兴口号五首[①]

一

昔年意气结群英，[②] 几度朝回一字行。
海北江南零落尽，[③] 两人相见洛阳城。

二

自从云散各东西， 每日欢娱却惨凄。
离别苦多相见少， 一生心事在书题。[④]

三

今朝无意诉离杯，[⑤] 何况清弦急管催。
本欲醉中轻远别， 不知翻引酒悲来。

四

骆驼桥上苹风急，[⑥] 鹦鹉杯中箬下春。[⑦]

水碧山青知好处，　开颜一笑向何人。

五

溪中士女出笆篱，　溪上鸳鸯避画旗。⑧
何处人间似仙境，　春山携妓采茶时。⑨

【注释】

①这五首诗大和元年作于洛阳。韩七中丞：即韩泰。泰字安平，雍州三原（今陕西富平）人。贞元十一年登进士第，累迁至户部侍郎。曾参加永贞革新，贬虔州司马、漳州刺史等。大和元年任湖州刺史，后转常州，卒。吴兴：湖州，亦称吴兴郡。　②昔年：指永贞元年，其时诗人与韩泰等人参与王叔文的永贞革新。群英：指参加永贞革新的八司马诸人。　③零落尽：指参加永贞革新的二王、八司马等人除诗人和韩泰外，均已亡故。　④书题：书信。　⑤离杯：指饯行酒。　⑥骆驼桥：桥名。《太平寰宇记》卷九四湖州乌程县："骆驼桥，唐垂拱元年造，以桥形似骆驼之背，故名之。"　⑦鹦鹉杯：《岭表录异》卷下："鹦鹉螺，旋尖处屈而朱，如鹦鹉嘴，故以此名。壳上青绿斑纹，大者可受三升。壳内光莹如云母，装为酒杯，奇而可玩。"箬（ruò）下春：酒名，产于湖州。《太平寰宇记》卷九四湖州长兴县："箬溪在县南五十步，一名顾诸口……顾野王《舆地志》云：'夹溪悉生箭箬，南岸曰上箬，北岸曰下箬。'二箬皆村名，村人取下箬水酿酒，醇美胜于云阳，俗称箬下酒。"　⑧画旗：彩绘的旗帜。此指刺史巡行，在前导引的旗帜。⑨春山携妓句：湖州顾渚山产名茶，每年采茶时，刺史常前往监

察，并时有歌伎同往以为歌乐。

【品评】

大和元年刘禹锡的好友韩泰将往任湖州刺史（时带御史中丞衔），经洛阳，诗人即置酒饯别。刘、韩两人早年均曾参与永贞革新，后均因此长期被贬，有过一段难忘的经历和深厚的情谊。如今，两人分别在即，诗人不禁抚今思昔，感触良多，遂一气挥笔写下这五首绝句，以记他们的共同经历和预想韩泰在湖州的情景，表达了依依惜别之情。其中第一首乃回忆在永贞革新时，他们意气风发，锐意革新，结为亲密战友的往事，感叹而今战友们零落几尽，独剩他们两人久别重逢。此诗在情感上既有豪迈的气势与神采，又有哀伤与慨叹，可谓百感交集，五味杂陈；风格上则俊爽与低沉并融于一诗，瞬息间而变换。第三首“本欲醉中轻远别，不知翻引酒悲来”两句乃表情丰富的佳句，将诗人临别时的复杂而变幻的情感细腻地显现出来。第五首则预示了韩泰在湖州的适意生活，以为宽慰之辞。其中“何处人间似仙境，春山携妓采茶时”两句，又别有湖州的生活气息与欢愉情韵。同时诗人白居易和杜牧均有诗咏及湖州采茶情事，可参读以体味刘诗。白诗云：“遥闻境会茶山夜，珠翠歌钟俱绕身。”（《夜闻贾常州崔湖州茶山境会想羡欢宴因寄此诗》）杜牧《茶山下作》诗云：“把酒坐芳草，亦有佳人携手。”又《入茶山下题水口草市绝句》云：“倚溪侵岭多高树，夸酒书旗有小楼。惊起鸳鸯岂无恨，一双飞去却回头。”

和令狐相公玩白菊[1]

家家菊尽黄，　梁国独如霜。[2]
莹静真琪树，[3]　分明对玉堂。[4]
仙人披雪氅，[5]　素女不红妆。[6]
粉蝶来难见，　麻衣拂更香。[7]
向风摇羽扇，　含露滴琼浆。[8]
高艳遮银井，[9]　繁枝覆象床。[10]
桂丛惭并发，　梅蕊妒先芳。
一入瑶华咏，[11]　从兹播乐章。[12]

【注释】

①此诗大和元年作于洛阳。令狐相公：即令狐楚。楚曾任宰相，故有此称。　②梁国：指汴州，治所在今河南开封市。春秋时郑地，战国魏都。东魏置梁州。北周改北齐梁州置汴州。五代梁以此为都。　③琪树：玉树。　④玉堂：厅堂的美称。此指令狐楚所居处。　⑤雪氅（chǎng）：雪白的鹤氅。此用以比喻白菊。⑥素女：传说中的神女名，据说善于音乐。《史记·封禅书》："太帝使素女鼓五十弦琴瑟。"亦为素娥，即嫦娥。月色白，故称素娥。⑦麻衣：古时士大夫在家闲居时所穿白色麻衣。此指代令狐楚。⑧琼浆：美酒。此指露水。　⑨银井：井为井栏，美称为银井。

⑩象床：象牙所雕饰的床。 ⑪瑶华咏：对令狐楚玩白菊诗的美称。 ⑫播乐章：作为乐章传播。

【品评】

此诗乃酬和令狐楚玩赏白菊诗之作，其时酬和者尚有白居易、杨巨源等人。既是酬和玩白菊诗，则诗歌乃以种种比喻渲染来描绘白菊之美艳华贵，其他花朵不能比并。故“仙人”、“素女”、“桂丛”、“梅蕊”等等诗句均是以比喻与烘云托月的手法以描绘衬托白菊之美艳华贵。诗末的“一入瑶华咏，从兹播乐章”两句，则赞美令狐楚诗传诵人口，可惜其诗已佚，不得而见。何焯评刘禹锡此诗云：“初看以为平平，再读觉字字稳切。乐天而外，皆非其敌也。”（卞孝萱《刘禹锡诗何焯批语考订》）今存杨巨源酬和诗，录以参看：“兔园春欲尽，别有一丛芳。直似穷阴雪，全轻向晓霜。凝晖侵桂魄，晶彩夺荧光。素萼迎风舞，银房泫露香。水晶帘不隔，云母扇韬铓。纨袖呈瑶瑟，冰容启玉堂。今来碧油下，知自白云乡。留此非吾土，须移凤沼傍。”（《全唐诗》卷八八三）

鹤叹二首并引[①]

友人白乐天去年罢吴郡，[②]挈双鹤雏以归。余相遇于扬子津，[③]闲玩终日，翔舞调态，一符相书，[④]信华亭之尤物也。[⑤]今年春，乐天为秘书监，[⑥]不以鹤随，置之洛阳第。一旦予入门问讯其家人，鹤轩然来睨，[7]如记相识，裴回俯仰，似含情顾慕填膺而不能言者。[8]因以作《鹤叹》，以赠乐天。

一

寂寞一双鹤，　主人在西京。[9]
故巢吴苑树，[10]深院洛阳城。
徐引竹间步，　远含云外情。
谁怜好风月，　邻舍夜吹笙。[11]

二

丹顶宜承日，　霜翎不染泥。
爱池能久立，　看月未成栖。
一院春草长，　三山归路迷。[12]
主人朝谒早，　贪养汝南鸡。[13]

【注释】

①此诗大和元年作于洛阳。　②吴郡：即苏州。　③扬子津：古津渡名。在江苏江都县南，有扬子桥，自古为江滨津要处。今距江已远，仅通运河。　④相书：指浮丘公所撰《相鹤经》。⑤华亭：县名。原为三国吴陆逊封邑，唐天宝十载割昆山海盐嘉兴地置华亭县，以地有华亭谷而名。今属上海市。尤物：珍贵的物品。　⑥秘书监：唐秘书省的长官，从三品。掌经籍图书之事，

领著作局。 ⑦轩然：高昂貌。睨：眼睛斜视。 ⑧顾慕：眷念貌。膺：胸。 ⑨西京：即唐首都长安。 ⑩吴苑：此指苏州，以其有长洲苑故谓。 ⑪原注："东邻即王家。"吹笙：此借王子乔事以指白居易之东邻王家。《列仙传》卷上："王子乔者，周灵王太子晋也，好吹笙，作凤凰鸣。游伊洛之间，道士浮丘公接以上嵩高山。" ⑫三山：传说中东海的蓬莱、方丈、瀛洲三座仙山。 ⑬汝南鸡：汝南，郡名，即唐蔡州。汝南鸡为报晓之鸡。古乐府《鸡鸣歌》："东方欲明星烂漫，汝南晨鸡登坛唤。"徐陵《乌栖曲》："唯憎无赖汝南鸡，天河未落犹争啼。"

【品评】

此诗为咏尤物白鹤之作，故有"徐引竹间步，远含云外情"以及"丹顶宜承日，霜翎不染泥"等四句专写鹤之形态与神态。又叹鹤之寂寞无主，故又有"谁怜好风月，邻舍夜吹笙"、"一院春草长，三山归路迷"等句以形容规模之。表现了诗人的怜鹤之情。《唐诗矩》分析此诗云："第二句预先安下'主人在西京'五字，于本题是撇开一笔，于本意正是主客双提，两两相对。以后语语是赠乐天，深得反客为主之妙。结句若徒言本宅寂寞，意便浅率。此却反说邻舍吹笙，便含意外之意，味外之味。借彼形此之法，其妙如此。"此诗最为人所称道的是"徐引竹间步，远含云外情"两句，陈岩肖谓："众禽中唯鹤标致高逸……后之人行于赋咏者不少，而规规然只及羽毛飞鸣之间……此皆格卑无远韵也……刘禹锡云：'徐引竹间步，远含云外情。'此奇语也。"（《庚溪诗话》卷下）吴乔亦称此两句乃"脱尽沾滞"（《围炉诗话》卷三）。

赏牡丹

庭前芍药妖无格，[①] 池上芙蕖净少情。[②]

唯有牡丹真国色，[③] 花开时节动京城。[④]

【注释】

①妖无格：妖艳得缺少标格。 ②芙蕖：荷花。 ③国色：倾国倾城之美色。此指牡丹之富贵美艳、仪态万千。 ④动京城：指牡丹花开，京城人纷纷外出争赏牡丹的热闹情景。

【品评】

诗乃赞颂牡丹之作，其赞颂之手法，乃用抑此颂彼的反衬之法。芍药与芙蕖本是为人所喜爱的花卉，然而诗人赞颂牡丹，乃用"芍药妖无格"和"芙蕖净少情"以衬托牡丹之高标格和富于情韵之美，使牡丹兼具妖、净、格、情四种资质，可谓花中之最美者。后两句则以"花开时节动京城"之句，来表现人们倾城而出观赏牡丹的热闹景象，以此赞颂牡丹为人赏爱的倾国之色。诗人用"真国色"来赞誉牡丹是颇为恰当的，而且时人也有用此赞誉牡丹者。《松窗杂录》卷上记"大和、开成中，有程修己者，以善画得进谒。……会春暮内殿赏牡丹花，上颇好诗，因问修己曰：'今京邑传唱牡丹花诗，谁为首出？'修己对曰：'臣尝闻公卿间多吟中书舍人李正封诗曰：天香夜染衣，国色朝酣酒'"。可见，牡丹之国色，乃唐时人们所公认。

与歌者何戡[1]

二十余年别帝京，　重闻天乐不胜情。[2]
旧人唯有何戡在，　更与殷勤唱渭城。[3]

【注释】

①此诗约作于大和二年初返长安时。何戡（kān）：当即何勘，善歌者。《乐府杂录·歌》："元和、长庆以来有李贞信、米嘉荣、何勘、陈意奴。"　②天乐：天上的音乐，此指美妙的音乐。　③渭城：本为地名，此为歌曲名。《乐府诗集》卷八〇："《渭城》，一曰《阳关》，王维之所作也。本《送人使安西》诗，后遂被于歌。……白居易《对酒》诗：'相逢且莫推辞醉，听唱《阳关》第四声。'第四声，即'劝君更进一杯酒，西出阳关无故人'也。《渭城》、《阳关》之名，盖因辞云。"

【品评】

刘禹锡因参与永贞革新而被贬，长达二十多年，此诗乃其初回长安赠歌者之作。因无奈阔别长安多年，故诗人能回到长安，乃何其快慰。又因此次回京，旧人无多，而只有歌者何戡，且为其歌《渭城》之曲，故诗人之感触可谓良多矣。诗中"不胜情"三字特别有味，耐人思索回味。唐汝询释云："梦得为当政者所忌，居外二十四年而始还都，是以闻天乐而不胜情也。然旧人无遗，惟一乐工在，更为我唱当年别离之曲，有情哉！”（《唐诗解》卷二九）诗前两句，前人以为“颇有恋君之意”，且认为“因‘唱渭城’句推之，乃知幸怨人仇家之无存也。旧人惟有何勘，更与唱曲，欣幸快慰之词，与‘前度刘郎今又来’同意”。（胡次焱语，见《唐诗选脉会通评林》）后半首“旧人”两句亦颇有意味，谢枋得谓：“‘旧人唯有何戡在’，见得旧时公卿大夫与己为仇者，今无一存，惟歌伎何戡尚在。……今日幸而登朝，何戡更与唱昔年送别之曲。回思逆境，岂意生还。仇人怨家，消磨已尽。人生争名争利，相倾相陷，果何如哉！”（《注解章泉涧泉二先生选唐诗》卷一）所说可参。

听旧宫中乐人穆氏唱歌[1]

曾随织女渡天河，[2] 记得云间第一歌。[3]
休唱贞元供奉曲，[4] 当时朝士已无多。

【注释】

①此诗约大和二年作于长安。 ②曾随句：此句“织女”、“天河”，均以天上人物、事物比喻唐宫中情事。 ③云间：比喻皇宫中。 ④贞元：唐德宗年号（785—804）。供奉曲：宫廷中演奏的歌曲。

【品评】

此诗与《与歌者何戡》诗同体，其隐痛极是婉曲。梦得长期贬谪外地初回京时，“伤老成无遗，托此兴慨。上述宫人之词，下为己告之语，言彼自云曾与天河之会，记得此歌，我想当时朝士无有存者，贞元供奉之曲不必唱也”。(唐汝询《唐诗解》卷二九)从此诗的结构看，前两句形容自己过去曾有宫中之乐，如入九霄之得意；而后两句则谓旧日贞元时期的良臣君子至今已无多矣，已与贞元一朝大不相同矣，故“思贞元朝士，宁能无伤今怀古之情乎？……《诗》云：‘伊谁之思，西方美人。’不言无而言‘无多’，此诗人巧处”。(《注解章泉涧泉二先生选唐诗》卷一)刘禹锡此诗颇有影响，后人亦有应用为故实者，《容斋四笔》卷一四记：“刘禹锡《听旧宫人穆氏唱歌》一诗云：‘休唱贞元供奉曲，当时朝士已无多。’刘在贞元任郎官、御史，后二纪方再入朝，故有是语。汪藻始采用之，其《宣州谢上表》云：‘新建武之官仪，不图重见；数贞元之朝士，今已无多。’其用事可谓精切。”

送浑大夫赴丰州[①]

风衔新诏降恩华，[②] 又见旌旗出浑家。
故吏来辞辛属国，[③] 精兵愿逐李轻车。[④]
毡裘君长迎风驭，[⑤] 锦带酋豪踏雪衙。[⑥]
其奈明年好春日， 无人唤看牡丹花。[⑦]

【注释】

①此诗大和二年作于长安。原注:“自大鸿胪拜,家承旧勋。”浑大夫:浑锷,传见《旧唐书·浑锷传》。 ②凤衔新诏:指皇帝新下诏书。《邺中记》:“石季龙与皇后在观上,为诏书,五色纸,着凤口中。凤既衔诏,侍人放数百丈绯绳,辘轳回转,凤凰飞下,谓之凤诏。凤凰以木作之,五色漆画,脚皆用金。” ③属国:汉官名。《汉书·百官公卿表》上:“典属国,秦官名,掌蛮夷降者。武帝元狩三年,昆邪王降,复增属国。” ④李轻车:即汉代轻车将军李蔡。 ⑤毡裘君长:指边地游牧民族的首领。盖其所服乃多毡裘之物,故谓。 ⑥酋豪:指部族的首领。衙:官衙。 ⑦牡丹花:此指浑家的牡丹花。其时,浑家以牡丹花闻名于长安。

【品评】

此诗被清人冯舒认为是“送行之圣”(《瀛奎律髓汇评》卷二四)。诗人所送行者乃唐时名将浑瑊之后,故诗人即在诗中首二句点明浑家的荣宠,也显示了浑锷不但获得了皇上的新恩,而且能“家承旧勋”,克绍其裘,可谓是国恩家荣,门第光彩显赫。三、四两句以故吏来辞别以显示浑家乃旧家名门,恩及旧吏;“精兵愿逐”句,则示浑家乃著名将门,故精兵愿随从戍守征战。“毡裘君长迎风驭,锦带酋豪踏雪衙”两句,则转从边地民族首领以及地方豪强的迎候与来访,说明浑锷家族的声望恩威,以及其治理之下的和睦融洽、安定和谐景象。诗歌前六句均是赞颂之言,而末两句则反转以遗憾之笔出之,既体现了诗人对浑锷出守丰州的依依惜别之情,又实际是一种赞颂。盖“其奈明年好春日,无人唤看牡丹花”，乃谓浑锷之离家，则其家中名传长安的牡丹花，明年只能徒荣于春日，无人赏看了。于惋惜中，却反转表达赞颂其家富有声名的牡丹之意，可谓用笔深婉之至。刘禹锡诗之妙，引得方回评云：“梦得诗句句精绝。其集曾自删选，故多佳者，视乐天之易不侔也。”（《瀛奎律髓》卷二四）

和令狐相公别牡丹①

平章宅里一栏花，② 临到开时不在家。
莫道两京非远别，③ 春明门外即天涯。④

【注释】

①此诗作于大和三年。令狐相公：即令狐楚。相公，即宰相，楚曾任宰相，故称。 ②平章：即“同中书门下平章事”或“同平章事”的简称，亦即宰相。唐代自中唐后，凡任宰相，均加“同中书门下平章事”或“同平章事”。宅里一栏花：指令狐楚长安宅中的牡丹。《唐两京城坊考》卷二，长安朱雀街开化坊有“尚书左仆射令狐楚宅”，其下注引《酉阳杂俎》：“楚宅在开化坊，牡丹最盛。” ③两京：唐代长安称西京，洛阳称东京，合称两京。 ④春明门：唐长安城门名，即长安外郭城东面三门的正中门。出此门，即离开长安城。

【品评】

户部尚书令狐楚家牡丹向以盛艳著名，当他于大和三年三月离京赴任东都留守时，其时牡丹正含苞待放，故令狐楚颇为留恋。加上他留恋京都长安，不喜离京往任东都留守，故有《赴东都别牡丹》诗："十年不见小庭花，紫萼临开又别家。上马出门回首望，何时更得到京华？"令狐楚乃刘禹锡晚年的好朋友，故诗人即咏此诗与之唱和。刘诗之唱和，亦从令狐楚诗诗意，大有凄楚惨淡之情意。故宋长白谓："元微之《西归》诗：'春明门外谁相待，不梦闲人梦酒卮。'刘梦得《别牡丹》诗：'莫道两京非远别，春明门外即天涯。'元句愤，有仰天大笑之态。刘句惨，有眷怀故国之心。"（《柳亭诗话》卷一一）关于"刘句惨，有眷怀故国之心"的解读，我们可以看谢枋得的评析："此诗言人臣不可恃圣眷也。……大臣位尊名盛，朝承恩，暮岭海，祸福不可必，一出东城门，去君侧渐远……宠辱转移，特顷刻间，欲入朝辨明不可得矣。'春明门外即天涯'一句绝妙。"（《注解章泉涧泉二先生选唐诗》卷一）以此体味此诗，颇可体味到两诗人的凄楚恋慕之意，真有含义深远的警策之妙。

答乐天戏赠[1]

才子声名白侍郎，[2] 风流虽老尚难当。
诗情逸似陶彭泽，[3] 斋日多如周太常。[4]
矻矻将心求净土，[5] 时时偷眼看春光。[6]
知君技痒思欢宴，[7] 欲倩天魔破道场。[8]

【注释】

①此诗作于大和三年。 ②白侍郎：即白居易，其时任刑部侍郎。 ③陶彭泽：即晋代曾任彭泽县令的陶渊明。 ④斋日：佛教的斋戒日。白居易时崇佛吃斋，其时有《斋月静居》诗，中云："荤腥每断斋居月，香火常亲宴坐时。"周太常：即东汉周泽。《后汉书·周泽传》："为太常，清洁循行，尽敬宗庙。常卧病斋宫，其妻哀泽老病，窥问所苦。泽大怒，以妻干犯斋禁，遂收送诏狱谢罪，当世疑其诡激。时人为之语曰：'生世不谐，坐太常妻，一岁三百六十日，三百九十五日斋。'" ⑤矻（kū）矻：勤劳至极貌。净土：即净土宗，佛教一派。专主念佛往生，所奉菩萨为阿弥陀佛，亦称无量寿佛。以观想、持名兼修为上；如果信念虔诚，持念佛号即可托生净土。 ⑥春光：指美好的自然景色，亦兼指歌舞宴乐之事。 ⑦技痒：《文选》潘岳《射雉赋》："徒心烦而技痒。"徐爰注："有伎艺而欲逞曰伎痒。"伎即技。 ⑧天魔：佛教语，天子魔的省称。道场：佛教做法事的场所。

【品评】

白居易中晚年时不似往昔之积极进取，颇有悠游闲乐、吃斋念佛之事。他曾有《赠梦得》诗以抒发此情态："心中万事不思量，坐倚屏风卧向阳。渐觉咏诗犹老丑，岂宜凭酒更粗狂？头垂白发我思退，脚踏青云君欲忙。只有今春相伴在，花前剩醉两三场。"故刘禹锡即咏此诗以答之。在刘禹锡看来，白居易的"心中万事不思量，坐倚屏风卧向阳"等只是"戏"说而已，其实白居易的内心世界并非如此颓唐。因此刘禹锡在答诗中乃就白居易的"渐觉咏诗犹老丑，岂宜凭酒更粗狂？头垂白发我思退"等诗意以"才子声名白侍郎，风流虽老尚难当。诗情逸似陶彭泽"等句答慰之，并以"时时偷眼看春光。知君技痒思欢宴"以揭示白居易实际上仍葆有生活的激情，以此达到老朋友应起的相互鼓舞激励的作用。

刑部白侍郎谢病长告改宾客分司以诗赠别①

鼎食华轩到眼前，② 拂衣高谢岂徒然。③
九霄路上辞朝客，④ 四皓丛中作少年。⑤
他日卧龙终得雨，⑥ 今朝放鹤且冲天。⑦
洛阳旧有衡茅在，⑧ 亦拟抽身伴地仙。⑨

【注释】

①此诗大和三年作于长安。长告：告长假。按唐制，职事官告假满百日即得停解。宾客分司：即太子宾客分司。 ②鼎食：列鼎而食。指贵族的豪华生活。华轩：华美的车子。 ③拂衣高谢：指辞掉高官而隐退。大和年间，朝中党争纷纷，白居易恐为其所累，故谢病求为东都闲散官，以免卷入党争中。 ④九霄：天之最高处，此用以比喻朝廷。辞朝客：辞掉朝官的人，此指白居易。⑤四皓：即汉代隐居商山的四皓，名东园公、绮里季、夏黄公、甪里先生。四人须眉皆白，故称四皓。汉高祖曾征召四人，不应。后高祖欲废太子，吕后用张良计，迎四皓，使辅佐太子，高祖遂辍废太子之议。 ⑥卧龙：潜伏的龙。此处比喻尚未被任用以发挥奇

才的能人。 ⑦放鹤:《世说新语·言语》:"支公好鹤,有人遗其双鹤,少时,翅长欲飞,乃铩其翮。翮轩翥不复能飞,乃反。顾翅垂头,视之如有懊丧意。林曰:'既有凌霄之姿,何肯为人作耳目近玩?'养令翮成,置使飞去。"冲天:即一飞冲天。 ⑧衡茅:即衡门草舍。《诗·陈风·衡门》:"衡门之下,可以栖迟。"传:"衡门,衡木为门,言浅陋也。"此指刘禹锡在洛阳的宅第。 ⑨地仙:居于人世的神仙。此指白居易。其《池上即事》云:"官散无忧即地仙。"

【品评】

白居易由于不愿卷入日渐激烈的党争中,故有意从政治中心长安隐退,由刑部侍郎徙为太子宾客分司。离开长安时,他有《长乐亭留别》诗:"灞浐风烟函谷路,曾经几度别长安。昔时蹙促为迁客,今日从容自去官。优诏幸分四皓秩,祖筵惭继二疏欢。尘缨世网重重缚,回顾方知出得难。"其时刘禹锡与张籍等人送行,张有《送白宾客分司东都》诗,而刘禹锡则有此诗赠别。何焯分析此诗颇有深中诗意之说,谓"'岂徒然'三字,包含钩党纷纭独以辞荣勇退之意,故落句亦拟自附于知己也。否终则假,君子岂遂道消?第五非聊以慰藉之辞,故自曲折有深味"。又分析"九霄"句,云"三字中暗藏自己"。谓"'少年'二字即带起第五"。而"'冲天'二字便含'仙'字意"。(均见卞孝萱《刘禹锡诗何焯批语考订》)所说颇为中肯。

与歌者米嘉荣[1]

唱得《凉州》意外声，[2] 旧人唯数米嘉荣。
近来时世轻先辈，[3] 好染髭须事后生。[4]

【注释】

①米嘉荣：中唐歌者。《乐府杂录·歌》："元和、长庆以来，有李贞信、米嘉荣、何勘、陈意奴。" ②《凉州》：《乐府诗集》卷七九引《乐苑》："《凉州》，宫调名，开元中西凉府都督郭知运进。"此曲名乃以州名凉州而得名。 ③轻先辈：轻视前辈。孔融《论盛孝章书》："今之少年，喜谤前辈。" ④后生：后辈。

【品评】

此诗乃赠当时著名的老歌唱家米嘉荣而作，他以唱《凉州》曲著名于世。曲子虽然唱得好，但可惜歌唱家已年老大，更不幸的是又适逢后生轻先辈的年代，老歌唱家的为人所轻也就不在话下了。诗人对于这种不尊重前辈的时风颇感不满，故激愤而不无讥讽地发出"好染髭须事后生"之语。当然，这只是诗意的浅层意思，诗人内中尚有不便明说的深意，而这就与当时的政局与人事倾轧有关。陶敏教授在《刘禹锡全集编年校注》本诗注中所析颇值得参考："按，裴度出镇襄阳乃为牛党所排。《旧唐书·裴度传》：'度素称坚正，事上不回，故累为奸邪所排，几至颠沛。及晚节，稍浮沉以避祸。……而后进宰相李宗闵、牛僧孺等不悦其所为，故因度谢病罢相位，复出为襄阳节度。'同书《李德裕传》：'大和三年八月，召为兵部侍郎。裴度荐以为相，而吏部侍郎李宗闵有中人之助，是月拜平章事，惧德裕大用。九月，检校礼部尚书，出为郑滑节度使。……裴度于宗闵有恩，度征淮西时，请宗闵为彰义观察判官，自后名位日进。至是恨度援德裕，罢度相位，出为兴元（按，当为襄阳）节度使，牛、李权赫于天下。'按，牛、李为永贞元年进士，元和十二年裴度为相平淮西吴元济时，李宗闵为裴度判官，随度出征，故均为裴度后辈。诗似为此事而发。”刘禹锡与裴度乃深交好友，裴度之为后辈排挤，诗人故借此诗以讽之。刘禹锡尚有《米嘉荣》诗，其义与本诗相同，可参读：“一别嘉荣三十载，忽闻旧曲尚依然。如今世俗轻前辈，好染髭须事少年。”

送源中丞充新罗册立使①

相门才子称华簪，② 持节东行捧德音。③
身带霜威辞凤阙，④ 口传天语到鸡林。⑤
烟开鳌背千寻碧，⑥ 日浴鲸波万顷金。⑦
想见扶桑受恩处，⑧ 一时西拜尽倾心。⑨

【注释】

①此诗作于大和五年。原注：“侍中之孙。”源中丞：即时任太子左谕德、兼御史中丞源寂。新罗：朝鲜古国名。也称斯罗、鸡

林。居朝鲜南部三韩东南之辰韩地，首都庆州，与高句丽、百济并立。册立使：参加册立王位的使者。《旧唐书·新罗传》："新罗国，本弁韩之苗裔也。……（大和）五年，（其王）金彦升卒，以嗣子金景徽为……新罗王……命太子左谕德、兼御史中丞源寂持节吊祭册立。" ②相门才子：即源寂。寂乃侍中源干曜之孙。源干曜曾任宰相，故称源寂为相门才子。华簪：华美的冠簪，此代指为高官。簪，插定发髻或冠的长针。 ③德音：指皇帝的诏书。④身带霜威：如霜的威严。此指源寂时带御史中丞台职，故谓。《通典》卷二四："御史为风霜之任，弹纠不法，百僚震恐，官之雄俊，莫之比焉。"凤阙：汉代宫阙名，后泛指宫殿、朝廷。 ⑤天语：指皇帝的诏旨。鸡林：新罗。 ⑥鳌背：此指大海。鳌为海中的大龟。据说，大鳌以首戴海上的蓬莱仙山。千寻碧：指渊深的海水。 ⑦鲸波：即大海波，因鲸鱼长于大海中，故称。万顷金：比喻日光下海波滉漾，闪闪泛光貌。 ⑧扶桑：神木名，据说日出其下。《淮南子·天文》："日出于旸谷，浴于咸池，拂于扶桑，是谓晨明。"此指新罗国。 ⑨西拜：朝西而拜。唐在新罗之西，故西拜乃拜谢唐朝之谓。

【品评】

此诗乃送源中丞往新罗国参加册立新王礼仪之作，因与国事有关，故全诗写得典重浑雄，颇有威严气势。尤其是中间四句乃此诗最佳之处，不仅与源中丞的身份、使命以及行程所经颇为贴切，而且气脉雄大，颇有大唐凛凛雄风威严，且不乏恩波万里之势，盖"烟开鳌背千寻碧，日浴鲸波万顷金"之句，不仅为写景名句，也是象喻皇朝恩典广披，含义双关之语。故起末两句“想见扶桑受恩处，一时西拜尽倾心”之感恩礼拜倾心之语。同时，末两句亦承第二句“捧德音”而来，可谓前后呼应，首尾一体，结构严密。值得一提的是，此诗也写得颇为俊爽流丽，故王寿昌谓：“何谓俊爽？曰：如……刘梦得之‘相门才子称华簪……’是也。”（《小清华园诗谈》卷上）

赠乐天①

一别旧游尽，② 相逢俱涕零。
在人虽晚达， 于树似冬青。③
痛饮连宵醉， 狂吟满坐听。
终期抛印绶，④ 共占少微星。⑤

【注释】

①诗作于大和五年冬赴苏州刺史任经洛阳时。 ②旧游尽：指与刘禹锡、白居易交游的朋友如元稹、韩泰、李绛、张籍、李益等等，诸人时已亡故。 ③冬青：《广群芳谱》卷七九：“冬青，一名冻青，一名万年枝，女贞别种也。叶光润，经冬不凋。” ④印绶：印为官印，绶为系冠的带子。印绶，此指官职。 ⑤共占少微星：指一同隐居。《晋书·天文志》：“少微四星，在太微西，士大夫之位也，一名处士。”又《晋书·谢敷传》：“谢敷，会稽人也。性澄靖寡欲，入太平山十余年。镇军郗愔召为主簿，台征博士，皆不就。

初，月犯少微，少微一名处士星，占者以隐士当之。”

【品评】

白居易有《初见刘二十八郎中有感》：“欲话毗陵君反袂，欲言夏口我沾衣。谁知临老相逢日，悲叹声多语笑稀。”诗中的毗陵、夏口指刘禹锡、白居易的好友韩泰、元稹，他们均已去世。故白居易此诗颇为伤感痛楚，真如其所谓的“悲叹声多语笑稀”。刘禹锡此诗即应此而赠白居易，故亦有“一别旧游尽，相逢俱涕零”之句。但与白诗有所不同的是，刘禹锡此诗有“在人虽晚达，于树似冬青”这两句为人称道的名句，其意则稍微宽达而超迈，显示其诗豪本色，此于沉痛伤感之际，尤为不易。故瞿佑曰：“刘梦得……暮年与裴、白优游绿野堂，有‘在人虽晚达，于树似冬青’之句，又云‘莫道桑榆晚，为霞尚满天’，其英迈之气老而不衰如此。”（《归田诗话》卷上）刘克庄也云：“梦得历德、顺、宪、穆、敬、文、武七朝，其诗尤多感慨，惟‘在人虽晚达，于树似冬青’之句差闲婉。《答乐天》云：‘莫道桑榆晚，为霞尚满天。’亦足见其精华老而不竭。”（《后村大全集》卷一七）

乐天寄重和晚达冬青一篇因成再答[①]

风云变化饶年少，[②] 光景蹉跎属老夫。[③]
秋隼得时凌汗漫，[④] 寒龟饮气受泥涂。[⑤]
东隅有失谁能免，[⑥] 北叟之言岂便诬。[⑦]

振臂犹堪呼一掷,[⑧] 争知掌下不成卢。[⑨]

【注释】

①此诗作于大和六年。 ②风云变化:此指仕宦前途的发达。饶:让。年少:此指当时任宰相的李宗闵、牛僧孺等人。 ③光景:时光、前程。蹉跎:虚度年光、不得志。老夫:刘禹锡自谓。 ④隼(sǔn):一种凶猛的鸟。汗漫:指没有边际的天空。 ⑤寒龟饮气:《史记·龟册列传》:“南方老人用龟支床足,行二十余岁,老人死,移床,龟尚生不死。龟能行气导引。”受泥涂:据《庄子·秋水》载,楚王使人召庄子,“庄子持竿不顾,曰:‘吾闻楚有神龟,死已三千岁矣,王巾笥而藏之庙堂之上。此龟者,宁其死为留骨而贵乎,宁其生而曳尾于涂中乎?’大夫曰:‘宁生而曳尾涂中。’庄子曰:‘往矣,吾将曳尾于涂中。’” ⑥东隅有失:东隅,东边,指太阳升起处。《后汉书·冯异传》:“(光武帝)降玺书劳异曰:‘赤眉破平,士吏劳苦。始虽垂翅回溪,终能奋翼黾池,可谓失之东隅,收之桑榆。’” ⑦北叟之言:《淮南子·人间》载:塞上有人失马,“人皆吊之。其父曰:‘此何遽不为福乎?’居一年,胡人好骑,堕而折其髀,人皆吊之。其父曰:‘此何遽不为福乎?’居一年,胡人大入塞,丁壮者引弦而战,近塞之人死者十九,此独以跛之故父子相保。”诬:虚假。 ⑧一掷:指掷骰子。 ⑨卢:《演繁露》卷六:“凡投子者五皆现黑,则其名卢。卢者,黑也,言五子黑也。此在樗蒲为最贵之采。”

【品评】

此诗乃答白居易诗而作。刘禹锡由于长期受到政治上的打击,百经折磨与锻炼,故在对待人生的出处进退上已较为通达从容,能比较辩证地看待问题。故在此诗中能在蹉跎失意时仍然不丧气颓丧,而是能看到事物的两个方面,认为如"秋隼得时",则要凌空高翔,尽展雄姿;倘若不得时,则要学"寒龟饮气",要像庄子那样,宁愿"曳尾于涂中"。这种人生的智慧尤其表现在"东隅有失谁能免,北叟之言岂便诬"这两句格言似的诗句上。应该说这是诗人经历磨难、洞察历史与人生的深刻人生体会,这一体会也不失为表现了诗人的积极进取的人生态度。故其诗末的"振臂犹堪呼一掷,争知掌下不成卢"两句即是这一积极人生观的形象表现。

赴苏州酬别乐天①

吴郡鱼书下紫宸,② 长安厩吏送朱轮。③
二南风化承遗爱,④ 八咏声名蹑后尘。⑤
梁氏夫妻为寄客,⑥ 陆家兄弟是州民。⑦
江城春日追游处,⑧ 共忆东都旧主人。⑨

【注释】

①诗作于大和五年冬赴苏州任经洛阳时。 ②吴郡鱼书:指任苏州刺史的诏书与鱼符。紫宸(chén):唐长安宫殿名。《雍

录》：大明宫中三殿“南北相重，先含元，次宣政，又次紫宸，皆在龙首山上”。 ③长安厩吏句：朱轮，汉代制度，太守二千石以上得以乘朱轮。又《汉书·朱买臣传》载，朱买臣拜会稽太守，“长安厩吏乘驷马车来迎。” ④二南：《诗经》国风中的《周南》和《召南》称为二南。风化：教化。《毛诗大序》：“风，风也，教也。风以动之，教以化之。”遗爱：指白居易前在苏州任刺史时所留下的政迹恩德为百姓所感怀。 ⑤八咏句：八咏，指沈约的《八咏诗》（包括“登台望秋月”、“会圃临东风”、“岁暮愍衰草”、“霜来悲落桐”、“夕行闻夜鹤”、“晨征听晓鸿”、“解佩去朝市”、“被褐守山东”等八诗）。沈约曾任东阳太守，此处藉以比喻白居易。 ⑥梁氏夫妻：指东汉的梁鸿、孟光夫妇。两人曾寄居苏州皋桥侧。此用以自指。 ⑦陆家兄弟：指晋代陆机、陆云兄弟。陆氏两兄弟乃吴郡人，而刘禹锡任苏州刺史，故称二陆为州民。 ⑧江城：指苏州城。追游：白居易前曾任苏州刺史，刘禹锡后任，故有追游之说。 ⑨东都：唐代以洛阳为东都。时白居易在洛阳为河南尹。旧主人：指白居易。白曾任苏州刺史，故谓。

【品评】

刘禹锡赴苏州刺史任时，白居易有《送刘郎中赴任苏州》诗：“仁风膏雨去随轮，胜境欢游到逐身。水驿路穿儿店月，花船棹入女湖春。宣城独咏窗中岫，柳恽单题汀上苹。何似姑苏诗太守，吟诗相继有三人。”刘禹锡此诗乃步白诗韵而酬作。白居易亦曾任苏州刺史，故刘诗多及之，并用苏州故事。方回析此诗云：“乐天尝守苏，今梦得亦往守此，故有‘承遗爱’、‘蹑后尘’之语。梁鸿、孟光尝客于吴，机、云二陆昔为吴人，今到苏之后，凡寄寓之客及在郡之士人与太守相追游，当共忆乐天为旧太守，即旧主人也。善用事，笔端有口，未易可及。”（《瀛奎律髓》卷四）此诗之表达艺术，亦有可说者，何焯云：“次联胜三联。四联若无‘共忆’二字，便成死句。”（《瀛奎律髓汇评》卷四）纪昀谓：“第三句‘二南风化’四字无着，亦不切苏州，而不觉借用，以原是太守事耳。”（同上）诗歌在所咏地点字面上有吴郡、长安、东都；在时间上有今昔与将来；在人事上有古人、今人与明日之人，可谓远近起伏，时空变换，颇是意致灵便。

和白侍郎送令狐相公镇太原①

十万天兵貂锦衣，　晋城风日斗生辉。②
行台仆射深恩重，③　从事中郎旧路归。④
迭鼓蹙成汾水浪，⑤　闪旗惊断塞鸿飞。⑥
边庭自此无烽火，　拥节还来坐紫微。⑦

【注释】

①此诗约作于大和六年春夏间。白侍郎：即白居易。白居易曾任刑部侍郎，此以其在朝官职称之。令狐相公：即令狐楚。令狐楚由郓州天平军赴太原经洛阳，白居易有诗送行。　②晋城：晋阳城。《元和郡县图志》卷一三太原府晋阳县：“府城，故老传晋并州刺史刘琨筑。……城中又有三城，其一曰大明城，即古晋阳

城也。” ③行台仆射：行台，在地方代表朝廷行尚书省事的机构称行台。唐贞观后废行台，此代指节度使。仆射，唐尚书省副长官。时令狐楚为节度使，又检校尚书右仆射，故称行台仆射。④从事中郎：汉官名。此用晋卢谌以喻指令狐楚。据《晋书·卢谌传》，谌曾北依刘琨，刘琨为司空，谌为主簿，转中郎将。“谌名家子，早有声誉，才高行洁，为一时所推。……谌每谓诸子曰：‘吾身没之后，但称晋司空从事中郎耳。’” ⑤迭鼓：此指不断击鼓，鼓声层迭。汾水：流经太原的河名。《元和郡县图志》卷一三太原府：“今太原有三城，府及晋阳县在西城，太原县在东城，汾水贯中城南流。” ⑥闪旗：指飘飘飞扬的旗帜。 ⑦拥节：指节度使符节。紫微：唐中书省于开元年间曾改为紫微省。坐紫微，意为做宰相。

【品评】

令狐楚是唐代中期一位颇有影响的重臣，加上能诗文，尤擅长于骈文，与其时著名文士均有交往，在政坛与文坛均颇富声名。故其自天平军移镇重镇太原经洛阳时，白居易即赋《送令狐相公赴太原》诗送行，中有“青衫书记何年去，红旆将军昨日归”、“北都莫作多时计，再为苍生入紫微。”诗歌歌颂令狐楚军之雄武，令狐楚之文武才能，愿其早日归朝再为宰相以造福苍生百姓。刘禹锡诗乃和白居易诗之作，故其诗要旨亦大抵如白诗。不过，既然是同题之作，人们总喜欢将刘、白两诗做比较，故何焯认为刘诗的“拥节还来坐紫微”句，乃“刘琨为并州刺史，辟卢谌，后为从事中郎，其精切工假如此。乐天‘青衫书记’、‘红旆将军’，未免为渠压倒”。(卞孝萱《刘禹锡诗何焯批语考订》)刘禹锡此诗能以史事旧典以影写今人今事,确实颇是精切典重,如其“行台仆射深恩重,从事中郎旧路归”即为如此之句。另可一提的是,此诗风格浑雄整肃,颇具浑厚之气,这与令狐楚以军将镇西北重镇太原的身份出行颇为和谐。

酬乐天见寄[①]

元君后辈先零落,[②] 崔相同年不少留。[③]
华屋坐来能几日,[④] 夜台归去便千秋。[⑤]
背时犹自居三品,[⑥] 得老终须卜一丘。[⑦]
若使吾徒还早达, 亦应箫鼓入松楸。[⑧]

【注释】

①此诗作于大和六年,时在苏州任刺史。 ②元君:指元稹。元稹卒于大和五年七月,其年辈小于白居易和刘禹锡。 ③崔相:指曾为宰相的崔群。据《旧唐书·文宗纪》下,崔群卒于大和六年八月。 ④华屋:华美的屋子。 ⑤夜台:指坟墓。《文选》陆机《挽歌辞》:“按辔遵长薄,送子长夜台。”李周翰注:“坟墓一闭,无复见明,故曰长夜台。” ⑥原注:“三川、吴郡品同。”背时:命运不好。 ⑦原注:“投老之日,愿乐天为邻。”卜一丘:指卜居为邻。《左传·昭公三年》:“非宅是卜,惟邻是卜。” ⑧箫鼓入松楸:指吹奏丧歌送入坟墓。古代坟冈多植松楸。

【品评】

元稹和崔群均是白居易的好友，且年辈小于白居易，但先后去世，故白居易十分悲伤，颇为感慨人生之无常，有《寄刘苏州》诗表达哀伤之情："去年八月哭微之，今年八月哭敦诗。何堪老泪交流日，多是秋风摇落时。泣罢几回深自念，情来一倍苦相思。同年同病同心事，除却苏州更是谁？"刘禹锡遂有此诗之酬和。诗中"华屋坐来能几日，夜台归去便千秋"两句既是酬和白诗首两句之意，同时也抒发了死生无常、人生短暂的感慨与悲伤。但做为一位通达事理，参透人生的诗人，刘禹锡此时是懂得"若使吾徒还早达，亦应箫鼓入松楸"的人生必由之路的，因此，他更为珍惜生的珍贵。而垂老之年，对于诗人来说，友谊是他尤为注重的，故有"得老终须卜一丘（投老之日，愿乐天为邻）"的愿望。当然，这一句也是对白居易诗"同年同病同心事，除却苏州更是谁？"的回应之句。这也是酬和诗的应有之意。刘禹锡此诗中"华屋坐来能几日，夜台归去便千秋"两句，也有脱化曹植《野田黄雀行》诗之"生存华屋处，零落归旧山"之处，胡以梅即以为这两句是"用曹植语脱化，而添一层'能几日''便千秋'，用古入化，更有精神"。（见《唐诗贯珠》卷三三）

和杨师皋给事伤小姬英英[1]

见学胡琴见艺成，　今朝追想几伤情。
捻弦花下呈新曲，[2]　放拨灯前谢改名。[3]

但是好花皆易落，　从来尤物不长生。④
鸾台夜直衣衾冷，⑤　云雨无因入禁城。⑥

【注释】

①此诗大和六年作于苏州。杨师皋：即杨虞卿，字师皋，白居易妻弟。元和五年登进士第，又中博学宏词科。累官礼部员外郎，改吏部。大和五年拜谏议大夫，充弘文馆学士，判院事。六年，转给事中。后贬虔州司户参军，卒。传见《旧唐书》卷一七六本传。英英：杨虞卿姬，善胡琴（即琵琶）。　②捻（niǎn）：弹奏琵琶的一种指法。　③拨：弹奏琵琶的琴拨。　④尤物：美好的事物。　⑤鸾台：唐门下省曾称鸾台。《新唐书·百官志》二："垂拱元年，改门下省曰鸾台。"夜直：夜晚值班。　⑥云雨：即用巫山神女"朝为行云，暮为行雨"典故。此用以指小姬英英之魂。禁城：紫禁城，宫城。

【品评】

小姬英英为杨虞卿善于琴乐的爱姬，不幸早逝，故杨虞卿有《过小妓英英墓》诗以伤之："萧晨骑马出皇都，闻说埋冤在路隅。别我已为泉下土，思君犹似掌中珠。四弦品柱声初绝，三尺孤坟草尚枯。兰质蕙心何所在，焉知过者是狂夫？"其时诗人如白居易、姚合也有酬和杨虞卿之作。刘禹锡此和诗亦是伤小姬英英，其中最为出色的是"但是好花皆易落，从来尤物不长生"这两句感伤之语，因为这似乎能概括自然界的一种令人感伤不已的现象，尤是名句，格外传诵人口，令人感慨。冯舒曾评此两句云：

“五六率，然语必是唐人。”(《瀛奎律髓汇评》卷七)虽是率语，然不愧为佳句。从格调风韵来说，亦是“小有致”(同上书，纪昀语)之作。

郡斋书怀寄江南白尹兼简分司崔宾客①

漫读图书三十车，年年为郡老天涯。
一生不得文章力，百口空为饱暖家。
绮季衣冠称鬓面，② 吴公政事副词华。③
还思谢病吟归去，④ 同醉城东桃李花。⑤

【注释】

①此诗大和七年作于苏州。白尹：即时任河南尹的白居易。崔宾客：即时任太子宾客分司的崔玄亮。崔玄亮，字晦叔，磁州滏阳(今河北磁县)人。贞元十一年登进士第。元和初为监察御史，转殿中侍御史，历膳部、驾部员外郎，出为河南令、迁密州刺史。大和四年，由太常少卿迁谏议大夫。后累官太子宾客分司。大和七年七月卒于虢州刺史任。传见《旧唐书》卷一六五、《新唐书》卷一六四。 ②绮季：商山四皓之一的绮里季，此处代指时任太子宾客分司的崔玄亮。鬓面：指苍老的面容。 ③吴公：《史记·贾生列传》：“贾生名谊，洛阳人也。年十八，以能诵诗属书闻于郡中。吴廷尉为河南守，闻其秀才，召置门下，甚幸爱。孝文皇帝初立，闻河南守吴公治平为天下第一……乃征为廷尉。”此处用吴公

代指时任河南尹的白居易。 ④吟归去：晋陶渊明有《归去来兮辞》："归去来兮，田园将芜胡不归。"此意为将学陶渊明归隐田园。⑤城东桃李花：宋子侯《董娇娆》："洛阳城东路，桃李生路傍。花花自相对，叶叶自相当。"白居易有《洛城东花下作》："记得旧诗章，花多数洛阳。"自注："旧诗云：'洛阳城东面，今来花似雪。'又云：'更待城东桃李发。'"刘诗即回应白诗。

【品评】

此诗首两句"谩读图书三十车，年年为郡老天涯"即表明刘禹锡对于长年任外职已颇有疲累不堪之意，此时想到早年所怀抱的远大理想抱负已不能实现，只能图个自家的饱暖而已，诗人颇为慨叹，故有"一生不得文章力，百口空为饱暖家"之句，于此可见诗人的失望何等深沉！"绮季衣冠称鬓面，吴公政事副词华"两句，因白居易和崔玄亮均在洛阳为官，故以古代相称的人物吴公和绮里季指称他们。末两句则表明将欲隐退与老朋友共醉于自然美景之意。白居易得刘禹锡此诗后，有《和梦得》诗，其原注有："梦得来诗云：'谩读图书三十车，年年为郡老天涯。一生不得文章力，百口空为饱暖家。'"从白居易诗注，可见刘禹锡此诗的要意。今录此诗以供解读参考："纶阁沉沉无宠命，苏台籍籍有能声。岂唯不得清文力，但恐空传冗吏名。郎署回翔何水部，江湖留滞谢宣城。所嗟非独君如此，自古才难共命争。"

乐天见示伤微之敦诗晦叔三君子皆有深分因成是诗以寄[①]

吟君叹逝双绝句,[②] 使我伤怀奏短歌。[③]
世上空惊故人少, 集中惟觉祭文多。
芳林新叶催陈叶, 流水前波让后波。
万古到今同此恨,[④] 闻琴泪尽欲如何。

【注释】

①此诗大和七年作于苏州。微之:元稹字。敦诗:崔群字。晦叔:崔玄亮字。 ②叹逝双绝句:指白居易《微之敦诗晦叔相次长逝岿然自伤因成二绝》诗。 ③短歌:即短歌行,原为乐府相和歌辞《平调曲》名。晋崔豹《古今注》中《音乐》:"长歌,短歌,言人生寿命长短分定,不可妄求也。"曹操《短歌行》:"对酒当歌,人生几何。譬如朝露,去日苦多。"陆机《短歌行》:"置酒高堂,悲歌临觞。人生几何,逝如朝霜。" ④同此恨:指人生的死别之恨。江淹《恨赋》:"自古皆有死,莫不饮恨而吞声。"

【品评】

元稹、崔群、崔玄亮三人皆是当时的卓杰之士,又是白居易和刘禹锡的好友,然三人皆前后相续而逝,故白居易倍感悲伤,先有《微之敦诗晦叔相次长逝岿然自伤因成二绝》诗:"并失鹓鸾侣,空留麋鹿身。只应嵩洛下，长作独游人。”“长夜君先去，残年我几何？秋风满衫泪，泉下故人多。”刘禹锡见到白居易这两首绝句，遂作此诗回寄白居易，以表达读白诗的感同身受之伤情。此诗“世上空惊故人少，集中惟觉祭文多”两句，最能表现刘禹锡此时的感受，也是世上高寿之士晚年时深感伤痛之处。其实这也正是人生的哀伤，即诗中所谓的“万古到今同此恨”，古人如曹操、陆机等人莫不如此。诗中的“芳林新叶催陈叶，流水前波让后波”两句，概述自然界的不可抗拒的现象，同时也如同人类新陈代谢的规律，这是不以人的意志为转移改变的，可谓警句格言。这两句既可做为诗人无可如何的悲伤，同时也可以看作诗人洞悉自然人生规律的豁达自慰以及慰人之语，正可表现刘禹锡作为诗豪在性格思想上的开通豁达的一面。

题于家公主旧宅①

树绕荒台叶满池，　箫声一绝草虫悲。②
邻家犹学宫人髻，③ 园客争偷御果枝。
马埒蓬蒿藏狡兔，④ 凤楼烟雨啸愁鸱。⑤
何郎独在无恩泽，⑥ 不似当初傅粉时。⑦

【注释】

①此诗大和七年作于苏州。于家公主：指下嫁于季友的唐宪宗女永昌公主。《新唐书·诸帝公主传》：“宪宗十八女……梁国

惠康公主，始封普宁，帝特爱之，下嫁于季友。元和中徙永昌，薨。” ②箫声一绝：指永昌公主去世。此用萧史、弄玉故事。《列仙传》卷上：“萧史者，秦穆公时人也。善吹箫，能致孔雀白鹤于庭。穆公有女字弄玉，好之，公遂以女妻焉。日教弄玉作凤鸣，吹似凤声，凤凰来止其屋。公为作凤台，夫妻止其上不下数年，一旦皆随凤凰飞去。” ③宫人髻：宫中女子的头发样式。《中华古今注》卷下：“隋大业中，令宫人梳朝云近香髻、归秦髻、奉仙髻、节晕妆。贞观中梳归顺髻，又太真偏梳朵子作啼妆。又有愁来髻，又飞髻，又合髻，作白妆黑眉。” ④马埒（liè）：习射之驰道，两侧有矮墙，使不外骛。《晋书·王浑传》附《王济》：“时洛京地甚贵，济买地为马埒，编钱满之，时人谓为‘金沟’。” ⑤凤楼：指公主所居楼。鸱（chī）：猫头鹰。 ⑥何郎句：何郎，原为三国时尚金乡公主的何晏，此指时任明州刺史的于季友。于季友一家元和中多有因罪被贬被诛者。长庆中，其兄于方又因以策画干宰相被杀，故谓无恩泽。 ⑦傅粉时：指年轻时为美貌而须特意打扮时。《世说新语·容止》：“何平叔美姿仪，面至白，魏明帝疑其傅粉。夏正月，与热汤面，既啖，大汗出，色转皎然。”

【品评】

此诗乃作于唐宪宗永昌公主已逝，而驸马于季友外任明州刺史，其与公主所曾居的旧宅已荒芜时。故诗人题咏旧宅，颇为感伤，遂有“树绕荒台叶满池，箫声一绝草虫悲”等伤吊之句。金圣叹评析此诗颇为详悉，云：“前解悼公主，后解悲驸马。看他从‘叶满地’上追说仙台，从‘草虫悲’上追说‘箫声’，便自使人怅然心悲，并不用更多写荒凉败落也。三、四尤为最工，若不写得如此，便是平等人家，断钗零钿，不复成公主悼亡诗也。蓬蒿狡兔，烟雨愁鸱，此即'无恩泽'之三字也。七句'独'字、'在'字，不许草草连续。盖'在'而'独'固是悲公主，乃'独'而'在'却是悲驸马。人只知'独'字甚悲，即岂知'在'字之尤悲耶？设使驸马早知如此，固真不如先一旦赴黄泉，借蝼蚁以陪公主于地下之为得算也。"（《贯华堂选批唐才子诗》甲集七言律卷五下）白居易也有《同诸客题于家公主旧宅》："平阳旧宅少人游，应是游人到即愁。春谷鸟啼桃李院，络丝虫怨凤凰楼。台倾滑石犹残砌，帘断珍珠不满钩。闻道至今萧史在，髭须雪白向明州。"何焯将刘、白诗对比，谓"比乐天诗更曲折有味，三、四妙绝。冯已苍极称此诗，以为悲凉之中自饶才致，他人为此而定薄矣"。（卞孝萱《刘禹锡诗何焯批语考订》）清人冯舒亦称此诗云："凄凄恻恻，易淡易狭。此偏有味，偏说得开。四灵、九僧不能及也。黄、陈欲以枯硬高之，弥见其丑。"（《瀛奎律髓汇评》卷三五）

杨柳枝词八首[1]

一

塞北梅花羌笛吹，[2] 淮南桂树小山词。[3]
请君莫奏前朝曲， 听唱新翻杨柳枝。[4]

二

南陌东城春早时，　相逢何处不依依。
桃红李白皆夸好，　须得垂杨相发挥。

三

凤阙轻遮翡翠帏，[5]　龙池遥望麹尘丝。[6]
御沟春水相辉映，[7]　狂杀长安年少儿。

四

金谷园中莺乱飞，[8]　铜驼陌上好风吹。[9]
城中桃李须臾尽，　争似垂杨无限时。

五

花萼楼前初种时，[10]　美人楼上斗腰肢。[11]
如今抛掷长街里，　露叶如啼欲向谁。[12]

六

炀帝行宫汴水滨，[13]　数枝杨柳不胜春。
晚来风起花如雪，　飞入宫墙不见人。

七

御陌青门拂地垂，[14]　千条金缕万条丝。
如今绾作同心结，　将赠行人知不知。

八

城外春风吹酒旗，　行人挥袂日西时。
长安陌上无穷树，　唯有垂杨管别离。[15]

【注释】

①诗约作于大和八年在苏州时。《杨柳枝》：汉横吹曲辞。本作《折杨柳》，至隋时始为宫辞，唐白居易依旧曲翻为新歌。白居易《杨柳枝二十韵·序》："《杨柳枝》，洛下新声也。洛之小妓有善歌之者，词章音韵，听可动人，故歌赋。" ②梅花：即指《梅花落》。属汉横吹曲名，本笛中曲。羌笛：即笛，传乃出于羌人，故称。③淮南桂树：《楚辞·招隐士》："桂树丛生兮山之幽。"王逸注："《招隐士》者，淮南小山之所作也。昔淮南王安，博雅好古，招怀天下俊伟之士。自八公之徒，咸慕其德而归其仁，各尽才智，著作篇章，分造辞赋，以类相从，故或称大山，或称小山，其义犹《诗》有《小雅》、《大雅》也。" ④翻：演奏。 ⑤凤阙：指长安城的宫阙。翡翠帏：指杨柳如翠绿色的帷幔貌。 ⑥龙池：池名，在长安兴庆宫。麴(qū)尘：麴上所生菌，色淡黄如尘，因以称淡黄色。 ⑦御沟：流经皇宫中的渠流。相辉映：指御沟旁的杨柳树与御沟春水交相辉映。 ⑧金谷园：西晋太康中石崇在金谷涧所筑的园囿。⑨铜驼陌：指洛阳的道路。汉代时，洛阳宫门有铜驼二枚。《太平寰宇记·洛阳县》引晋陆机《洛阳记》："汉铸铜驼二枚，在宫之南四会道，夹路相对。俗语曰：'金马门外聚群贤，铜驼陌上集少年。'言人物之盛也。" ⑩花萼楼：唐玄宗开元二年以旧邸为兴庆宫，后于宫之西南建楼，其西题为"花萼相辉之楼"。花萼之义，取

《诗·小雅·棠棣》兄弟亲爱之义。 ⑪斗腰肢：此言杨柳枝之阿娜，使得美人欲与其比斗腰肢之纤细。 ⑫露叶：带露水的叶子。⑬炀帝：隋炀帝杨广。汴水：水名，即汴河，流经今河南开封。隋炀帝开运河，汴水成为大运河的一部分。隋炀帝在大运河两旁皆植柳树，自长安至江都置离宫四十余所。 ⑭御陌：都城的街道。青门：即汉代长安城的东南门。本名霸城门，俗因门色青，呼为青门。 ⑮垂杨管别离：古人送别时，有折柳赠别的风俗。《坚觚续集》卷四："送行折柳者，以人之去乡正如木之离土，望其如柳之随遇而安耳。"

【品评】

《杨柳枝》词乃咏杨柳之乐府近代曲词，故刘禹锡此组诗八首亦皆为咏杨柳之作。其将杨柳之体态、风韵、情思以及与杨柳有关的故事与习俗均巧妙地运用于咏杨柳中，且诗歌含情宛转，风情宛然，声韵和谐，流丽而多韵味，使人咏之而兴味不尽。各首诗中亦有韵味意思均令人长想咀嚼的警句、佳句，如"请君莫奏前朝曲，听唱新翻杨柳枝"、"城中桃李须臾尽，争似垂杨无限时"、"桃红李白皆夸好，须得垂杨相发挥"、"长安陌上无穷树，唯有垂杨管别离"等句均是耐人寻味的佳句。故前人多称赏之，如黄庭坚云："刘宾客《柳枝词》虽乏曹、刘、陆机、左思之豪壮，自为齐、梁乐府之将帅也。"(《山谷题跋》)当然，诗中有些句子的含义究如何？前人亦有评论，并时有不同见解，见仁见智，皆可做为解读的参考，今录其中几则如下：谢枋得评"花萼楼前"首谓"此首意谓人不能特立，随时趋势以求富贵者，与花萼前杨柳何异？……小人失势，不责己而怨人，虽泣血涟如，亦无及也”。（《注解章泉涧泉二先生选唐诗》卷一）胡次焱云：“此乃梦得自道也。其与议禁中，所言必从，此‘花萼楼前初种时’也。降武元衡，贬窦群，斥韩皋，此‘美人楼上斗腰肢’也。贬连州刺史，斥朗州司马，易柳州，徙夔州，此‘如今抛掷长街里’也。末句乃不敢怨人之词，‘欲恨谁’者，即《易》所谓‘自我致寇，又谁咎也’，其悔心之萌乎。”（《唐诗选脉会通评林》）唐汝询谓第六首云：“炀帝植柳汴宫旁，谓之柳塘。今柳花如雪，宫中无人，自足兴慨。”（《唐诗解》卷二九）谢枋得谓“炀帝荒淫不君，国亡身丧，行宫外残柳数株，枝条柔弱，如不胜春风之摇荡，柳花如雪飞宫墙，似若羞见时人者。隋之臣子仕唐，曾不曰国亡主灭，分任其咎。扬扬然无羞恶心，观柳花亦可愧矣”。（《注解章泉涧泉二先生选唐诗》卷一）胡次焱云：“谢迭翁注……扶植世教，足以立顽廉贪。但‘不见人’三字，恐只是《易》所谓‘窥其户，阒其无人’之意。”（《唐诗选脉会通评林》）徐子扩不同意谢迭山之说，谓“此诗只是形容亡国荒凉之态，迭山诮羞不见人，非也。李君虞《隋宫燕》诗‘燕语如伤旧国春，宫花一落旋成尘。自从一闭风光后，几度飞来不见人’，亦是此意”。（《唐诗选》卷七）谢枋得又解读“长安陌上无穷树，唯有垂杨管别离”诗云：“人之饯别，非驿亭则酒肆，多种杨柳，古人或折柳以赠，或攀柳而悲。长安陌上树木尽多，管别离者惟有垂杨耳。意谓王公将相，位尊权重，其栽培桃李必多。或辞官，或失势，一旦去国，其门下士终始不相背负者甚少也。”（《注解章泉涧泉二先生选唐诗》卷一）上述诸家所评论与解读虽未必皆是，然均可供体味参考之资。

杨柳枝词二首

一

迎得春光先到来，　浅黄轻绿映楼台。①
只缘袅娜多情思，　便被春风长倩猜。②

二

巫峡巫山杨柳多，　朝云暮雨远相和。③
因想阳台无限事，④　为君回唱《竹枝歌》。

【注释】

①浅黄轻绿：此指杨柳初春时新发嫩叶的颜色。　②猜：被猜忌。　③朝云暮雨：即用巫山神女所云“旦为朝云，暮为行雨”故事，详见下注。　④阳台无限事：指宋玉《高唐赋》所载事：“昔者，楚襄王与宋玉游于云梦之台，望高唐之观，其上独有云气，崒兮直上，忽兮改容，须臾之间，变化无穷。王问玉曰：‘此何气也？’玉对曰：‘所谓朝云者也。’王曰：‘何谓朝云？’玉曰：‘昔者先王尝游高唐，怠而昼寝，梦见一妇人，曰：妾巫山之女也，为高唐之客。闻君游高唐，愿荐枕席。王因幸之。去而辞曰：妾在巫山之阳，高丘之阻，旦为朝云，暮为行雨，朝朝暮暮，阳台之下。旦朝视之，如言，故为立庙，号曰朝云。’”

【品评】

此二首乃咏杨柳枝之作，故描绘杨柳的情态与风韵之“袅娜多情思”，并因巫山巫峡多有杨柳，联想到巫山神女美丽多情的故事，将杨柳之情思风韵与其所象喻的袅娜美女意象形容得神态毕现，无限曼妙。诗风亦多有乐府民歌轻快清丽的情趣，咏之朗朗上口，颇富情韵。

浪淘沙九首[①]

一

九曲黄河万里沙，[②]浪淘风簸自天涯。
如今直上银河去，同到牵牛织女家。[③]

二

洛水桥边春日斜，[④]碧流清浅见琼砂。[⑤]
无端陌上狂风急，惊起鸳鸯出浪花。

三

汴水东流虎眼纹，[⑥]清淮晓色鸭头春。[⑦]
君看渡口淘沙处，渡却人间多少人。

四

鹦鹉洲头浪飐沙，[8]青楼春望日将斜。[9]
衔泥燕子争归舍，独自狂夫不忆家。[10]

五

濯锦江边两岸花，[11]春风吹浪正淘沙。
女郎剪下鸳鸯锦，将向中流匹晚霞。[12]

六

日照澄洲江雾开，[13]淘金女伴满江隈。[14]
美人首饰侯王印，尽是沙中浪底来。

七

八月涛声吼地来，[15]头高数丈触山回。
须臾却入海门去，[16]卷起沙堆似雪堆。

八

莫道谗言如浪深，莫言迁客似沙沉。[17]
千淘万漉虽辛苦，吹尽狂沙始到金。

九

流水淘沙不暂停，前波未灭后波生。
令人忽忆潇湘渚，回唱迎神三两声。[18]

【注释】

①浪淘沙：词调名。原为唐教坊曲名，创自刘禹锡和白居易。白词有“却到帝都重富贵，请君莫忘浪淘沙”。曲调为单调二十八字，四句，三平韵，实即七言绝句。 ②九曲黄河：《初学记》卷六引《河图》：“黄河出昆仑山东北角，河水九曲，长者入于渤海。” ③牵牛织女家二句：张华《博物志》卷十记“旧说云天河与海通。近世有人居海渚者……乘槎而去。十余日中，犹观星月日辰，自后茫茫忽忽，亦不觉昼夜。去十余日，奄至一处，有城郭状，屋舍甚严。遥望宫中多织妇，见一丈夫牵牛渚次饮之。牵牛人乃惊问曰：‘何由至此？’此人具说来意，并问此是何处，答曰：‘君还至蜀郡访严君平则知之。’竟不上岸，因还如期。后至蜀，问君平，曰：‘某年月日有客星犯牵牛宿。’计年月，正是此人到天河也”。 ④洛水桥：即天津桥。《元和郡县图志》卷五河南府河南县：“天津桥在县北四里，隋炀帝大业元年初造此桥，以架洛水，用大缆维舟，皆以铁锁钩连之……然洛水溢，浮桥辄坏。贞观十四年，更令石工累方石为脚。” ⑤琼砂：如琼玉的沙子。 ⑥虎眼纹：指水波流转，出现如虎眼状的波纹。 ⑦鸭头：指绿如鸭头之毛色。 ⑧鹦鹉洲：在武汉的长江中。《太平寰宇记》卷一一二鄂州江夏县：“鹦鹉洲在大江东县西南二里。《后汉书》云，黄祖为江夏太守，时祖长子射大会宾客，有献鹦鹉于此洲，故为名。” ⑨青楼：显贵家女子所居楼。 ⑩狂夫：女子对其丈夫的称谓。 ⑪濯锦江：江名，即岷江，其流经成都名锦江，至三峡为峡江，至汉口为汉江。《国史补》卷下：“凡物由水土，故……蜀人织锦初成，必濯于江水，然后文彩焕发。” ⑫匹晚霞：与晚霞比美。匹，比。 ⑬澄

洲：疑为橙洲，意即橘洲，地在唐朗州沅江中。 ⑭江隈：江水弯曲处。 ⑮八月涛声：此指钱塘江大潮时水声。钱塘江潮八月时最大。 ⑯海门：江河入海处称海口，亦称海门。 ⑰迁客：被贬谪者。 ⑱迎神三两声：指《潇湘神词》。潇湘神指舜的娥皇、女英二妃。

【品评】

《浪淘沙》词乃乐府近代曲辞，主要为歌咏大浪淘沙等情事，故刘禹锡这九首曲辞也即分咏黄河、洛水、汴水、长江、锦江等等各江河情状。因此诗中也多有各地江河的风俗景色，颇多地方特色与风味。如“九曲黄河万里沙，浪淘风簸自天涯”、“鹦鹉洲头浪飐沙，青楼春望日将斜”、“日照澄洲江雾开，淘金女伴满江隈”、“八月涛声吼地来，头高数丈触山回”等诗即写出黄河、长江鹦鹉洲、沅江、钱塘江等处的不同的独特景色，并时而将人物的情态活动点缀其中，如“女郎剪下鸳鸯锦，将向中流匹晚霞”、“令人忽忆潇湘渚，回唱迎神三两声”句即是。值得称赏的是诗中也颇有富有哲理意味的警句，如“君看渡口淘沙处，渡却人间多少人”、“衔泥燕子争归舍，独自狂夫不忆家”、“美人首饰侯王印，尽是沙中浪底来”、“千淘万漉虽辛苦，吹尽狂沙始到金”等。这些意味深长的警句不仅富有诗情，而且加深诗意，令人回味不已。

罢郡姑苏北归渡扬子津[①]

几岁悲南国，　今朝赋北征。[②]

归心渡江勇，　病体得秋轻。
海阔石门小，[3]　城高粉堞明。[4]
金山旧游寺，[5]　过岸听钟声。

【注释】

①此诗大和八年罢苏州赴汝州刺史任途中作。姑苏：即苏州。扬子津：古代津渡名，在江苏江都县南，长江北岸，乃润州、扬州间来往渡口。　②北征：汝州在苏州西北方，自苏州赴汝州，先北渡长江，故称北征。　③石门：指润州长江中的象、焦二山，亦称海门山。　④城高：指润州高耸的城墙。粉堞(dié)：白色的女墙。　⑤金山(寺)：《太平寰宇记》卷八润州丹徒县："金山泽心寺在城东南扬子江。按《图经》云：'本名浮玉山，因头陀开山得金，故名金山寺。'"

【品评】

刘禹锡任苏州刺史三年，大和八年秋得以北移汝州刺史，尽管还未能回京城，但诗人还是高兴的，故在此诗中即流露出这一心情。首句即谓"悲南国"，可见其任职苏州多年心中颇为不畅。三、四两句在表达这一心情上尤为紧要明显，这从"渡江勇"、"得秋轻"明白流露出。故查慎行谓"次联着力在句末两字"。(《瀛奎律髓汇评》卷六)也即谓须从"勇"与"轻"字体味诗人的心情。末两句"金山旧游寺，过岸听钟声"当细心体味。纪昀云"结句在有情无情之间，极有分寸"。(同上)而何焯称末句"金山亦不暇登，收足归心之勇"。(卞孝萱《刘禹锡诗何焯评语考订》)也即是谓金山乃著名胜地，与刘禹锡同时的诗人张祜即有“树色中流见，钟声两岸闻”之作描写金山寺之胜景，但诗人急于北征，故无暇重游故地名胜，只能于途中听听其钟声而已。

酬淮南牛相公述旧见贻①

少年曾忝汉庭臣，② 晚岁空余老病身。③
初见相如成赋日，④ 寻为丞相扫门人。⑤
追思往事咨嗟久， 喜奉清光笑语频。⑥
犹有登朝旧冠冕，⑦ 待公三入拂埃尘。⑧

【注释】

①此诗大和八年秋作于扬州。淮南牛相公：即牛僧孺，时任淮南节度使镇扬州。牛僧孺曾任穆、敬、文三朝宰相，故称牛相公。 ②汉庭臣：指刘禹锡年轻时在朝中任监察御史。 ③晚岁：晚年。赋此诗时，刘禹锡年已六十三。 ④初见相如句：此处相如指牛僧孺。刘禹锡早年曾拜访牛僧孺。杜牧《唐故太子少师奇章郡开国公赠太尉牛公墓志铭》载：“长安南下杜樊乡文安有隋氏赐田数顷、书千卷尚存，公年十五，依以为学不出一室，数年业就，名声入都中。故宰相韦公执谊，以聪明气势，急于褒拔，如柳宗元、刘禹锡辈，以文学秀少，皆在门下。韦公亟令柳、刘于樊乡访公，曰愿得一见。” ⑤扫门人：刘禹锡曾于牛僧孺为相时在朝中任郎中，故此处谦称为牛僧孺的扫门人。《史记·齐悼惠王世

家》："魏勃少时，欲求见齐相曹参，家贫无以自通，乃常独早夜扫齐相舍人门外。相舍人怪之，以为物而伺之，得勃。勃曰：'愿见相君，无因，故为子扫，欲以求见。'于是舍人见勃曹参，因以为舍人。" ⑥清光：称誉人美好的风采。 ⑦冠冕：冠、冕均指戴在头上的礼帽。此指朝廷的官服。 ⑧三入：指等待牛僧孺第三次入朝为相。牛僧孺此前已两度任相。

【品评】

关于此诗，纪昀谓"此答思黯（庆按，即牛僧孺）'曾把文章谒后尘'句，而巽言以解其嫌也。不注本事，了不知为何语矣。语虽涉应酬，而立言委婉之中，尚不甚折身份，是古人有斟酌处"。（《瀛奎律髓汇评》卷四二）此所谓本事即《云溪友议》卷中《中山诲》所载故事："襄阳牛相公赴举之秋，每为同袍见忽。……尝投贽于刘补阙禹锡。对客展卷，飞笔涂窜其文，且曰：'必先辈未期至矣！'然拜谢砻砺，终为快快乎。历廿余岁，刘转汝州，陇西公（庆按，即牛僧孺）镇汉南，枉道驻旌旄。信宿，酒酣，直笔以诗喻之。刘公承诗意，方悟往年改张牛公文卷，因戒子弟咸元（应作咸允）、承雍等曰：'吾立成人之志，岂料为非。……汝辈修进守中为上也。'《席上赠汝州刘中丞》，襄州节度牛僧孺诗曰：'粉署为郎四十春，今来名辈更无人。休论世上升沉事，且斗樽前见在身。珠玉会应成咳唾，山川犹觉露精神。莫嫌恃酒轻言语，曾把文章谒后尘。'《奉和牛尚书》，汝州刺史刘禹锡：'昔年曾忝汉朝臣，晚岁空余老病身……犹有当时旧冠剑，待公三日拂尘埃。'牛公吟和诗，前意稍解，曰：'三日之事，何可当焉。'于是移宴竟夕，方整前驱也。”此记载在历官、时间等事上虽有不合牛、刘之处，但其事仍有助于对两诗的解读，可参。清人冯舒谓此诗“贴贴八句，只是人不可及”。(《瀛奎律髓汇评》卷四二)查慎行亦赞云“通首跌宕可喜”。所言诚是。

郡内书情献裴侍中留守[①]

功成频献乞身章，[②] 摆落襄阳镇洛阳。[③]
万乘旌旗分一半，[④] 八方风雨会中央。[⑤]
兵符今奉黄公略，[⑥] 书殿曾随翠凤翔。[⑦]
心寄华亭一双鹤，[⑧] 日陪高步绕池塘。

【注释】

①此诗大和八年作于汝州。裴侍中留守：即裴度。《旧唐书·文宗纪》下：大和八年三月，“以山南东道节度使裴度充东都留守，依前守司徒，兼侍中。” ②乞身章：指裴度屡次上书求致仕。③摆落襄阳句：指裴度摆脱山南东道节度使任而任东都留守。襄阳，山南节度使治所。 ④万乘旌旗句：万乘，指古代帝王有兵车万乘。唐有西都长安和东都洛阳。裴度任东都留守，故谓其分万乘一半。 ⑤八方风雨句：洛阳处天下之中央，故谓。《文选》张衡《东京赋》：“总风雨之所交，然后以建王城。”薛综注：“王城，今河南也。《周礼》曰：土圭之法，测土深，正日景，以求地中。四时之所交，风雨之所会，阴阳之所和，乃建王国也。”《封氏闻见录》卷

七:“夫九州岛之地,洛阳为土中,风雨之所交也。” ⑥黄公略:即黄石公的兵法。据《史记·留侯世家》载,黄公,指秦时隐士黄石公,他曾授张良《太公兵法》,谓“读此则为王者师矣”! ⑦书殿:此指集贤殿书院。曾随翠凤翔:翠凤,指裴度。刘禹锡曾任集贤院学士,时裴度为集贤院大学士,故谓。 ⑧华亭一双鹤:白居易曾赠裴度华亭双鹤。

【品评】

裴度是中唐时期的一位功勋卓著的名相,年老时退为东都留守。这一时期可谓功成名就,誉满天下。刘禹锡与白居易等人和裴度历来颇多交往,诗文唱和,关系十分密切。刘禹锡对裴度十分敬重,故献此诗以赞颂裴度的功业与高尚的人品。此诗最有份量,为人所称赞的是“万乘旌旗分一半,八方风雨会中央”这一赞颂裴度之句。贺裳即谓“梦得最长于刻划。……《郡内书情献裴侍中留守》,其警句云:‘万乘旌旗分一半,八方风雨会中州。’不徒对仗整齐,气象雄丽,且雒邑为天下之中,度以上相居守,字字关合,殆无虚设。顾有以‘旌旗’对‘风雨’不工为言者,岂非小儿强作解人乎”?(《载酒园诗话又编》)朱庭珍亦云:“纯用实字,杰句最少,不可多得。古今句可法者,如……刘中山‘天子旌旗分一半,八方风雨会中州’……高唱入云,气魄雄厚,亦名句之堪嗣响工部者。”(《筱园诗话》卷三)宋人叶梦得亦极为推赏这两句,甚至谓能继老杜而高出韩愈,谓:“七言难于气象雄伟,句中有力有纡余,不失言外之意。自老杜‘锦江春色来天地,玉垒浮云变古今’与‘五更鼓角声悲壮,三峡星河影动摇’等句之后,常恨无继者。

韩退之笔力最为雄健，然每苦意与语俱尽，《和裴晋公破蔡州回》所谓'将军旧压三司贵，相国新兼五等崇'，非不壮也，然意亦尽于此矣。不若刘禹锡《贺裴晋公留守东都》云：'天子旌旗分一半，八方风雨会中央'，语远而体大也。"（《石林诗话》卷上）确如诸家所评，刘禹锡此诗确实可谓宏伟尊壮，可称裴度之为人与功业。

奉送浙西李仆射相公赴镇①

建节东行是旧游，② 欢声喜气满吴州。③
郡人重得黄丞相，④ 童子争迎郭细侯。⑤
诏下初辞温室树，⑥ 梦中先到景阳楼。⑦
自怜不识平津阁，⑧ 遥望旌旗汝水头。⑨

【注释】

①此诗大和八年作于汝州。原注："奉送至临泉驿，书札见征拙诗，时在汝州。"浙西李仆射相公：即李德裕。浙西指唐浙江西道，治所为润州，即今江苏镇江市。据《旧唐书・文宗纪》下，大和八年十一月"以兵部尚书李德裕检校右仆射，充镇海军节度、浙江西道观察等使"。 ②建节：执持符节。节，符节，古代使臣持此以示征信。《新唐书・百官志》四下："节度使辞日，赐双旌双节，行则建节。"旧游：李德裕在此前的长庆、大和间已任浙西观察使，此次再任，故称旧游。 ③吴州：此指浙西镇。浙江西道所辖的苏、常、杭等州，皆属春秋吴国地域。 ④黄丞相：指西汉的黄霸。霸曾任

宰相，后又出为颍川太守。此用以比喻李德裕。 ⑤郭细侯：即东汉郭伋，字细侯。《后汉书·郭伋传》："为并州牧。伋前在并州，素结恩德，及后入界，所到县邑，老幼相携，逢迎道路。……到西河美稷，有童儿数百，各骑竹马，于道次迎拜。伋问儿曹何自远来，对曰：'闻使君到，喜，故来奉迎。'伋辞谢之。"此用以喻李德裕。盖李德裕重到浙西，前在浙西亦有美政，如郭伋于并州然。 ⑥温室树：代指朝廷。温室为汉殿名，在未央宫殿北，乃汉武帝所建。冬处于此殿较为温暖。又《汉书·孔光传》："光周密谨慎……沐日归休，兄弟妻子燕语，终不及朝省政事。或问光：'温室省中树皆何木也？'光默不应，更答以它语，其不泄如是。" ⑦景阳楼：楼名，俗呼景阳台。故址在润州上元县，今南京市。 ⑧平津阁：指东阁。东汉平津侯公孙弘任相时，开东阁以延揽贤士。此处用以指李德裕。 ⑨汝水：水名，流经唐汝州境内。

【品评】

李德裕为中唐颇有建树的著名宰相，他曾两次出镇浙西，皆多有政绩。刘禹锡十分敬重李德裕，在李德裕重镇浙西时，刘禹锡于其出镇途中奉送至临泉驿，并赋有此诗。此诗最值得称赞的是以相关的历史典故、人物贴切地称美李德裕。如"郡人重得黄丞相，童子争迎郭细侯"两句即是。黄丞相为汉代的名相黄霸，他任颍川太守颇有政声，诗中即以黄霸比喻前在浙西镇已颇有声名的李德裕；又郭细侯两在并州，其重至并州时，获得老幼逢迎，颇有人望。刘诗即以郭细侯比拟李德裕。两句以古拟今皆颇为贴切，恰到好处。"自怜不识平津阁，遥望旌旗汝水头"两句也同样如此，以汉代的名相平津侯公孙弘藉以比喻李德裕，也颇显得旧典活用。故《山满楼笺注唐诗七言律》云："'丞相'、'细侯'，借用而巧合，自是对偶中活法。"此外，此诗之工整流丽，也为人所称道，陈鹤崖即谓此诗"工整流丽，当与王、岑争坐，不可以时代论"。(《唐诗隽》)

三月三日与乐天及河南李尹奉陪裴令公泛洛禊饮各赋十二韵[①]

洛下今修禊，[②] 群贤胜会稽。[③]
盛筵陪玉铉，[④] 通籍尽金闺。[⑤]
波上神仙妓， 岸傍桃李蹊。
水嬉如鹭振，[⑥] 歌响杂莺啼。
历览风光好，[⑦] 沿洄意思迷。[⑧]
棹歌能俪曲，[⑨] 墨客竞分题。[⑩]
翠幄连云起，[⑪] 香车向道齐。[⑫]
人夸绫步障，[⑬] 马惜锦障泥。[⑭]
尘暗宫墙外， 霞明苑树西。
舟形随鹢转，[⑮] 桥影与虹低。
川色晴犹远， 乌声暮欲栖。
唯余踏青伴， 待月魏王堤。[⑯]

【注释】

①此诗开成二年三月作于洛阳。河南李尹:即李珏。珏字待价,登进士第,历右拾遗,累官司勋员外郎知制诰。大和七年拜中书舍人,九年转户部侍郎,出为江州刺史。开成元年四月,以太子宾客分司东都,迁河南尹。裴令公:即裴度。 ②修禊(xì):古代民俗于农历三月上旬的巳日(魏以后在三月三日),到水边嬉游采兰,以驱除不祥,称为修禊。 ③会稽:即今浙江绍兴市。此指王羲之在会稽修禊事。王羲之《兰亭集序》云:"永和九年,岁在癸丑,会于会稽山阴之兰亭,修禊事也。群贤毕至,少长咸集。" ④玉铉:《易·鼎》:"上九,鼎玉铉,大吉,无不利。"铉,鼎耳,谓三公。鼎为三公之象。鼎以铉举,因以铉指三公。此处指裴度,时裴度称裴令公。 ⑤通籍:指任朝官。金闺:指朝廷的金马门。 ⑥鹭振:白鹭振翅。 ⑦历览:四处游览。 ⑧沿洄:顺流与逆流而行。 ⑨棹(zhào)歌:划船所唱的歌曲。俪曲:合曲。 ⑩墨客:诗人、文士。分题:文士们分题赋诗。 ⑪翠幄:翠绿色的帐幕。 ⑫香车:女子所乘的车子。 ⑬绫步障:绫罗所制成的遮蔽野外风尘的布幔。 ⑭锦障泥:用罗锦所制成的垂于马腹两侧,用于遮挡尘泥的遮蔽物。 ⑮鹢(yì):一种水鸟。古代船只于船首画鹢鸟,故后以鹢代指船。 ⑯魏王:指唐太宗第四子李泰,泰封魏王。魏王池,在唐东都城中,今河南洛阳市旧城西南,乃因池赐魏王泰而得名。魏王堤在今河南洛阳市旧城西南洛水岸边。

【品评】

此诗表现唐代文士在三月三日的游览生活,将文士们的游览情景以及游乐情趣展现而出，是了解唐代文士在东都洛阳的游览吟咏唱和生活的重要诗歌。关于此诗的创作背景以及当时游览唱和等情况，还可以从同时白居易作的《三月三日祓禊洛滨》诗《序》中得知："开成二年三月三日，河南尹李待价以人和岁稔，将禊于洛滨。前一日，启留守裴令公。公明日召太子少傅白居易、太子宾客萧籍、李仍叔、刘禹锡、前中书舍人郑居中……四门博士谈弘谟等一十五人，合宴于舟中。由斗亭历魏堤，抵津桥，登临溯沿，自晨及暮。簪组交错，歌笑间发。前水嬉而后妓乐，左笔砚而右壶觞。望之若仙，观者如堵。尽风光之赏，极游泛之娱。美景良辰，赏心乐事，尽得于今日矣。……晋公首赋一章，铿然玉振，顾谓四座，继而和之。居易举酒抽毫，奉十二韵以献。"由此可见当时情景，并知刘禹锡此诗亦同时唱和纪游之作。若将当时诸人所作加以比较，当可见到各家所赋的同与不同。白居易诗尚存，清人何焯即比较刘、白诗云："乐天固不可及，此作亦自秀整。齐韵容易窘人，非梦得几于阁笔矣。"（卞孝萱《刘禹锡诗何焯批语考订》）

奉送李户部侍郎自河南尹再除本官归阙[1]

昔年内署振雄词，[2] 今日东都结去思。[3]
宫女犹传洞箫赋，[4] 国人先咏衮衣诗。[5]
华星却复文昌位，[6] 别鹤重归太乙池。[7]
想到金闺待通籍，[8] 一时惊喜见风仪。[9]

【注释】

①此诗作于开成二年。李户部侍郎:即李珏。《旧唐书·李珏传》:"开成元年四月,以太子宾客分司东都,迁河南尹。二年五月,李固言入相,召珏复为户部侍郎,判本司事。" ②内署:指大明宫中银台门内的翰林院。雄词:指李珏为翰林学士时所草的文风雄健的诏书等文诰。 ③去思:百姓对颇有政绩而离任的官员的思念感恩之情。李珏曾任河南尹,有政声,故谓此。 ④宫女句:《汉书·王褒传》:"太子喜褒所为《甘泉》及《洞箫颂》,令后宫贵人左右皆诵读之。"此处或指李珏在朝时所作赋作。 ⑤衮(gǔn)衣:古代帝皇和上公所穿画有龙图案的礼服。《诗·豳风·九罭》:"鸿飞遵陆……于汝信宿。是以有衮衣兮,无以我公归兮,无使我心悲兮。"小序云:"美周公也。"笺:"周公西归而东都之人心悲,恩德之爱至深也。"此即用此典故以美李珏。 ⑥华星:耀眼的明星。此用以比喻李珏。文昌:官署名,指尚书省。唐武后光宅元年改尚书省为文昌台,又改为文昌都省。 ⑦太乙池:即唐宫中的太液池,在唐长安大明宫内含凉殿后,遗址在今陕西长安县北。此用以指代朝廷。 ⑧金闺:即金马门,指朝廷。通籍:指做官。汉代制度,将记有姓名、年龄、身份等的竹片挂在宫门外,经核对,合者乃得入宫内。记名于门籍称通籍。 ⑨风仪:风度仪表。

【品评】

此诗乃诗人送李珏回朝再任户部侍郎之作,李珏多有政声,故此诗多赞颂李珏之句。然其颂扬之辞亦颇为巧妙,用何焯之说即为"'归阙'便当入相。'先咏'二字，寓颂于思，敏妙无迹，且托诸通国想望，则出于不言同然之公心，非己因事攀附，亦有地步。今人用之收结，则词冗而意卑矣"。（卞孝萱《刘禹锡诗何焯批语考订》）此外其敏妙无迹亦在于用典之巧妙，如"国人先咏衮衣诗"句即用"周公西归而东都之人心悲，恩德之爱至深也"的"美周公"的事典，以赞颂同样从东都西归的李珏，如此显得含蓄隽永，又颇为贴切。

秋中暑退赠乐天①

暑服宜秋着，　清琴入夜弹。
人情皆向菊，　风意欲摧兰。②
岁稔贫心泰，③ 天凉病体安。
相逢取次第，④ 却甚少年欢。

【注释】

①此诗开成二年作于洛阳。　②欲摧兰：指秋风摧损兰花。《淮南子·说林》："兰芝欲修而秋风败之。"　③岁稔：年成丰收。泰：安宁。　④次第：转眼、瞬间。

【品评】

从诗中所叙知，开成二年初秋乃至秋中时，洛阳的天气仍然炎热，至秋中方暑退转凉。此时，诗人年岁已高，况且有病，故对节候的变化特别敏感。这种敏感不仅由季节的变化而生，而且也由此引起对人世人生的特殊体会与感受。这一微妙的心理特别体现在“人情皆向菊，风意欲摧兰。岁稔贫心泰，天凉病体安”等四句中。如“人情”两句，不仅说出了秋来的菊盛兰衰自然现象，而且两句也隐含着人情世故的某些令人哀伤心寒的感受，令人嘘唏不已。“岁稔”句，展现了诗人心忧天下，关心民生之情怀，其博大胸怀可见。故此诗虽咏节候之变，但又别有意在，其比兴深微之处，实值得令人深味。查慎行称“三、四新颖可喜”。（《瀛奎律髓汇评》卷二二）方回云：“三四已佳，五六十分佳绝。”（《瀛奎律髓》卷二二）此诗有情有景，但又有其特点，诚如冯舒评中四句所云：“即如此四句，尚不分景与情也。”（《瀛奎律髓汇评》卷二二）

酬乐天咏老见示①

人谁不愿老，　老去有谁怜。
身瘦带频减，②　发稀冠自偏。
废书缘惜眼，③　多炙为随年。④
经事还谙事，⑤　阅人如阅川。⑥
细思皆幸矣，　下此便翛然。⑦
莫道桑榆晚，⑧　为霞尚满天。

【注释】

①此诗作于开成二三年间，时在洛阳。　②带频减：指身体

消瘦，腰围变小。《南史·沈约传》载沈约老病，与徐勉书谓“百日数旬，革带常应移孔；以手握臂，率计月小半分”。③废书句：意为因惜眼力而少看书。④多炙句：意为随着年龄的增长而需经常用药物熏炙治疗。⑤谙(ān)事：熟知事体。⑥阅人句：陆机《叹逝赋》：“川阅水以成川，水滔滔而日度。世阅人而为世，人冉冉以行暮。人何世而弗新，世何人之能故。”⑦翛然：自然超脱貌。⑧桑榆：喻日暮，此处比喻年老。《太平御览》三引《淮南子》：“日西垂景在树端，谓之桑榆。”曹植《赠白马王彪》：“年在桑榆间，影响不能追。”

【品评】

刘禹锡此诗乃酬和白居易的《咏老赠梦得》诗：“与君俱老也，自问老何如？眼涩夜先卧，头慵朝未梳。有时扶杖出，尽日闭门居。懒照新磨镜，休看小字书。情于故人重，迹共少年疏。唯是闲谈兴，相逢尚有余。”与白居易此诗对比，可见刘禹锡酬和之作既有老年人的正常心态，又更通达情理，颇有老骥伏枥、壮心不已之概，不似白居易之老态龙钟。其中“经事还谙事，阅人如阅川”两句，可谓经历风波，阅尽人世者之语，可见其洞穿世事，练达人情之智。而“莫道桑榆晚，为霞尚满天”两句，更是脍炙人口的名句，历来多为人所称扬，明代胡震亨云：“刘禹锡播迁一生，晚年洛下闲废，与绿野、香山诸老优游诗酒间，而精华不衰，一时以诗豪见推，公亦自有句云：‘莫道桑榆晚，为霞尚满天。’公自贞元登第，历德、顺、宪、穆、敬、文、武七朝，同人凋落且尽，而灵光岿然独存，造物者亦有以偿其所不足矣。人生得如是，何憾哉！”(《唐音癸签》卷二五)瞿佑谓"刘梦得……暮年与裴、白优游绿野堂,有'在人虽晚达,于树比冬青'之句,又云'莫道桑榆晚,为霞尚满天',其英迈之气老而不衰如此"。(《归田诗话》卷上)何焯也颇称赏此诗之气势,云"四语中极起伏之势。结句气既不衰,文章必传无疑"。(卞孝萱《刘禹锡诗何焯批语考订》)。

和乐天春词依忆江南曲拍为句[①]

春去也,多谢洛城人。弱柳从风疑举袂,
从兰裛露似沾巾。[②] 独坐亦含颦。[③]

【注释】

①此诗开成二年作于洛阳。忆江南:曲名。《词谱》卷二:"《忆江南》,此词乃李德裕为谢秋娘作,故名《谢秋娘》,因白居易词更今名。又因刘禹锡词有'春去也,多谢洛城人'句,名《春去也》。"②裛露:沾着露水。沾巾:泪水沾湿罗巾,指哭泣。 ③含颦(pín):愁苦而皱着眉头。

【品评】

此诗乃酬和白居易《忆江南》之作。白居易诗三首均极佳,特别是第一首更是脍炙人口,传唱至今:"江南好,风景旧曾谙。日出江花红似火,春来江水绿如蓝,能不忆江南?"白居易此诗着重于展现江南的秀丽景色,而刘禹锡诗"弱柳从风疑举袂,从兰裛露似沾巾”两句，有情有景，情景交融，显得更富有情韵，将江南的美景与风情韵调一并渲染而出，婉丽多致，似更胜一筹。故况周颐评云：“唐贤为词，往往丽而不流，与其诗不甚相远也。刘梦得《忆江南》‘春去也’云云，流丽之笔，下开北宋子野、少游一派。唯其出自唐音，故能流而不靡，所谓风流高格调，其在斯乎！”（《蕙风词话》卷二）所说诚是。

和仆射牛相公春日闲坐见怀[①]

官曹崇重难频入，[②] 第宅清闲且独行。
阶蚁相逢如偶语，[③] 园蜂速去恐违程。[④]
人于红药唯看色，[⑤] 莺到垂杨不惜声。[⑥]
东洛池台怨抛掷，[⑦] 移文非久会应成。[⑧]

【注释】

①此诗开成四年作于洛阳。仆射牛相公：即牛僧孺。 ②官曹：官署。崇重：崇高重要。此指牛僧孺位崇权重。 ③偶语：相对窃窃私语。 ④违程：违背误过了规定的时间。 ⑤红药：芍药花。 ⑥不惜声：指黄莺尽情啼唱。 ⑦东洛池台句：牛僧孺在东都洛阳有别墅，而时在长安为仆射，故谓“怨抛掷”。 ⑧移文：意为檄文，如南齐孔稚圭之《北山移文》。吕向注：“钟山在都北，其先周彦伦隐于此山，后应诏出为海盐县令，欲却过此山，孔生乃假山灵之意移文，使不许得至，故云《北山移文》。”

【品评】

牛僧孺乃中晚唐牛李党争的党魁，而刘禹锡此诗某些句子又似有寓意，故前人对此诗之含义多有解说，如王夫之即谓“梦得深于影刺，此亦谤史也。‘莺到垂杨不惜声’，情语无双”。(《唐诗评选》卷四)。何焯的解读更为具体，谓“钩党刺促，闲坐纵观，岂不如蜂蚁之纷纭乎？只写春日景物，略于首尾致意，深妙。第五言中书崇重，眷恋居多。第六则攀附者多，不能不为之纡意。我为牛公计，惟有趋驾东洛而已”。(《瀛奎律髓汇评》卷一〇)又云：“中四句是比小人成群，纷纷汹汹，如蚁之蠢，如蜂之毒，人主反假以名器，寄以耳目，如宋申锡已蒙冤窜逐以去，独居深念，思违远其祸。阶蚁园蜂，喻守澄、注也。怜红药之色，君子不得于君，则有美人香草之思。求莺谷之声，虽迁于崇重之高位，不忘在深谷之故侣，指见怀也。落句遂劝渠决求分司，勿复濡滞，恐旦暮变作，欲清闲袖手，不可得也。”(卞孝萱《刘禹锡诗何焯批语考订》)所说可供参读。此诗某些句子亦为方回所注意称赏，谓“阶蚁、园蜂一联，似已有江西体。‘莺到垂杨不惜声’，绝唱也”。(《瀛奎律髓》卷一〇)

和乐天别柳枝绝句[1]

轻盈袅娜占年华，　舞榭妆楼处处遮。
春尽絮飞留不得，　随风好去落谁家？

【注释】

①此诗开成四年作于洛阳。柳枝：白居易家妓樊素。此诗原为《杨柳枝词九首》其九，据陶敏先生《刘禹锡全集编年校注》所考，此诗误入此题中。今题为陶敏先生所拟。

【品评】

解读此诗，需先了解其创作背景。樊素为白居易家妓，开成四年冬，白居易老病，遂遣去樊素。乐天《不能忘情吟·序》记云："乐天既老，又病风，乃录家事，会经费，去长物。妓有樊素者，年二十余，绰绰有歌舞态，善唱《杨枝》，人多以曲名名之，由是名闻于洛下。籍在经费中，将放之。"又《唐诗纪事》卷三九载：白居易"五年《春尽独吟》云：'病共乐天相伴住，春随樊子一时归。'乐天妓樊素也，善歌《杨柳枝》，人多以曲名名之。乐天病，去之。梦得诗云：'春尽絮飞留不得，随风好去落谁家？'"据此可知，白居易先有《别柳枝》绝句："两枝杨柳小楼中，袅娜多年伴醉翁。明日放归归去后，世间应不要春风。"后刘禹锡即酬和以此诗。刘禹锡此诗亦以柳枝比拟樊素，将柳枝之"轻盈袅娜"以及"留不得"之无奈，情态毕肖地三两笔展现而出，其情致韵态令人怜惜怃然久之。值得交待的是，白居易读到刘禹锡此诗后，又有《前有别杨柳枝绝句，梦得继和云"春尽絮飞留不得，随风好去落谁家"，又复戏答》诗："柳老春深日又斜，任他飞向别人家。谁能更学孩童戏，寻逐春风捉柳花？"可见放柳枝事对两位诗人的影响以及所引出的诗坛嘉话。

始闻秋风

昔看黄菊与君别，[①] 今听玄蝉我却回。
五夜飕飗枕前觉，[②] 一年颜状镜中来。[③]
马思边草拳毛动，[④] 雕眄青云睡眼开。
天地肃清堪四望， 为君扶病上高台。

【注释】

①君：指秋风。 ②五夜：夜有五更，故称夜为五夜。《颜氏家训・书证》："或问一夜何故五更。答曰：汉魏以来，谓为甲夜、乙夜、丙夜、丁夜、戊夜，又云鼓，亦云更，皆当以五为节。"飕飗：状风声。 ③颜状：脸容形状。 ④拳毛：即旋卷的毛，此指千里马的旋毛。《尔雅・释畜》："回毛在膺，宜乘。"郭璞注："伯乐相马法，旋毛在腹下如乳者，千里马。"

【品评】

人称刘禹锡为诗豪，之所以这样评价，其中原因之一即在于他写秋天常常无向来文士逢秋的衰杀悲哀凄凉情意，而是时有豪迈振励之气，别有一番情致。此诗即如此，特别是此诗的后半首尤可见其俊迈痛快之情。前人王彦昌云："唐人佳句，有可以照耀古今、脍炙人口者。如……刘梦得之'马思边草拳毛动，雕眄青云睡眼开'。"(《小清华园诗谈》卷下)而其所以脍炙人口，就在于如沈德潜所说“英气勃发,少陵操管,不过如是”。(《唐诗别裁》卷一四)这一种英气在最后两句也同样可以体现。故何焯即谓“后四句衰气一振,‘扶病’二字又照应不漏”。(《瀛奎律髓汇评》卷一四)又,前两句虽非引人瞩目的佳句,但也起到点题铺垫的作用,也即是说点明秋风。这两句也有所祖,王楙谓“刘禹锡曰,‘昔看黄菊与君别,今见玄蝉我却回’,皆纪时也。此祖《诗》‘昔我往矣,杨柳依依;今我来思,雨雪霏霏’之意”。(《野客丛书》卷九)

学阮公体三首[①]

一

少年负志气, 通道不从时。[②]
只言绳自直,[③] 安知室可欺。[④]
百胜难虑敌,[⑤] 三折乃良医。[⑥]
人生不失意, 焉能慕知己。

二

朔风悲老骥, 秋霜动鸷禽。[⑦]
出门有远道, 平野多层阴。[⑧]
灭没驰绝塞,[⑨] 振迅拂华林。[⑩]
不因感衰节,[⑪] 安能激壮心。

三

昔贤多使气，⑫ 忧国不谋身。
目览千载事， 心交上古人。
侯门有仁义，⑬ 灵台多苦辛。⑭
不学腰如磬，⑮ 徒使甑生尘。⑯

【注释】

①阮公：即晋人阮籍。籍有《咏怀诗》八十二首。《文选》阮籍《咏怀诗》颜延年注："嗣宗身仕乱朝，常恐罹谤遇祸，因兹发咏，故每有忧生之嗟。虽志在刺讥，而文多隐避。百代之下，难于情测。"阮公体即指阮籍之《咏怀诗》体。 ②不从时：不盲从时俗风气。 ③绳自直：如绳正直。匠人用墨线以画直线。此处意为循正道而行。 ④室可欺：即言暗室可欺。意谓利用人看不见时做坏事。《梁书·简文帝纪》："弗欺暗室，岂况三光。" ⑤难虑敌：对敌人难于预料。 ⑥三折句：意谓多次折断手臂后，从医治中获得治疗的办法与经验，就成为良医了。《左传·定公十三年》："齐高强曰：'三折肱知为良医。'" ⑦鸷：一种凶猛的鸟。 ⑧层阴：重迭的云层。 ⑨灭没：《列子·说符》："天下之马者，若灭若没，若亡若失。"张湛注曰："天下之绝伦者，不于形骨毛色中求，故仿佛恍惚，若存若亡，难得知也。"绝塞：遥远的边塞。 ⑩振迅：振翅疾飞。 ⑪衰节：衰杀的季节，指秋天。 ⑫使气：凭意气而行事。 ⑬侯门句：《庄子·胠箧》："窃钩者诛，窃国者为诸侯，诸侯之门，而仁义存焉。" ⑭灵台：即心。《庄子·庚桑楚》："不可内于灵台。"郭象注："灵台者，心也。" ⑮腰如磬：即弯腰。《后汉

书·马援传》李贤注:"磬折者,屈身如磬之曲折,敬也。" ⑯甑(zèng)生尘:甑乃一种炊具。据《后汉书·范冉传》载,范冉,字史云,桓帝时为莱芜长,因母忧而辞官不仕逃命。后遭党人禁锢,流寓而居,生活极为艰难困苦,然穷居自若。故闾里歌之云:"甑中生尘范史云,釜中生鱼范莱芜。"

【品评】

诗题已标明学阮籍的《咏怀诗》体。阮籍因身仕乱朝,经常感到性命不保,因此此体诗"每有忧生之嗟。虽志在刺讥,而文多隐避。百代之下,难于情测"。刘禹锡既然学他的诗风,因此必然效仿这一"文多隐避"的诗风意蕴。邢昉评刘禹锡此诗云:"蔚然有光。真不愧阮。"(《唐风定》卷四)可见刘禹锡学阮公体颇为相似。观其内容意旨,尽管有的难于指实,但其中的坚持正道,不阿从时风,如"少年负志气,通道不从时";光明磊落,堂堂正正做人,如"只言绳自直,安知室可欺";忧国不谋身,如"昔贤多使气,忧国不谋身";老而壮心不已,如"朔风悲老骥,秋霜动鸷禽"、"不因感衰节,安能激壮心"等精神思想还是可以明显体味到的。当然,我们也可从诗中体味到诗人对当时世道、官场的不满与讥刺。所有这些均让我们感受到诗人高尚的人品气质,认识到此诗的价值。如果和阮籍的《咏怀诗》相比,尽管两者有其相似之处,不过刘诗显得不似阮诗的晦涩难解,这一点也是应该看到的。

昏镜词并引

镜之工列十镜于贾区,①发奁而视,②其一皎如，[3]其九雾如。[4]或曰："良苦之不侔甚矣！"[5]工解颐谢曰：[6]"非不能尽良也。盖贾之意，唯售是念。今来市者，必历鉴周睐，[7]求与己宜。彼皎者不能隐芒杪之瑕，[8]非美容不合，是用什一其数也。"予感之，作《昏镜词》。

昏镜非美金，[9] 漠然丧其晶。[10]
陋容多自欺，[11] 谓若它镜明。
瑕疵既不见， 妍态随意生。[12]
一日四五照， 自言美倾城。[13]
饰带以纹绣， 装匣以琼瑛。[14]
秦宫岂不重，[15] 非适乃为轻。[16]

【注释】

①贾区：交易市场。 ②发奁：打开镜匣。 ③皎如：明亮的样子。 ④雾如：昏暗不明的样子。 ⑤不侔：不相等。 ⑥解颐：发笑，笑而不止。 ⑦历鉴：遍照镜子。周睐：遍看。 ⑧芒杪（miǎo）之瑕：一点点细微的瑕疵。 ⑨非美金：指昏镜不是用优质的铜所铸成。 ⑩漠然：昏暗模糊。晶：晶莹、晶亮。 ⑪陋容：指脸容丑陋者。 ⑫妍态：美丽的面容形态。 ⑬倾城：极为美丽，具有倾国倾城之美。 ⑭琼瑛：美玉。 ⑮秦宫：指秦宫里的一面宝镜，可以照见人的心胆，知人凶邪。 ⑯非适句：意为秦宫宝镜因能照知人的心胆凶邪，不适用，故为人所轻。

【品评】

《昏镜词》虽说的是昏镜为人所喜用，而明镜如秦宫镜则为人所不喜，实际上这只不过是借镜寓意，目的在于说明奸邪之人，因其不言主人过失，而专门阿谀奉承，美言如蜜，“妍态随意生”，故为人所喜爱；而明镜则如忠耿之人，因“不能隐芒杪之瑕”，将主人的瑕疵明照无遗，故为人所轻。很明显，此诗是借咏昏镜的讽刺之作，表现了诗人对当时世道以及朝中昏主奸邪的强烈不满，故用此予以讥刺。值得一提的是诗末的“秦宫岂不重，非适乃为轻”两句，颇富有人生的社会的哲学意味，简明而深刻地指明了某种通行的道理，值得人们深思玩味。

八月十五日夜玩月

天将今夜月，　一遍洗寰瀛。①
暑退九霄净，② 秋澄万景清。
星辰让光彩，　风露发晶英。
能变人间世，　翛然是玉京。③

【注释】

①寰(huán)瀛：广大的区域，犹言天下。　②九霄：天最高处。　③翛然：自在悠然貌。玉京：道教所说的神仙所居之处。《云笈七签》卷二一引《玉京山经》：“玉京山冠于八方诸大罗天……山有七宝城，城有七宝宫，宫有七宝玄台，其山自然生七宝

之树。……即太上无极虚皇大道君之所治也。”

【品评】

诗为八月十五咏月之作，虽是诗人们常常歌咏的主题，但此诗之咏却别有妙处，颇得前人的称赏好评。首先在诗题上就引起胡仔的注意，谓“古人赋中秋诗，例皆咏月而已，少有着题者。杜子美、刘梦得皆有八月十五夜诗，只是咏月，然亦佳句也。梦得曰：‘天将今夜月……’”(《苕溪渔隐丛话》后集卷二三)这首诗的首二句即扣紧中秋月，所谓今夜月，即点名题目中的八月十五日夜月；第二句则将中秋月的朗照天下，辉映寰宇的境界展现而出，故冯舒称“首二句压倒一世”。(《瀛奎律髓汇评》卷二二)冯班解读得稍细些，云：“破无迹，妙。首句冠古，第二日用不得，却不说出中秋。”(同上)也就是说，首二句只能是中秋景色，却又不明说是中秋，这也就是正面不写一句的写法，而只在题目中显示。中间四句乃具体描写中秋月的皓洁明丽，然虽是写月，却也不正面提中秋月，而全是烘云托月的写法，却同样见出中秋月的晶莹光耀，显得格外巧妙。以此，此诗赢得方回的“绝妙无敌”(《瀛奎律髓》卷二二)的称誉。查慎行亦称“与少陵(即杜甫)别是一调，亦见精彩”。(《《瀛奎律髓汇评》卷二二》)

客有为余话登天坛遇雨之状因以赋之[1]

清晨登天坛，　半路逢阴晦。

疾行穿雨过，　却立视云背。
白日照其上，　风雷走于内。
滉漾雪海翻，[②]　槎牙玉山碎。[③]
蛟龙露鬐鬣，[④]　神鬼含变态。
万状互生灭，　百音以繁会。[⑤]
俯观群动静，　始觉天宇大。
山顶自晶明，　人间已滂霈。[⑥]
豁然重昏敛，[⑦]　涣若春冰溃。[⑧]
反照入松门，　瀑流飞缟带。
遥光泛物色，[⑨]　余韵吟天籁。[⑩]
洞府撞仙钟，[⑪]　村墟起夕霭。[⑫]
却见山下侣，　已如迷世代。[⑬]
问我何处来，　我来云雨外。

【注释】

①天坛：王屋山顶地名，在今河南省济源县。《通志·地理略》："王屋山在济源县西八十里，……其绝顶曰天坛，盖济水发源之处。"　②滉（huàng）漾：水深广波动的样子。雪海翻：形容云堆如雪海翻动。　③槎（chá）牙：参差不齐貌。玉山碎：形容白云断裂变幻貌。　④鬐鬣：鱼类的鳍和颔边的小鳍。　⑤繁会：繁多交杂。　⑥滂霈（pāng pèi）：大雨滂沱貌。　⑦豁然：开朗貌。重昏：指浓重阴暗的天色。　⑧涣：消散、离散。《老子》："涣兮若冰之将释。"溃：消溶。　⑨物色：景物。　⑩天籁：大自然所发出

的声响。 ⑪洞府：此指道教的寺观。 ⑫村墟：村落。 ⑬已如句：意为因山巅与山下景色极为不同，似乎为不同的世界。

【品评】

从诗题知此诗乃有人向诗人讲述在天坛观看景色，忽又逢雨的景况，诗人即以诗记叙之。因此诗人即以生花妙笔，来铺写展现客人在天坛所见到的奇丽壮观景色。此诗描写的奇丽变幻的景色以及所达到的艺术魅力，赢得前人的称赞，并多加分析。我们即来看看前贤是如何解读的。陆时雍谓“写出真际处最佳。‘疾行’数语，殊自奇快”。（《唐诗镜》）钟惺分析“我来”句云：“‘上’字、‘内’字、‘外’字，皆以极确字面形出极幻之境，作记妙手。山水诗语有极壮幻惊人而不免为后人开一蹊径者，如‘白日照其上，风雷走于内’等语是也。意以为不如‘百音以繁会’、‘遥光泛物色’，虽无声迹可寻，而实境所触，偶然得之，移动不去，久而更新耳。”（《唐诗归》）何焯谓“反照”二句“结束映带。”又谓“问我”二句云：“收‘话’字。‘外’字与‘过’字相应。”（卞孝萱《刘禹锡诗何焯批语考订》）何焯所说收“‘话’字”，即谓“问我何处来，我来云雨外”两句即结束客人所话的一切，也即是说以上全篇所记叙描绘的均是客人所言，并无诗人添加语。此诗所采用的主要表现手法可以说是铺叙，故黄周星云：“一路极力铺叙，总赶到末二句紧紧收锁，正如风樯阵马，截然而止，此岂寻常笔力！”（《唐诗快》）此诗的“尖警不含蓄”也是值得一提的特点，诚如贺裳所评“五古自是刘禹锡，然其可喜处多在新声变调尖警不含蓄者。……状天坛遇雨曰：‘疾行穿雨过，却立视云背。’罗浮寺曰：‘夜宿最高峰，瞻望浩无邻。海黑天宇旷，星辰来逼人。’景奇语奇，登山时却实有此事”。(《载酒园诗话又编》)总之，此诗将山颠看雷雨景色的变幻灵奇描绘得淋漓尽致，诚是描写云彩雷雨变幻景色的名篇。

磨镜篇

流尘翳明镜，① 岁久看如漆。②
门前负局人，③ 为我一磨拂。
萍开绿池满， 晕尽金波溢。④
白日照空心， 圆光走幽室。⑤
山神妖气沮， 野魅真形出。⑥
却思未磨时， 瓦砾来唐突。⑦

【注释】

①翳：遮蔽。 ②如漆：指镜子长期为灰尘所污蔽，看起来像漆一般黑。 ③负局人：磨镜者。局，匣子。《列仙传》卷下：“负局先生，不知何许人也，语似燕、代间人，常负磨镜局徇吴市中。” ④晕：指月亮四周的模糊云气。金波：比喻月光。 ⑤幽室：幽暗的房间。 ⑥山神妖气沮二句：《西京杂记》卷一：“宣帝被收系郡邸狱，臂上犹带史良娣合采婉转丝绳，系身毒国宝镜一枚，大如八铢钱。旧传此镜照见妖魅，得佩之者为天神所福。” ⑦唐突：冒犯、冲撞。

【品评】

此诗以明镜在磨与未磨前的不同功能与遭遇来说明道理：未磨时，黑如漆，甚至“瓦砾”也敢于唐突；而磨去尘垢后，镜子则光鉴四方，如“萍开绿池满，晕尽金波溢”，好似传说中的宝镜能使妖魔胆丧气沮。诗人这样的写法，可能受到《淮南子·修务》这一段话的影响：“明镜之始下型，蒙然未见形容。及其粉以玄锡，摩以白旃，鬓眉微毫，可得而察。”当然，诗人并非仅写镜子，而是有所寓托，而且将这一寓托，联系刘禹锡的生平遭遇，我们不难得知其中在政治方面的感慨。宋人葛立方即看出此诗的寓意，谓“君子为小人诬蔑沮抑，则其诗怨，故寓之于物以舒其愤。小人既败，君子得志之秋，则其诗昌，故寓之物以快其志。如刘禹锡《磨镜篇》所谓‘萍开绿池满，晕尽金波溢。白日照空心，圆光走幽室。山神妖气沮，野魅真形出’是也”。(《韵语阳秋》卷二〇)因此我们应该将此诗做为有政治寓托的诗歌来理解，这样方可理解此诗的真正主旨。

秋词二首

一

自古逢秋悲寂寥，[1] 我言秋日胜春朝。
晴空一鹤排云上， 便引诗情到碧霄。

二

山明水净夜来霜，　数树深红出浅黄。②
试上高楼清入骨，　岂如春色嗾人狂。③

【注释】

①自古逢秋句：宋玉《九辩》："悲哉，秋之为气也！萧瑟兮草木摇落而变衰。……泬寥兮天高而气清，寂漻兮收潦而水清。"
②深红出浅黄：指在秋气的影响下，树叶由浅黄变为深红。
③嗾（sǒu）人狂：意为使人狂。嗾，怂恿。

【品评】

刘禹锡被白居易称为诗豪。所谓诗豪，其意有多方面，其中也指刘禹锡诗歌的旷达的豪气。比如诗人这两首诗即是充满豪气之作。前人总是逢秋而悲，比如宋玉即是如此，唐代的杜甫也多有悲秋之情，如其《登高》诗的"无边落木萧萧下，不尽长江滚滚来。万里悲秋常做客，百年多病独登台"句即是。与人们的悲秋常情有异的是刘禹锡却有喜秋之情，这可能与他的豪旷的气质性格有关。故其逢秋，即有此反传统、背时俗之言："自古逢秋悲寂寥，我言秋日胜春朝。"以此清人何焯谓"翻案，却无宋人恶气味。兴会豪宕"。（卞孝萱《刘禹锡诗何焯批语考订》）诗人如此说也是有他的道理的，这就是他逢秋的感受："晴空一鹤排云上，便引诗情到碧霄。"看着白鹤乘着秋气凌空而上，诗人充满了凌云欲飞的豪情，其诗兴也顿时遄飞高扬。第二首则描绘出秋天的爽朗、明净、多姿多彩的秋日景色，而在这美好怡人景色中，那种登高楼眺望的“清入骨”的感受，比起“春日嗾人狂”更为令人赞赏。此两首诗的议论与具体描绘相结合的表现手法，增强了诗歌的表现力，也使诗歌更具说服力。

葡萄歌

野田生葡萄，　缠绕一枝高。
移来碧墀下，　张王日日高。①
分歧浩繁缛，② 修蔓蟠诘曲。③
扬翘向庭柯，④ 意思如有属。⑤
为之立长檠，⑥ 布濩当轩绿。⑦
米液溉其根，⑧ 理疏看渗漉。⑨
繁葩组绶结，⑩ 悬实珠玑蹙。⑪
马乳带轻霜，⑫ 龙鳞曜初旭。⑬
有客汾阴至，⑭ 临堂瞪双目。
自言我晋人，⑮ 种此如种玉。⑯
酿之成美酒，　令人饮不足。
为君持一斗，　往取凉州牧。⑰

【注释】

①张王：茁壮、壮盛的样子。　②分歧：指分枝。繁缛：指枝叶茂盛繁多。　③修蔓：修长的藤蔓。蟠诘曲：指枝条蟠结弯曲。

④扬翘：指葡萄枝条向上伸出。庭柯：庭院中的树木。 ⑤有属：有所属意。 ⑥檠（qíng）：指葡萄架子。 ⑦布濩（hù）：散布。轩：有窗的亭阁。 ⑧米液：洗米的泔水。 ⑨理疏：指疏松土壤。渗漉：指水能渗透滋润。 ⑩繁葩：繁盛的花朵。组绶：系结佩玉的丝带。 ⑪悬实：指悬挂的葡萄。珠玑：珍珠。蹙：密集。此指葡萄结得多，攒聚成串。 ⑫马乳：果实形如马乳的一种葡萄。 ⑬初旭：朝阳。 ⑭汾阴：地名，在今山西万荣县西南。⑮晋人：指山西汾阴人。汾阴属春秋晋国，故云。 ⑯种玉：《搜神记》卷一一载，杨伯雍性笃孝，葬父母于无终山，遂家焉。山上无水，"公汲水作义浆于阪头，行者皆饮之。三年，有一人就饮，以一斗石子与之，使至高平好地有石处种之，云：'玉当生其中。'杨公未娶，又语云：'汝后当得好妇。'语毕不见。乃种其石。数岁，时时往视，见玉子生石上，人莫知也"。后求婚徐氏女，"徐氏笑以为狂，因戏云：'得白璧一双来，当听为婚。'公至所种玉田中，得白璧五双，以聘。徐氏大惊，遂以女妻公。天子闻而异之，拜为大夫"。此处以此典故表明种此葡萄将得到极大的回报。 ⑰往取凉州牧：《后汉书·张让传》注引《三辅决录》："孟佗字伯郎。以葡萄酒一斗遗让，让即拜佗为凉州刺史。"

【品评】

此诗乃咏种葡萄事，但并非仅歌咏种葡萄，而是有所寄托讥讽。这一主旨，明显地体现在诗末的"自言我晋人，种此如种玉。酿之成美酒，令人饮不足。为君持一斗，往取凉州牧"数句上。因此它的最主要的表现手法是寓托，只有以此解读此诗，我们才能领会诗人之意。方南堂即看清此诗的这一表现特点，云："古人之于事之不能已于言者，则托之歌诗；于歌诗不能达吾意者，则喻以古事。于是，用事遂有正用、侧用、虚用、实用之妙。……刘禹锡《葡萄歌》云'为君持一斗，往取凉州牧'，此虚用法也。"（《方南堂先生辍锻录》）那么此诗到底寓托、讥讽什么？说实在这很难具体坐实，也不必强为之解。贺裳的以下说法，仅能供参考而已："《葡萄歌》……形容葡萄形味，既自入神，忽思及孟佗、张让，隐讽当日中尉之盛，可谓寸水兴波之笔。"（《载酒园诗话又编》）此诗在写作上也是句句相承紧扣的，何焯即对此有所分析，谓"分歧"句"顶'张王'。""扬翘"句"顶'日高'。""为之"句"束'扬翘'。""布濩"句"束'分歧'。""理疏"句，"非亲植葡桃，不知其入神也。"（卞孝萱《刘禹锡诗何焯批语考订》）

叹 牛

刘子行其野，有叟牵跛牛于蹊，偶问焉：“何形之瑰欤？[①]何足之病欤？今觳觫然将安之欤？[②]”叟揽縻而对云：[③]“瑰其形，饭之至也；病其足，役之过也。请为君毕词焉。[④]我僦车以自给，[⑤]尝驱是牛，引千钧，北登太行，南并商岭。[⑥]掣以回之，叱以耸之，虽涉淖跻高，[⑦]毂如蓬而辀不偾。[⑧]及今废矣，顾其足虽伤而肤尚腯，[⑨]以畜豢之则无用，以庖视之则有赢。伊禁焉，[⑩]莫敢尸也。[⑪]甫闻邦君飨士，[⑫]卜刚日矣。[⑬]是往也，当要售于宰夫。”[⑭]余尸之曰[⑮]：“以叟言之则利，以牛言之则悲。若之何？予方窭，[⑯]且无长物，[⑰]愿解裘以赎，将置诸丰草之乡，可乎？”叟輾然而咍曰[⑱]：“我之沽是，[⑲]屈指计其直，[⑳]可以持醪而啗肥，[㉑]饴子而衣妻，[㉒]若是之逸也，[㉓]奚事裘为？[㉔]且昔之厚其生，[㉕]非爱之也，利其力；今之致其死，非恶之也，利其财。子恶乎落吾事？”[㉖]刘子度是叟不可用词屈，[㉗]乃以杖叩牛角而叹曰：“所求尽矣，所利移矣。是以员能霸吴属镂赐，[㉘]斯既帝秦五刑具，[㉙]长平威振杜邮死，[㉚]亥下敌擒钟室诛。[㉛]皆用尽身贱，功成祸归，可不悲哉！可不悲哉！”呜呼，执不匮之用而应夫无方，[㉜]使时宜之，莫吾害也。苟拘于形器，[㉝]用极则忧，明已。

【注释】

①瑰：体壮、魁伟。 ②觳觫（hú sù）：恐惧战栗貌。《孟子·梁惠王》上："王坐于堂上，有牵牛而过堂下者。王见之，曰：'牛何之？'对曰：'将以衅钟。'王曰：'舍之，吾不忍其觳觫，若无罪而就死地。'" ③縻：指牵牛绳。 ④毕词：意为把情况全部讲出来。⑤僦（jiù）车以自给：意为用牛车运输以为生。僦，租赁。 ⑥商岭：即商山。山在今陕西商县一带。 ⑦涉淖跻高：跋涉过泥坑，登上高处。 ⑧毂如蓬：车轮如飞蓬般地转动。辀不偾：车子不倾倒。辀：车上的辕，此处代指车子。偾（fèn）：倾翻。 ⑨腯（tú）：肥。 ⑩伊禁焉：指禁止屠杀牲畜的禁令。 ⑪尸：主其事。 ⑫邦君：地方长官。飨士：犒劳士卒手下。 ⑬刚日：单日。《礼记·曲礼》上："外事以刚日。"疏："刚，奇日也。十日有五奇五偶，甲、丙、戊、庚、壬五奇为刚也。" ⑭宰夫：此指掌管膳食的小吏。 ⑮尸：陈述。 ⑯窭：贫穷。 ⑰长物：多余的物品。⑱辴（chǎn）然：笑貌。咍（hāi）：笑。 ⑲沽是：指卖掉牛。⑳直：价钱。 ㉑醪：酒。啖肥：吃肉。 ㉒饴子而衣妻：给孩子吃的，给妻子穿的。 ㉓逸：安逸、舒适。 ㉔奚事裘为：意为要你的裘衣做什么呢？ ㉕厚其生：意为爱它活着。 ㉖恶乎：为何。落吾事：荒废我的事。《庄子·天地》："夫子阖行邪，无落吾事。"疏："落，废也。" ㉗度：估计、揣度。 ㉘员：伍员，伍子胥，春秋时楚国人。能霸吴属镂赐：属镂，宝剑名。据《史记·伍子胥列传》，伍员本楚国人，因父兄为楚平王所杀，遂投奔吴。为吴屡

立大功，使吴霸中国。后吴王欲伐齐国，伍员力谏不从，吴王疑忌之，“乃使使赐伍子胥属镂之剑，曰：‘子以此死。’”伍员遂自刭。㉙斯：李斯，战国楚国上蔡人。帝秦：使秦王称帝。五刑：指古代的割掉罪犯的鼻子以及墨、宫、剕、大辟等五种刑法。据《史记·李斯列传》，李斯仕秦，官至宰相。在二十多年中，为秦王出谋划策，使秦吞并天下，称帝。秦二世时，李斯为赵高所谗毁，竟受五刑，腰斩于咸阳市。 ㉚长平：古城名，故址在今山西高平西北。杜邮：地名，在故咸阳城里。据《史记·白起列传》，秦将白起为秦攻城七十余，又于长平击溃赵国兵，坑其降卒四十余万。后秦王使白起为将攻诸侯军，白起以王不用其计称病不行，秦昭王遂命白起不得留在咸阳。白起行至杜邮，秦昭王使使者赐剑，令其自刭。 ㉛陔下：古代地名，在今安徽省灵壁县南。楚汉时，项羽军兵败于此。钟室诛：钟室，在汉代长乐宫中，乃放置编钟等乐器的房屋。韩信因谋袭吕后、太子，被萧何、吕后合谋骗至长乐宫，被诛于钟室。详见前《韩信庙》诗注。 ㉜不匮：不尽。无方：没有一定的规矩、办法。 ㉝形器：具有形质的器物，此处指功业等。《易·系辞》上：“可久则贤人之德，可大则贤人之业。”注：“天地易简，万物各载其形，圣人不为。群方各遂其业，德业既成，则入于行器，故以贤人目其德业。”

【品评】

《叹牛》一文叙述跛牛的遭遇，只是要达到以牛的曾经“引千钧，北登太行，南并商岭。掔以回之，叱以耸之，虽涉淖跻高，毂如蓬而辀不偾”，为主人赢得生活之所需，立下功劳；而当壮牛变为跛牛,主人则将它无情地卖给宰夫,以获取最后一点好处的经历,来说明人事上也存在与跛牛的遭遇同样的情况。即如作者所征引的伍员、李斯、白起、韩信四人的功高而难免被诛即是有力的证明。这也就是作者在文末所提高到理性认识高度的“所求尽矣,所利移矣”、“用尽身贱,功成祸归,可不悲哉”的道理。“呜呼,执不匮之用而应夫无方,使时宜之,莫吾害也。苟拘于形器,用极则忧,明已。”作者的这一段精辟的总括之言,应是这篇文章的最值得人们深思记取的深刻之论。在文法上,此文也有所取资,王应麟即认为此文“‘员能霸吴属镂赐,斯既帝秦五刑具,长平威振杜邮死,陔下敌擒钟室诛。’…… 文法效《汉书・蒯通等传赞》”。(《困学纪闻》卷一七)所谓效汉书文法即是如下《汉书》所载文字:“子翚谋桓而鲁隐危,栾书构郤而晋厉弑,竖牛奔仲叔孙卒,郈伯毁季昭公逐,费忌纳女楚建走,宰嚭谗胥夫差丧,李园进妹春申毙,上官诉屈怀王执,赵高败斯二世缢……息夫作奸东平诛。”

儆舟①

刘子浮于汴,② 涉淮而东。③ 亦既释绋纚,④ 榜人告予曰⑤:“方今湍悍而舟盬,⑥ 宜谨其具以虞焉。”⑦ 予闻言若厉,⑧ 繇是袽以窒之,⑨ 灰以墐之,⑩ 薊以乾之。⑪ 仆怠而躬行,夕惕而昼勤,景霾晶而莫进,⑫ 风异响而遄止。⑬ 兢兢然累辰,是用获济。偃樯弭棹,⑭ 次于淮阴。⑮ 于是舟之工,咸沛然自暇自逸,或游肆而觞矣,⑯ 或拊桥而歌矣,⑰ 隶也休役以尚寝矣,[18]吾曹无虞以宴息矣。[19]逮夜分而窾隟潜澍,[20]涣然阴溃,[21]至乎淹箦濡荐,[22]方卒愕传呼,跣跳登墟,[23]仅以身脱。目未及瞬,而楼倾轴垫,[24]丘于泥沙,[25]力莫能支也。刘子缺然自视而言曰[26]:“向予兢惕也,[27]汩洪涟而无害;今予晏安也,蹈常流而致危。畏之途,果无常所哉!不生于所畏,而生于所易也。是以越子膝行吴君忽,[28]晋宣尸居魏臣怠,[29]白公厉剑子西哂,[30]李园养士春申易。[31]至于覆国夷族,[32]可不儆哉!呜呼,祸福之胚胎也,[33]其动甚微;倚伏之矛盾也,[34]其理甚明。困而后儆,斯弗及已。”

【注释】

①此文作于贞元十二年东归时。儆:同警。 ②汴:汴渠,即通济渠。 ③涉淮而东:在淮河上向东行进。 ④释绋缅(fú lí):解下绳缆。《诗·小雅·采菽》:“泛泛杨舟,绋缅维之。”传:“绋,纤也。缅,绥也。”疏:“郭璞曰:绥,系也。” ⑤榜人:船夫。⑥湍悍:水流湍急。盬(gǔ):不坚牢,粗劣。 ⑦虞:准备,防范。⑧若厉:意为处于危险而提高警惕。《易·乾》:“九三,君子终日乾乾,夕惕若厉,无咎。”疏:“夕惕者,谓终竟此日,后至向夕之时,犹怀忧惕。若厉者,若,如也;厉,危也。” ⑨袽:旧絮、破布。《易·既济》:“繻有衣袽,终日戒。”王弼注:“繻宜曰濡。衣袽,所以塞舟漏也。” ⑩灰:指和上桐油的石灰,用以堵塞器物的漏洞、隙缝。墐:涂塞隙孔。 ⑪掬(jū):舀取。 ⑫景:日光。霾:阴霾,天暗。 ⑬遄止:赶快停止。 ⑭偃樯:放倒船桅。弭棹:停下船桨。 ⑮次:指泊船。淮阴:县名,属于唐楚州,地在今江苏

省。⑯游肆而觞：游玩于商市酒店而饮酒。⑰拊桥而歌：拍打着桥唱起歌来。⑱隶：仆役。休役：停下劳役而休息。⑲无虞：没有什么可担心的。宴息：安息。⑳夜分：半夜。窾隙(kuǎn xì)：空隙、裂缝。潜澍(shù)：暗暗地灌注。㉑涣然：水流散貌。溃：溃散。㉒箦(zé)：竹席。濡荐：濡湿草席。㉓跣：赤着脚。登墟：登上土丘。㉔楼：指船楼，船的高层。轴：同舳，船。垫：倾倒。㉕丘于泥沙：指船倾倒在泥沙上而隆起。㉖缺然：缺失、自失貌。㉗虩惕：警惕。㉘越子：指越王勾践。膝行：两膝着地而行。据《史记·越王勾践世家》，越王勾践被吴打败，被围困，"乃令大夫种行成于吴，膝行顿首曰：'君王亡臣勾践使陪臣种敢告下执事，勾践请为臣，妻为妾。'"吴君：指吴王夫差。忽：疏忽、大意。㉙晋宣：司马懿。晋武帝即位后，追尊司马懿为宣皇帝。尸居：安居而无所作为。魏臣：指曹爽等臣子。据《晋书·宣帝纪》，曹爽与司马懿并受遗诏辅佐少主。后齐王曹芳称病不治政事，曹爽与司马懿互为防备疑忌。河南尹李胜来时，司马懿故意装成病重，饮食语言皆难自持。李胜告诉曹爽曰："司马公尸居余气，行神已离，不足虑矣。"曹爽遂放松警惕，无所防备，竟被司马懿所杀。㉚白公：楚公子建子白公胜。厉剑：磨剑。子西：楚令尹。据《左传·哀公十六年》，白公胜之父被郑人所杀，请求伐郑，子西不同意。后救郑，与之结盟。"胜怒曰：'郑人在此，仇不远矣。'胜自厉剑，子期之子平见之，曰：'王孙何自厉也？'曰：'胜以直闻，不告女，庸为直乎？将以杀尔父！'平以告子西。子西曰：'胜如卵，余翼而长之。楚国第，我死，令尹、司马、非胜而谁也？'"后来，子西、子期均被白公胜杀于朝中。㉛李园：

战国时赵国人。养士：培养敢于赴死的士人。春申：即楚公子春申君黄歇。据《史记·春申君列传》，李园将女弟献春申君，后与春申君合谋进已怀有身孕的女弟于楚考烈王。生男，立为太子，女弟为王后。李园恐春申君漏泄其谋，暗养死士以谋杀春申君。及楚王病，朱英将李园阴谋告诉春申君，请杀之。但春申君说："足下置之，李园弱人也，仆又善之，且又何至此？"后楚王卒，李园先埋伏死士于棘门内，杀了春申君。 ㉜夷族：家族被诛杀。㉝胚胎：此指事物产生的初始。 ㉞倚伏：指祸福的倚与伏。《老子》下篇："祸兮福之所倚，福兮祸之所伏。"

【品评】

此文用行舟于淮河上，水流虽湍急，但只因警惕有防备而无虞；而当船停泊，船工都放松散逸宴息之时，夜里却因船隙悄悄进水以致船为翻倾，人们"仅以身脱"的经历来说明祸害常因疏忽而产生，人们不可大意而掉以轻心的道理，用作者的话来说即是："向予兢惕也，汩洪涟而无害；今予晏安也，蹈常流而致危。畏之途，果无常所哉！不生于所畏，而生于所易也。"又用历史上的吴王夫差因轻忽勾践而转胜为败，曹爽因放松戒备而为司马懿所杀等等事例来说明轻忽大意的危害。通过船倾覆与历史事件两类事例的展示，作者最后得出了极为惨痛而重要的结论以提醒告诫大家："祸福之胚胎也，其动甚微；倚伏之矛盾也，其理甚明。困而后儆，斯弗及已。"应该说，这一告诫是极为精警的。在文章的旨意句法上，此文也有效法《荀子·成相》篇和《汉书·蒯通等传赞》之处，宋人洪迈云："作文旨意句法，固有规仿前人而音节铿亮不嫌于同者。如《前汉书》赞云：'竖牛奔仲叔孙卒，郈伯毁季昭公逐。……江充造蛊太子杀，息夫作奸东平诛。'……刘梦得《因论·儆舟》篇云：'越子膝行吴君忽，晋宣尸居魏臣怠，白公厉剑子西哂，李园养士春申易。'亦效班史语也。然其模范，本自《荀子·成相》篇。"(《容斋四笔》卷九）王应麟《困学记闻》卷十七亦谓"刘梦得……《儆舟》云：'越子膝行吴君忽，晋宣尸居魏臣怠，白公厉剑子西哂，李园养士春申易。'文法效《汉书·蒯通等传赞》。"

上杜司徒书[①]

月日，故吏守朗州司马员外置同正员刘某，谨斋沐致诚，命仆夫持书，敢献于司徒相公阁下。昔称韩非善著书，而《说难》、《孤愤》，尤为激切，故司马子长深悲之，为著于篇，显白其事。[②]夫以非之书可谓善言人情，使逢时遇合之士观之，固无以异于它书矣，而独深悲之者，岂非遭罹世故，[③]益感其言之至邪？小人受性颛蒙，[④]涉道未至，末学见浅，[⑤]少年气粗。常谓尽诚可以绝嫌猜，徇公可以弭谗诉，[⑥]谓慎独防微为近隘，[⑦]谓艰贞用晦为废忠。[⑧]刍狗已陈，[⑨]刻舟徒识，[⑩]罟擭随足，[⑪]怅然无知，事去凝想，时时自笑。然后知韩非之善说，司马子长之深悲，迹符理会，千古相见，虽欲勿悲，可乎？

大凡恒人之所以灵于庶类，[⑫]以其能群以胜物也；烈士之所以异于恒人，以其伏节以死谊也。[13]然则，交相丧者世与道，[14]难合并者机与时。是以有死谊之心，而卒不获其所者，世人悲之。获其所矣，而一旦如不得终焉者，君子悲之。世人之悲，悲其不遇，无成而亏，故其感也近。君子之悲，悲其不幸，既得而丧，故其感也深。其悲则同，其所以为悲则异。若小人者，其不幸欤！间者昧于藩身，[15]推致危地，始以飞谤生衅，终成公议抵刑，旬朔之间，再投裔土。[16]外黩相公知人之鉴，内贻慈亲非疾之忧。常恐恩义两乖，家国同负，寒心销志，以生为惭。虽欲沥血以自明，[17]吁天以自诉，适足来众多之诮，[18]岂复有特达见知者邪？[19]遂用诅盟于心，[20]不复自白，以内咎为弭谤之具，以吞声为窒隙之媒，[21]庶乎日月至焉而是非乃辨。

会友人江陵法曹掾韩愈以不幸相悲，[22]且曰："相国扶风公之遇子也厚，[23]非独余知之，天下之人皆知之矣。余闻初子之横为口语所中，独相国深明之；及不得已而退，则为之流涕以诀；又不得已而谴，则为之择地以居。求之于今，难与侔矣。[24]抑余又闻，曩子之介于司徒府，[25]奉诚敬于山园，[26]上公亟称于人，以为不懈于位。今则有修仪以赞其诏相者，[27]有备物以赞其容卫者，七月礼毕，[28]一朝庆行，[29]诰言扬之，授以显秩。子独足趾一跌，[30]而前劳并捐。祝网之辰，[31]动纴疏目；[32]可封之代，[33]乃为穷人。斯常情之所悲，矧知子之厚者？夫踣者想起，必呼而求拯；疾者思愈，必呻而求医。子宜呼于有力而呻于有术，如何以箝口自绝为智，[34]以甘心受诬为贤，嗛然自咎，[35]求知于默？彼李斯逐焉而为上卿，[36]邹阳囚焉而为上客，[37]二子者岂默以求知者邪？若可诉而不言，则陷于畏；可言而不辩，则邻于怨。畏与怨，君子之所不处，子其处之哉？"韩生之言未及竟，而小人不知感从中来，始赧然以愧，[38]又缺然以栗，[39]终悄然以悲。悲斯叹，叹斯愤，愤必有泄，故见乎词，敢闻左右，[40]投所闵也。

嗟夫！人之至信者心目也，天性者父子也，不惑者圣贤也。然而于窃铁而知心目之可乱，[41]于掇蜂而知父子之可间，[42]于拾煤而知圣贤之可疑。[43]况乎道谢孔、颜，[44]恩异天性！是非之际，爱恶相攻。争先利途，虞相轧则衅起；希合贵意，虽无嫌而谤生。鲁酒致邯郸之围，[45]飞鸢生博者之祸。[46]伯仁之杀由偶对，[47]伯奢之冤以器声。[48]动罹险中，皆出意表；虽欲周防，亦难曲施。加以吠声者多，辨实者寡。飞语一发，[49]胪言四驰。[50]萌芽始奋，枝叶俄茂。方谓语怪，终成祸梯。[51]呜呼！人必求知，不能自达。何投分效节，[52]有积尘之难？何谮行爱弛，有决防之易？[53]何将进之日，必自见其可而后亲？何将退之时，乃人言其否而逆弃？良由邪人必微，邪谋必阴，阴则难明，微则易信，罔极太甚，[54]古今同途。是以前修鉴其若此，[55]姑以推心取信，不以循迹生嫌。由是求忠臣于孝子，[56]求良妇于骂己。[57]食子，尽节也，推其忍可以疑心；[58]放麛，违命也，推其仁可以属国。[59]若谓其孝于亲未必能忠，专于夫未必能贞，忍于子未必能忍于其它，仁于兽未必能仁于其类，则是天下之人尽不可信而尽可诬，固不然也。

凡人之行己，必恒于所安，苟非狂易，[60]不能甚异。小人自居门下，仅逾十年，未尝信宿而不侍坐。率性所履，固无遁逃，言行之间，足见真态。伏惟推心以明其迹，追往以鉴于今。苟谓其尝掩人以自售矣，[61]尝近名以冒进矣，尝欺谩于言说矣，尝沓贪于求取矣，[62]尝狎比其琐细矣，[63]尝媒孽其僚友矣，[64]尝矫激以买直矣，[65]尝詀谋以取容矣，[66]尝漏言于咨诹矣，[67]尝败务以簿书矣，有一于此，虽人谓其贤，我得而刑也，岂止于弃乎？苟或反是，虽人谓其盗，我得而任也，庸可而弃乎？[68]由是而言，小人之善否，不在众人。所以受谴已还，行及半岁，当食而叹，闻弦尚惊，[69]不以众人之善为是非，唯以相公之意为衡准。[70]自违间左右，亟蒙简书，慰诲勤勤，穷悴增感。伏想仁念，必思有以拯之。况礼道贵终，人情尚旧，尝尽其力，必加以仁。于犬马之微，有帷盖之报。[71]顾异如是，岂无庶几？傥浮言可以事久而明，众嗤可以时久而息，弘我大信，以祛群疑，使茕茕微志，[72]无已矣之叹。[73]觊乎异日，[74]得夷平民，[75]然后裹足西向，谢恩有所，复以尘缨黧貌，[76]称故吏于相门。此言朝遂，可以夕死。何则？复于变者其义重，拯于危者其感深。睽而后合，示终不可睽也；否而后泰，[77]示终不及否也。获宝于已丧，得途于既迷，与夫平居不为艰故所激者，其味异矣。

伏以大君继明，[78]元宰柄用。[79]鸿钧播平分之气，[80]悬象廓无私之照。[81]涣汗大号，[82]与人惟新。[83]昭回汪涉，[84]旁下郡国，投荒为民者，咸释拲梏，[85]遂还里闾。系于稍食，[86]犹在羁绊，伏读赦令，许移近郊。今武陵距京师，赢二千者无几。小人祖先壤树在京索间，[87]瘠田可耕，陋室未毁，濡露增感，[88]临风永怀。伏希闵其至诚，而少加推恕，命东曹补吏，[89]置籍于荥阳伍中，得奉安舆而西，[90]拜先人松槚，[91]誓当赍志没齿，[92]尽力于井臼之间，斯遂心之愿也。如或官谤未塞，私欲未从，虽为裔民，[93]乃有善地，则北距澧浦，[94]资宿舂而可行，[95]无道途之勤，蠲仆赁之费。[96]重以镇南，[97]用和辅理，扇仁风于上游，霁严施惠，得以自遂，斯便家之愿也。伏惟降意详察，择可行者处之。乞恩于指顾之间，为惠有生成之重，虽百谷之仰膏雨，[98]岂喻其急焉。

嗟哉，小生仕逢圣日，岂曰不辰？[99]知有相君，岂曰不遇？而乘运钟否，[100]俾躬罹灾，同生无手足之助，终岁有病贫之厄。孰不求达？而独招嫌。孰不求安？而独乘坎。[101]赋命如此，虽悔可追。湘沅之滨，寒暑一候，阳雁才到，华言罕闻。猿哀鸟思，啁啾异响，暮夜之后，并来愁肠。怀乡倦越吟之苦，[102]举目多似人之喜。[103]俯视遗体，[104]仰安高堂，[105]悲愁惴栗，常集方寸。尽意之具，固不在言，身远与寡，舍慈何托？是以因言以见意，恃旧以求哀，敢希末光，[106]下烛幽蛰。[107]孤志多感，重恩难忘，顾瞻门馆，惭恋交会。伏纸流涕，不知所云。禹锡惶悚再拜。

【注释】

①此文元和元年作于朗州。原注:“时元和元年。”杜司徒:即杜佑。杜佑元和元年拜司徒,为宰相,封岐国公。 ②韩非善著书等句:韩非为战国时思想家。《史记·老子韩非列传》:“韩非者,韩之诸公子也。善刑名法术之学,而其归本于黄老。非为人口吃,不能道说,而善著书。与李斯俱事荀卿,斯自以为不如非。非见韩之削弱,数以书谏韩王,韩王不能用,于是韩非疾治国不务修明法治……悲廉直不容于邪佞之臣,观往者得失之变,故作《孤愤》、《五蠹》、《内外储》、《说林》、《说难》十余万言。……申子、韩子皆善著书,传于后世,学者多有。余独悲韩子为《说难》而不能自脱耳。”司马子长即为司马迁,其字子长。 ③遭罹世故:指司马迁因李陵降匈奴事而遭牵连下狱事。 ④颛蒙:愚昧无知。⑤末学见浅:学识浅薄。 ⑥弭谗诉:止住谗毁之言。 ⑦慎独:在独处时谨慎自己的言行。防微:防微杜渐。隘:指心胸狭隘。⑧艰贞用晦:《易·明夷》:“明夷,利艰贞,晦其明也。”疏:“既处明夷之世,外晦其明,恐陷于邪道,故利在艰固其贞,不失其正。”⑨刍狗:用草扎成的狗,民间作为祭祀之用。《庄子·天运》:“夫刍狗……及其已陈也,行者践其首脊,苏者取而爨之而已。”⑩刻舟:《吕氏春秋·察今》:“楚人有涉江者,其剑自舟中坠于水,遽契其舟,曰:‘是吾剑之所从坠。’舟止,从其所契者入水求之。舟已行矣,而剑不行。求剑如此,不亦惑乎!” ⑪罟:网。擭(huò):装有机关的捕兽器具。 ⑫恒人:常人,普通人。 ⑬伏节:为节义而死。死谊:为道义而死。 ⑭交相丧:《庄子·缮性》:“世丧道矣,道丧世矣,世与道交相丧也。” ⑮昧于藩身:不

懂得保护自己。 ⑯再投裔土：此指刘禹锡因参加永贞革新，先贬连州刺史，未至，旋贬永州司马事。 ⑰沥血以自明：滴血发誓以表明心志。 ⑱来：招来。诮：讥诮。 ⑲特达：此指特别通达的知己。 ⑳诅盟于心：在心中发盟誓。 ㉑窒隙：堵塞隙缝。此指人际关系方面的仇隙。 ㉒江陵：地名，在今湖北省。法曹掾韩愈：永贞元年冬，韩愈从广东阳山县令量移江陵法曹参军。㉓相国扶风公：即杜佑。永贞元年冬，杜佑时已封扶风公。㉔侔：比、同。 ㉕介于司徒府：指贞元时刘禹锡为杜佑府中僚吏。 ㉖山园：此指唐德宗的陵园。韩愈《顺宗实录》："贞元二十一年癸巳，德宗崩……以检校司空、平章事杜佑摄冢宰，兼山陵使。"其时，刘禹锡为崇陵使判官。 ㉗修仪：修定丧礼的仪礼。诏相：《周礼·秋官·大行人》："若有大丧，则诏相诸侯之礼。"注："诏相，左右教告之也。" ㉘七月礼毕：指完成德宗的葬礼。《礼记·王制》："天子七日而殡，七月而葬。" ㉙庆行：此指德宗葬礼毕，封赏有关人员。 ㉚足趾一跌：指因参加永贞革新而被惩罚事。 ㉛祝网：《史记·殷本纪》："汤出，见野张网四面，祝曰：'自天下四方皆入吾网。'汤曰：'嘻，尽之矣。'乃去其三面，祝曰：'欲左，左；欲右，右。不用命，乃入我网。'诸侯闻之，曰：'汤德至矣，及禽兽。'" ㉜绁：绊住。疏目：稀疏的网眼。此指法律的宽松。㉝可封之代：指清平的时代。《汉书·王莽传》："故唐虞之世，可比屋而封。" ㉞箝口：箝住嘴巴，意为默不作声。自绝：自己断绝与人的联系。 ㉟嗛（xián）：怀恨隐忍貌。 ㊱李斯句：《史记·李斯列传》："李斯者，楚上蔡人也。……秦王拜斯为客卿。会韩人郑国来间秦，以作注溉渠，已而觉。秦宗室大臣皆言秦王曰：

'诸侯人来事秦者,大抵为其主游间于秦耳,请一切逐客。'李斯议亦在逐中。斯乃上书曰:'臣闻吏议逐客,窃以为过矣。……'秦王乃除逐客之令,复李斯官,卒用其计谋,官至廷尉。二十余年,竟并天下,尊主为皇帝,以斯为宰相。” ㊲邹阳囚焉句:《汉书·邹阳传》:邹阳“从梁孝王游。阳为人有智略,忼慨不苟合,介于羊胜、公孙诡之间。胜等疾阳,恶之孝王。孝王怒,下阳吏,将杀之。阳客游以谗见禽,恐死而负累,乃从狱中上书曰:……书奏孝王,孝王立出之,卒为上客”。 ㊳赧然以愧:羞愧而脸红。 ㊴缺然:有所失貌。 ㊵闻左右:让您左右的人知闻。客气的说法,实为让您知道。 ㊶窃𫓧(fū):偷斧头。《列子·说符》:“人有亡𫓧者,意其邻之子。视其行步,窃𫓧也;颜色,窃𫓧也;言语,窃𫓧也;动作态度无为而不窃𫓧也。俄而扫其谷而得其𫓧,他日复见其邻人之子,动作态度无似窃𫓧者。” ㊷掇蜂句:《太平御览》卷五一一引《琴操》:“尹吉甫,周卿也。子伯奇,母早亡,吉甫更取后妻。妻乃谮之于吉甫曰:'伯奇见妾美,欲有邪心。'吉甫曰:'伯奇慈仁,岂有此也?'妻曰:'置妾空房中,君登楼察之。'妻乃取毒蜂缀衣领,令伯奇掇之。于是吉甫大怒,放伯奇于野。” ㊸拾煤句:《吕氏春秋·任数》:“孔子穷于陈、蔡之间,藜羹不斟,七日不尝粒,昼寝。颜回索米,得而爨之,几熟。孔子望见颜回攫其甑中而食之。孔子佯为不见之。选间,食熟,谒孔子而进食。孔子起曰:'今者梦见先君,食洁而后馈。'颜回对曰:'不可。向者煤炱入甑中,弃食不祥,回攫而饮之。'孔子叹曰:'所信者目也,而目犹不可信。所恃者心也,而心犹不足恃。弟子记之,知人固不易矣。'” ㊹谢:比不上。 ㊺鲁酒句:《淮南子·缪称》:“鲁酒薄而邯郸围。”注：“鲁与赵俱朝楚，献酒于楚。鲁酒薄而赵酒厚。楚之主酒吏求酒于赵，不与。楚吏怒，以赵所献酒献于楚王，易鲁酒薄。楚王以为赵酒薄而围邯郸。”邯郸：赵国国都。 ㊻飞鸢句：《列子·说符》：“虞氏，梁之富人也……设乐陈酒，击博楼上，侠客相随而行。楼上博者射，明琼张中，反两㯓鱼而笑，飞鸢适坠其腐鼠而中之。侠客相与言曰：‘虞氏富乐之日久矣，而常有轻易人之志。吾不侵犯之，而乃辱我以腐鼠！此而不报，无以立慬于天下。请与若等戮力一志，率徒属，必灭其家为等伦。’皆许诺。至期日之夜，聚众积兵以攻虞氏，大灭其家。” ㊼伯仁之杀句：伯仁为晋周顗字。《晋书·周顗传》：“初，敦之举兵也，刘隗劝帝尽除诸王。司空（王）导率群从诣阙请罪，值顗将入，导呼顗谓曰：‘伯仁，以百口累卿！’顗直入不顾。即见帝，言导忠诚，申救甚至，帝纳其言。顗喜，饮酒，致醉而出，导犹在门，又呼顗，顗不与言，顾左右曰：‘今年杀诸贼奴，取金印如斗大系肘。’既出，又上表明导，言甚切至。导不知救己，而甚衔之。”后来王敦将杀周顗，问王导，导不言，顗遂被杀。 ㊽伯奢之冤句：伯奢即曹操的故人吕伯奢。《三国志·魏书·武帝纪》注引《世语》：“太祖过伯奢，伯奢出行，五子皆在，备宾主礼。太祖自以背董卓命，疑其图己，手剑夜杀八人而去。”又引孙盛《杂记》：“太祖闻其食器声，以为图己，遂夜杀之。” ㊾飞语：即流言蜚语。 ㊿胪言：传言、流言。 (51)祸梯：造成祸害的阶梯。 (52)投分效节：志向相投，愿效忠恳。 (53)决防之易：像溃决堤防般的容易。 (54)罔极：无穷尽。太甚：《诗·小雅·巷伯》：“彼谮人兮，亦已大甚。”笺：“大甚者，谓使已重得罪也。” (55)前修：前贤。 (56)求忠臣句：《孝经·广扬名》：“君子之事亲孝，故忠可移于君。”疏：“言君子之事亲能孝者，故资孝为忠，可移孝行以事君也。” ㊼求良妇于骂己：《战国策·秦策》一：“楚人有两妻者，人诳其长者，詈之；诳其少者，少者许之。居无几何，有两妻者死。客谓诳者曰：‘汝取长者乎？少者乎？’‘取长者。’客曰：‘长者詈汝，少者和汝，汝何为取长者？’曰：‘居彼人之所，则欲其许我也。今为我妻，则欲其为我詈人也。’” ㊽食子等句：《韩非子·说林》上：“乐羊为魏将而攻中山，其子在中山，中山之君烹其子而遗之羹，乐羊坐于幕下而啜之，尽一杯。文侯谓诸师赞曰：‘乐羊以我故而食其子之肉。’答曰：‘其子而食之，且谁不食？’乐羊罢中山，文侯赏其功而疑其心。” ㊾放麑等句：《淮南子·人间》：“孟孙猎而得麑，使秦西巴持归烹之。麑目随之而啼，秦西巴弗忍，纵而予之。孟孙归，求麑安在。秦西巴对曰：‘其母随而啼，臣诚弗忍，窃纵而予之。’孟孙怒，逐秦西巴。居一年，取以为子傅。左右曰：‘秦西巴有罪于君，今以为子傅，何也？’孟孙曰：‘夫一麑而不忍，又何况于人乎？’此谓有罪而益信者也。”属国：以国事托付。㊿狂易：指精神失常而改变常态。《汉书·冯昭仪传》：“（张）由素有狂易病。”注：“狂易者，狂而变易常性也。” 〇61掩人以自售：指掩盖别人的功劳和好处而表现自己。 〇62沓贪：贪婪。 〇63狎比：亲昵朋比。琐细：指卑劣的小人。 〇64媒孽：进谗言坏话。〇65矫激：故意做出过激的言行。买直：求得正直的名声。 〇66诂谌（chè zhé）：低声细语。 〇67漏言：言谈中泄漏秘密。咨诹：咨询。 〇68庸可：岂可。 〇69闻弦尚惊：即惊弓之鸟之意。《战国策·楚策四》：“更嬴与魏王处京台之下，仰见飞鸟。更嬴谓魏王曰：‘臣为王引弓虚发而下鸟。’魏王曰：‘然则射可至此乎？’更嬴曰:'可。'有间,雁从东方来,更羸以虚发而下之。魏王曰:'然则射可至此乎?'更羸曰:'此孽也。'王曰:'先生何以知之?'对曰:'其飞徐而鸣悲。飞徐者,故疮痛也;鸣悲者,久失群也。故疮未息,而惊心未去也,闻弦音引而高飞,故疮陨也。'" ⑳衡准:衡量的标准。 ㉑有帷盖之报:《礼记·檀弓下》:"仲尼之畜狗死,使子贡埋之,曰:'吾闻之也,敝帷不弃,为埋马也;敝盖不弃,为埋狗也。丘也贫,无盖,于其封也,亦予之席,毋使其首陷焉。'路马死,埋之以帷。" ㉒茕茕:孤零貌。 ㉓已矣之叹:屈原《离骚》:"已矣乎,国无人莫我知兮。" ㉔觊:期望。 ㉕夷:等同、平列。 ㉖尘缨黧貌:形容自己风尘仆仆的样子。黧貌:黑色的脸容。 ㉗睽而后合:分离而后聚合。 ㉘大君继明:指唐宪宗即位。 ㉙元宰柄用:此指杜佑掌握权柄为宰相。 ㊵鸿钧:天、造物主。播平分之气:宋玉《九辩》:"皇天平分四时兮,窃独悲此懔秋。" ㊶悬象:指日月星辰。《易·系辞上》:"悬象着明,莫大于日月。"无私之照:《礼记·孔子闲居》:"日月无私照。" ㊷涣汗大号:《易·涣》:"九五,涣汗其大号。"大号:指唐宪宗的赦令。 ㊸与人惟新:此指唐宪宗改年号后的大赦之事。《书·胤征》:"旧染污俗,咸与惟新。"传:"言其余人久染污俗,本无恶心,皆与更新,一无所问。" ㊹昭回:光辉普照四方。汪涉:浩大汪淼。 ㊺拲(gǒng)梏:两手共一木的刑具。 ㊻系于稍食:为了俸禄而被维絷者。此指被贬者。《周礼·天官·宫正》:"几其出入,均其稍食。"注:"稍食,禀禄。" ㊼壤树:古人在坟墓上封土种树。此指祖先的坟墓。京索:河南荥阳的两条水名。 ㊽濡露增感:《礼记·祭义》:"霜露既降,君子履之,必有凄怆之心,非其寒之谓也。

春雨露既濡，君子履之，必有怵惕之心，如将见之。”注：“谓凄怆及怵惕皆为感时念亲也。” ⑧⑨东曹：此指杜佑宰相属官。 ⑨⓪安舆：老人所乘的车子。此指刘禹锡年高的母亲。 ⑨①松槚(jiǎ)：可制棺的两种树木。此处代指坟墓。 ⑨②赍(jī)志：怀志。没齿：终生。 ⑨③裔民：边远之地的居民。 ⑨④澧浦：指湖南澧州。⑨⑤宿舂：隔夜舂成的粮食。《庄子·逍遥游》：“适百里者，资宿舂而可行。” ⑨⑥蠲：免除。 ⑨⑦镇南：本指晋代镇南将军杜预，此指时任江陵尹、荆南节度使的裴均。 ⑨⑧膏雨：甘雨。 ⑨⑨不辰：不逢其时。 ⑩⓪钟：当。否：运气不佳，命运不好。 ⑩①坎：《易·坎》：“习坎，重险也。”疏：“坎是险陷之名。” ⑩②越吟之苦：《史记·张仪传》：“越人庄舄仕楚执圭，有顷而病。楚王曰：‘舄故越之鄙细人也，今仕楚执圭，贵富矣，亦思越不？’中谢对曰：‘凡人之思故，在其病也。彼思越则越声，不思越则楚声。’使人往听之，犹尚越声也。” ⑩③似人之喜：《庄子·徐无鬼》：“子不闻夫越之流人乎？去国数日，见其所知而喜；去国旬月，见所尝见于国中者喜；及期年也，见似人者而喜矣。不亦去人滋久，思人滋深乎！”⑩④遗体：指己之身体。《礼记·祭义》：“身也者，父母之遗体也。”⑩⑤高堂：此指母亲。 ⑩⑥末光：微弱之光。 ⑩⑦幽蛰：此指贬谪中的自己。

【品评】

此文乃元和元年刘禹锡在贬谪之地朗州上呈宰相杜佑的书信。刘禹锡之所以上书给杜佑，原因在于其一，他认为自己被贬官，是受到谗谤冤枉所致；其二，他曾在杜佑门下多年，而且得到杜佑的赏识器重；其三，杜佑此时为宰相，可能有能力为他辨白，从而营救他。因此刘禹锡给杜佑上了这封长信，从多方面来说明自己被冤枉毁谤而遭贬官的原因。文中，作者举历史事例如“于窃铁而知心目之可乱，于掇蜂而知父子之可间，于拾煤而知圣贤之可疑。况乎道谢孔、颜，恩异天性！是非之际，爱恶相攻。争先利途，虞相轧则衅起；希合贵意，虽无嫌而谤生。鲁酒致邯郸之围，飞鸢生博者之祸。伯仁之杀由偶对，伯奢之冤以器声”来阐明自己也如古人一样忠而被谤，感慨自己以此而“动罹险中，皆出意表；虽欲周防，亦难曲施。加以吠声者多，辨实者寡。飞语一发，胪言四驰。萌芽始奋，枝叶俄茂。方谓语怪，终成祸梯”的无可奈何的悲愤心情。这一以历史人物事件的事实来表白自己的受冤枉的原因，是颇有说服力的。刘禹锡也善于用自己的凄凉悲酸处境来感动自己的知己上司，如以下这两段话即颇为动人：“今武陵距京师，赢二千者无几。小人祖先壤树在京索间，瘠田可耕，陋室未毁，濡露增感，临风永怀。伏希闵其至诚，而少加推恕，命东曹补吏，置籍于荥阳伍中，得奉安舆而西，拜先人松槚，誓当赍志没齿，尽力于井臼之间，斯遂心之愿也”；“湘沅之滨，寒暑一候，阳雁才到，华言罕闻。猿哀鸟思，啁啾异响，暮夜之后，并来愁肠。怀乡倦越吟之苦，举目多似人之喜。俯视遗体，仰安高堂，悲愁惴栗，常集方寸。”可谓悲情凄婉，颇可令人动容。林纾谓此文“吞咽处含无尽之悲，精恳处多不刊之语”。（《林氏选评名家文集·刘宾客集》）刘禹锡学识广博深厚，善于论辩，此文也具有这一特点。其文章中颇多历史典实与诸子百家之言，如多采用《诗经》、《左传》、《礼记》、《史记》、《战国策》、《汉书》、《晋书》等以及《庄子》、

《淮南子》、《吕氏春秋》等等皆是。以此可见其文亦颇受先秦两汉文章的影响，富有传统文化的底蕴。

救沈志[①]

贞元季年夏大水，[②]熊、武五溪，斗泆于沅，[③]突旧防，毁民家。跻高望之，溟涬葩华，[④]山腹为坻，[⑤]林端如莎。湍道驶悍，不风而怒。崱嶷前迈，[⑥]浸淫旁掩。柔者靡之，固者脱之，规者旋环之，矩者倒颠之，轻而泛浮者硠磕之，[⑦]重而高大者前却之。生者力音，[⑧]殪者弛形，[⑨]蔽流而东，若木柹然。[⑩]

有僧愀焉，誓于路曰："浮图之慈悲，[⑪]救生最大。能援彼于溺，我当为魁。"[⑫]里中儿愿从三四辈，皆狎川勇游者。相与乘坚舟，挟善器，维以修笮，[⑬]杙于崇丘。[⑭]水当洄洑，[⑮]人易寘力，凝眝执用，[⑯]俟可而拯。大凡室处之类，穴居之汇，[⑰]在牧之群，在豢之驯，上罗黔首，[⑱]下逮毛物，[⑲]拔乎洪澜，致诸生地者数十百焉。适有挚兽，[⑳]如鸱夷而前，[㉑]攫持流柎，[㉒]首用不陷。[㉓]隅目旁睨，[㉔]其姿弭然，[㉕]甚如六扰之附人者。[㉖]其徒将取焉，僧趣诃之曰[㉗]："第无济是为！"[㉘]目之可里所，而不能有所持矣。舟中之人曰："吾闻浮图之教贵空，空生普，普生慈。不求报施之谓空，不择善恶之谓普，不逆困穷之谓慈。向也生必救，而今也穷见废，无乃计善恶而忘普与慈乎?”僧曰:“甚矣,问之迷且妄也!吾之教恶乎无善恶哉?六尘者,㉙在身之不善也,佛以贼视之。末伽声闻者,㉚在彼之未寤也,佛以邪目之。恶乎无善恶邪?吾向也所援而出死地者众矣。形干气还,各复本状,蹄者踯躅然,㉛羽者翘萧然,㉜而言者诜诜然。㉝随其所之,吾不尸其施也。不德吾则已,乌能害为?彼形之干,鬐鬣之姿也;㉞彼气之还,暴悖之用也。心足反噬,而齿甘最灵,㉟是必肉吾属矣,㊱庸能踯躅诜诜之比欤!夫虎之不可使知恩,犹人之不可使为虎也。非吾自遗患焉尔,且将贻患于众多,吾罪大矣。”

子刘子曰:余闻“善人在患,不救不祥;恶人在位,不去亦不祥”。㊲僧之言远矣,故志之。

【注释】

①此文元和元年作于朗州。 ②贞元季年夏大水:贞元季年指贞元二十一年,也即永贞元年。据《新唐书·五行志三》:“永贞元年夏,朗州之熊、武五溪溢。秋,武陵、龙阳二县江水溢,漂万余家。” ③泆:同溢。 ④溟涬:水大混混茫茫貌。葩华:分散。 ⑤坻:水中小洲。 ⑥崱(zè)屴:高峻貌。此处形容水波。⑦硠磕(láng kē):水撞击石头之声。 ⑧力音:尽力高声呼救。⑨殪者:指被淹死者。 ⑩木柹(fèi):木片。 ⑪浮图:即佛。⑫魁:魁首、首领。 ⑬修绛:长绳。 ⑭杙(yì):木桩。杙于崇丘两句:谓在高丘上竖立木桩,然后将绳子系上。 ⑮洄洑:水流

回旋。　⑯凝眝：凝眸、凝视。用：工具。　⑰汇：同类。　⑱黔首：百姓、人类。　⑲毛物：指禽兽之类。　⑳挚兽：指凶猛的野兽，即下文的老虎。　㉑鸱夷：皮袋。《史记·邹阳传》："臣闻比干剖心，子胥鸱夷。"《索隐》引韦昭注："以皮作鸱鸟形，名曰鸱夷。"　㉒流枿(niè)：在水中流的树木根干。　㉓首用不陷：头部因此没沉入水中。　㉔隅目：《文选》张衡《西京赋》："隅目高匡，威慑兕虎。"薛综注："隅目，角眼视也。"　㉕弭然：顺从貌。㉖六扰：即六畜。《周礼·夏官·职方氏》："其畜宜六扰。"注："六扰，马、牛、羊、豕、犬、鸡。"　㉗趣：赶快。　㉘第：但，只是。无济是为：不要救它。　㉙六尘：佛教语。指色、香、声、味、触、法，此六者均能通过人的感觉器官影响人内心的清净安宁，故视为六尘。《大般涅槃经》卷二三："六大贼者，即外六尘。菩萨摩诃萨观此六尘如六大贼，何以故？能劫一切诸善法故。"　㉚末伽：梵语末伽梨或末伽梨俱舍梨之省称，乃六师外道之一。声闻：即声闻乘，佛教三乘之一。称闻佛言教悟苦、集、灭、道死四谛之真理而得道者。　㉛蹄者：指兽类。踯躅然：徘徊不进貌。　㉜羽者：指飞禽类。翘萧：同翘遥。《文选》张衡《南都赋》："翘遥迁延。"李善注："翘遥，轻举貌。"　㉝戋戋(jiàn)然：巧言貌，能言善辩。㉞髬髵(pī'ér)：兽毛竖起发威貌。　㉟最灵：指人类。《汉书·刑法志》："夫人……有生之最灵者也。"　㊱肉吾属：把我们当肉吃掉。　㊲善人在患四句：此四句出自《国语·晋语八》所载的赵文子："吾闻之曰：'善人在患，弗救不祥；恶人在位，不去亦不祥。'"

【品评】

此文以一次山洪暴发，人们乘船在大水中救出各种生物，而以是否应该救急流中的老虎的争论，来阐明老虎不值得救的道理。争论的焦点是既然僧人因大水泛滥而“愀焉”，并誓于路曰：“浮图之慈悲，救生最大。能援彼于溺，我当为魁。”而当人们将“大凡室处之类，穴居之汇，在牧之群，在豢之驯，上罗黔首，下逮毛物，拔乎洪澜，致诸生地者数十百焉”，但见到水中的老虎，僧人却阻拦人们救它，于是人们即以佛教的“浮图之教贵空，空生普，普生慈。不求报施之谓空，不择善恶之谓普，不逆困穷之谓慈”的教义提出质疑：“向也生必救，而今也穷见废，无乃计善恶而忘普与慈乎？”对于这一质疑，僧人说出了其中的道理：“吾之教恶乎无善恶哉？六尘者，在身之不善也，佛以贼视之。”佛教并不是没有善恶之分，对于一般的生物，救它，并不图报答；而对于老虎，你如救了它，等到“彼形之干，髬髵之姿也；彼气之还，暴悖之用也。心足反噬，而齿甘最灵，是必肉吾属矣”。因此“虎之不可使知恩，犹人之不可使为虎也。非吾自遗患焉尔，且将贻患于众多，吾罪大矣”。僧人的这一番辨别善恶，如何对待吃人的猛兽之说是极有道理的，启示人们决不能重蹈东郭先生的错误。作者记叙了这场争论，并以“余闻‘善人在患，不救不祥；恶人在位，不去亦不祥’”的方式，将其提高到人们如何处理善恶是非的高度，使之更具道德理论的色彩和真知灼见。

澈上人文集纪[1]

释子工为诗，尚矣。休上人赋《别怨》，[2]约法师哭范尚书，[3]咸为当时才士之所倾叹。厥后比比有之。上人生于会稽，[4]本汤氏子，聪察嗜学，不肯为凡夫，因辞父兄出家，号灵澈，字源澄。虽受经论，一心好篇章，从越客严维学为诗，[5]遂籍籍有闻。[6]维卒，乃抵吴兴，[7]与长老诗僧皎然游，[8]讲艺益至。皎然以书荐于词人包侍郎佶，[9]包得之大喜，又以书致于李侍郎纾。[10]是时，以文章风韵主盟于世者曰"包李"，以是上人之名由二公而扬，如云得风，柯叶张王。[11]以文章接才子，以禅理说高人，风仪甚雅，谈笑多味。贞元中西游京师，名振辇下，[12]缁流疾之，[13]造飞语激动中贵人，[14]因侵诬得罪徙汀州。[15]会赦，归东越，时吴、楚间诸侯多宾礼招延之。元和十一年，终于宣州开元寺，[16]七十有一。门人迁之，建塔于越之山阴天柱峰之陲，[17]从本教也。

初，上人在吴兴，居何山，[18]与昼公为侣。[19]时予方以两髦执笔砚，[20]陪其吟咏，皆曰孺子可教。[21]后相遇于京、洛，与支、许之契焉。[22]上人没后十七年，予为吴郡，[23]其门人秀峰捧先师之文来，乞词以志，且曰："师尝在吴，赋诗仅二千首。今删取三百篇，勒为十卷。自大历至元和，凡五十年间，接词客闻人酬唱，别为十卷。[24]今也思行乎昭世，[25]求一言羽翼之。"[26]因为评曰：世之言诗僧多出江左。[27]灵一导其源，[28]护国袭之；[29]清江扬其波，[30]法振沿之，[31]如么弦孤韵，[32]瞥入人耳，非大乐之音。独吴兴昼公能备众体。昼公后，澈公承之。至如《芙蓉园新寺》诗云"经来白马寺，[33]僧到赤乌年"，[34]《谪汀州》云"青蝇为吊客，[35]黄耳寄家书"，[36]

可谓入作者阃域，[37]岂独雄于诗僧间邪？

【注释】

①文大和七年作于苏州。澈上人：即灵澈，字源澄，唐代中期著名诗僧。卒于元和十一年。《新唐书·艺文志四》著录"僧灵澈《诗集》十卷。" ②休上人：即南朝宋僧人汤惠休。善属文，曾任扬州从事。《别怨》：指汤惠休的《怨诗行》，中云："明月照高楼，含君千里光。巷中情思满，断绝孤妾肠。" ③约法师：南朝齐僧人慧约，俗姓娄，字德素，与沈约交往。传见《续高僧传》卷六。范尚书：即齐、梁间诗人范云，官至尚书右仆射，故称范尚书。传见《梁书》卷一三、《南史》卷五七。陶敏先生注云："《诗纪》卷八九录陶弘景《和约法师临友人》诗：'我有数行泪，不落十余年。今日为君尽，并洒秋风前。'并云：'《历代吟谱》云，慧约字德素，有哭范荀诗云云。乃以此作慧约作，或别有考也。'按，南朝五史无范荀其人，此诗或即慧约《哭范尚书》诗，或为陶弘景和慧约《哭范尚书》之作。" ④会稽：郡名，唐代为越州，即今浙江绍兴。 ⑤严维：中唐名诗人。《唐才子传》卷三《严维传》："维字正文，越州人，初隐居桐庐，慕子陵之高风。至德二年……以辞藻宏丽进士及第。"曾任诸暨尉，终右补阙。其"诗情雅重，挹魏、晋之风，锻炼铿锵，庶少遗恨。" ⑥籍籍：声名盛大貌。 ⑦吴兴：郡名，即湖州。⑧皎然：中唐著名诗僧。《新唐书·艺文志四》："《皎然诗集》十卷。字清昼，姓谢，湖州人，灵运十世孙，居杼山。"于頔《释杼山皎然集序》："有唐吴兴开士释皎然，字清昼，即康乐之十世孙，得诗人之奥旨，传乃祖之菁华，江南词人，莫不楷范。" ⑨包侍郎佶：

中唐名诗人。字幼正，润州延陵人，曾任御史中丞，官至秘书监，贞元八年卒于任。传见《新唐书·刘晏传》附。 ⑩李侍郎纾：字仲舒，历秘书郎，贞元八年卒于吏部尚书任。传见《旧唐书》卷一三七、《新唐书》卷一六一。 ⑪柯叶张王：枝叶茂盛。此处用以形容灵澈文名之盛。 ⑫辇下：京师、京城。 ⑬缁流：僧徒。⑭飞语：流言蜚语。中贵人：朝中的宦官。 ⑮汀州：唐州名，治所在今福建长汀。 ⑯宣州：唐州名，今属安徽。 ⑰山阴：县名，属唐越州，地在今浙江省。 ⑱何山：《太平寰宇记》卷九四湖州乌程县："何山，一曰金盖山。晋何楷居此修儒业。楷后为吴兴太守，改金盖为何山。" ⑲原注："皎然字昼，时以字行。" ⑳两髦：古代一种儿童发式，发分垂两边至眉。 ㉑孺子：儿童、小孩。㉒支、许句：晋代的支遁、许询。《晋书·谢安传》："寓居会稽，与王羲之及高阳许询、桑门支遁游处，出则渔弋山水，入则言咏属文，无处世意。"此处谓作者与澈上人之交游，有如晋代谢安与支遁、许询之密切交游然。 ㉓予为吴郡：刘禹锡抵苏州刺史任在大和六年。 ㉔别为十卷：《新唐书·艺文志四》载："僧灵澈《酬唱集》十卷"，下注："大历至元和中名人。" ㉕昭世：政治清明的时代。 ㉖求一言羽翼之：意为请求为撰一序言，使它借助您的名声而传扬。 ㉗江左：江东，指长江下游以东地区。 ㉘灵一：唐代著名诗僧。俗姓吴，广陵人。宝应元年卒于杭州龙兴寺。唐独孤及称其"公智刃先觉，法施无方，每禅颂之隙，辄赋诗歌事，思入无间，兴含飞动。潘、阮之遗韵，江、谢之阙文，公能缀之"。㉙护国：唐代诗僧。《唐诗纪事》卷一三："护国，江南人，攻词翰。"有诗今传。 ㉚清江：会稽人，唐代大历中诗僧。《全唐诗》录其诗为一卷。传见《宋高僧传》卷一五《唐襄州辩觉寺清江传》。㉛法振：中唐诗僧，与诗人李益有交，李益有《送贾校书东归寄振上人》诗。 ㉜么弦：最小的琴弦。 ㉝白马寺：在洛阳东的著名寺庙。《魏书·释老志》："后孝明帝夜梦金人，项有日光，飞行殿庭，乃访群臣，傅毅始以佛对。帝遣郎中蔡愔、博士弟子秦景等使于天竺，写佛屠遗范。……愔之还也，以白马负经而至，汉因立白马寺于洛城雍门西。" ㉞赤乌：三国时吴大帝孙权的年号，公元238年至250年。《高僧传》卷一《康僧会传》："时吴地初染大法，风化未全，僧会欲使道振江左，兴立圆寺，乃杖锡东游，以吴赤乌十年初达建业，营立茅茨，设像行道。" ㉟青蝇为吊客：《太平御览》卷九四四引《虞翻别传》："翻放弃南方，自恨疏节，骨体不媚，犯上获罪，当长没海隅，生无可与语，死以青蝇为吊客。天下一人知己者，足以不恨。" ㊱黄耳寄家书：《晋书·陆机传》："初，机有骏犬，名曰黄耳，甚爱之。既而羁寓京师，久无家问，笑语犬曰：'我家绝无书信，汝能赍书取消息否？'犬摇尾作声，机乃为书，以竹筒盛之而系其颈。犬寻路南走，遂至其家，得报还洛。其后因以为常。" ㊲阃(kǔn)域：境地、境界。阃，门坎。

【品评】

此文乃作者应诗僧澈上人的门人之请，为著名诗僧澈上人的诗集所作的诗序。文中记叙了澈上人的生平、交游以及诗名，对于后人了解澈上人提供了宝贵的资料。更值得宝重的是作者在序中明确指出"释子工为诗，尚矣。休上人赋《别怨》，约法师哭范尚书，咸为当时才士之所倾叹。厥后比比有之。"说出了僧人工于诗的源流及其传统,而文末的评述:“世之言诗僧多出江左。灵一导其源,护国袭之;清江扬其波,法振沿之,如么弦孤韵,瞥入人耳,非大乐之音。独吴兴昼公能备众体。昼公后,澈公承之”等语,又指出诗僧多出于江东的现象,并对唐代诗僧的传承脉系做了明晰的梳理,为我们了解评价唐代诗僧的诗歌创作历史与成就提供了珍贵的第一手资料。序中引及的澈上人《芙蓉园新寺》诗“经来白马寺,僧到赤乌年”句,以及《谪汀州》诗“青蝇为吊客,黄耳寄家书”句,乃赖序文所引而留存,弥足珍贵。

楚望赋并引[①]

予既谪于武陵,其地故郢之裔邑,[②]与夜郎诸夷错杂。[③]系乎天者,阴伏阳骄是已;系乎人者,风巫气窳是已。[④]罳雰浮浮,[⑤]利于楼居。城之丽谯,[⑥]实邻所舍,四垂无蔽,万景坌入。[⑦]因道其远迩所得为《楚望赋》云。

翼轸之野,[⑧]祝融司方。[⑨]阴迫而专,[⑩]专实生沴。天濡而霁,[⑪]土泄而泥。气罕淑清兮淫氛曀曀,[⑫]中人体支兮为瘥为瘵。以旷涤烦兮,利居高于物外。我卜我居,于城之隅,宛在藩落,[⑬]丽谯渠渠。[⑭]四阿垂空,[⑮]洞户发枢,[⑯]眸子不运,坐陵虚无。[⑰]岁更周流,[⑱]时极惨舒,[⑲]万象起灭,[⑳]森来觌予。棂轩之外，群山宠嵸，[21]冈陵靡陁，[22]势若相拱。出云见怪，窈蔚森耸，[23]露夕霞朝，望如飞动。檐庑之下，大江澒洞，[24]支流合输，泄入云梦。[25]羲和、望舒，[26]出没两涯，涵泳之族，[27]聱耴龡呀。[28]秋水灌盈，漩石飘沙，流柟轩昂，[29]舞于盘涡。逮及收潦，澹如绿醽，[30]白石磷磷，[31]倒影罗生。苹末风起，有文无声，[32]悠远烟绵，与空苍然。

湘沅之春，先令而行。腊月寒尽，温风发荣，[33]土膏如濡，[34]言鸟嘤嘤。三星嘒其晓中，[35]植物飒以飘英。云归高唐，草蔽洞庭。目与天尽，神将化并。圆方相涵，[36]游气杳冥。熙熙蔼蔼，[37]藻饰群形。柟树童丘，[38]积空凝青。环洲曲塘，含景曜明。恢台之气，[39]发于春季，涉夏如铄，逮秋愈炽。土山焦熬，止水瀵沸。[40]翔禽跕堕，[41]呀咮垂翅。[42]曦赫歊蒸，[43]阳极反阴。二仪交精，[44]下上相歆。[45]云兴天际，歘若车盖，[46]凝眝未瞬，弥漫霮雺。[47]惊雷出火，乔木糜碎，殷地爇空，万夫皆废。悬溜缏縋，[48]日中见昧，[49]移晷而收，[50]野无完块。少阴之中，[51]景物澄鲜，丹叶星房，[52]烛耀川原。夕月既望，[53]曜于丹泉，[54]上镜下冰，湔尘濯烟。[55]宿丽潜芒，[56]独行高躔，[57]皓一气之悠悠，洁有形而溢清玄。[58]杳微明而斐亹，[59]想游目于化先。[60]夜无朕以徂征，[61]金霞晕乎海壖。[62]明星方扬，斜汉西悬。璇柄如堕，[63]半沈层澜。鸡啁哳而晨鸣兮，[64]日荏苒以腾晶。动植瞭兮已分，山川郁乎不平。复人寰之喧卑，汹浩浩以营营。[65]追向时之景光，不可骤得以再更。意华胥之梦还，[66]犹仿像而驰精。[67]日次于房，[68]天未降霜。百卉犹泽，水泉收脉，故道朘削，[69]衍为广斥。[70]水禽嬉戏，引吭伸翮，纷惊鸣而决起，拾彩翠于沙砾。[71]时时北风，振槁扬埃，[72]萧条边声，与雁俱来。寒氛委积，万窍交激，[73]楚云改容，飞雨凝滴，洒林递响，淅沥捎槭。[74]飞电照雪以腾光，柔蔬傲霜而秀坼。[75]

躔次殊气，[76]川谷异宜，民生其间，俗鬼言夷。[77]招三闾以成谣，[78]德伏波而构祠，[79]投粔籹以鼓楫，[80]豢鱣鲂而如牺。[81]蟠木靓深，[82]孽妖凭之，祈年去疠，蠲敬祗威。[83]击鼓肆筵，[84]河旁水湄，荐诚致祝，却略蹉跜。[85]渚居鲜食，大掩水物，[86]罟张饵啖，[87]不可遁伏。显举潜缒，[88]昼撞夜触，设机沈深，[89]如拾于陆。彼游鲦之琐类，[90]咸跳脱于窘束，[91]虽三趾与六眸，[92]时或加乎一目。[93]亦有轻舟，轩轾泛浮，[94]拕纶往复，[95]驯鸥相逐。莫夜澄寂，啸歌群族，伧音俚态，幽怨委曲，逗疏柝于江城，[96]引哀猿于山木。巢山之徒，[97]捽木开田，[98]灼龟伺泽，[99]兆食而燔[100]，郁攸起于岩阿[101]，腾绛气而蔽天。熏歊雨濡[102]，颖垂林巅[103]，盗天和而藉地势，谅无劳而有年[104]。罢士闲人[105]，逸为末作[106]，求金渚涘，淘汰瀺灂[107]，流注濎泞[108]，繁光熠爚[109]。贪贾来贸，发于怀握，无翼而飞，润于丰屋[110]。哂耕耘之悒悒[111]，徒胼胝以自鞫[112]。

我处层轩，日星回还。阅天数而视民风，百态变见乎其间。非耳剽以臆说兮[113]，固幽求而纵观。观物之余，遂观我生。何广覆与厚载[114]，岂有形而无情。高莫高兮九阍[115]，远莫远兮故园。舟有楫兮车有辖[116]，江山坐兮不可越。吾又安知其所如，悦临高以观物[117]。

【注释】

①此赋约元和初作于朗州。 ②郢：战国楚的都城，即今湖北江陵。裔邑：边远城邑。 ③夜郎：汉时我国西南地区的古国名。约在今贵州西北、云南东北及四川南部地区。 ④风巫气窳：民间信巫而风气懒惰。 ⑤嚣雺浮浮：迷漫飘浮的雾气。⑥丽谯：城楼。 ⑦万景坌入：景色纷纷进入眼里。 ⑧翼轸：翼和轸均为星宿名。荆州乃二星宿之分野。 ⑨祝融：高辛氏火正，乃主南方之神。相传祝融死后为火神。《吕氏春秋·四月》："其帝炎帝，其神祝融。"注："祝融，颛顼氏后，老童之子吴回也，为高辛氏火正，死为火官之神。" ⑩专（tuán）：通团，团集。⑪雺：同雾。 ⑫淑清：明朗纯净。曀曀：天色阴沉而多风。⑬藩落：篱落，此处指城墙。 ⑭渠渠：深广高大貌。 ⑮四阿：楼檐的四角。《周礼·考工记·匠人》："四阿重屋。"注："四阿，若今四柱屋。" ⑯洞户：打开门户。发枢：转动门枢。 ⑰陵：通凌。虚无：虚空，天空。 ⑱岁更周流：岁月变更循环。 ⑲时极惨舒：《文选》张衡《西京赋》："夫人在阳时则舒，在阴时则惨。"薛综注："阳谓春夏，阴谓秋冬。"《文心雕龙·物色》："春秋代序，阴阳惨舒。" ⑳起灭：生发消失。 ㉑岏岏：山高耸险峻貌。㉒靡陁：绵延不断貌。 ㉓窈蔚森耸：幽深茂盛、森然耸立。㉔澒洞：水势浩大无边貌。 ㉕云梦：古代泽名，此处指洞庭湖。《元和郡县图志》卷二七岳州巴陵县："巴丘湖，又名青草湖，在县南七十九里，周回三百六十里，俗云古云梦泽也。" ㉖羲和：日

神，此指太阳。望舒：月神之驭者，指月。 ㉗涵泳之族：水中鱼、鳖、虾等水族。 ㉘謷耴(nì)：《文选》左思《吴都赋》："鱼鸟謷耴，万物蠢生。"李善注："謷耴，众声也。"𠴤(xiān)呀：同喊呀，嘴张开貌。 ㉙枿(niè)：树木的根株。轩昂：高低。 ㉚绿醽：美酒名称。 ㉛磷磷：水石明净貌。 ㉜文：水的波纹。 ㉝发荣：开花。 ㉞土膏：《国语·周语上》："阳气俱蒸，土膏其动。"韦昭注："膏，土润也。" ㉟三星：参宿。《诗·唐风·绸缪》："绸缪束薪，三星在天。"传："三星，参也。"笺："三星谓心星也。"嘒：明亮貌。㊱圆方：天地，天圆地方。相涵：相包涵。 ㊲熙熙：和乐貌。蔼蔼：盛貌。 ㊳童丘：不长草木的山。 ㊴恢台之气：夏季之气。《楚辞》宋玉《九辩》"收恢台之孟夏兮"，洪兴祖补注："黄鲁直云：恢，大也。台，即胎也。言夏气大而育物。" ㊵瀵(fèn)：水从地下喷涌而出。 ㊶跕(dié)堕：坠落。 ㊷呀咮：鸟张嘴。 ㊸曦赫：太阳明亮貌。此指太阳。歊(xiāo)蒸：热气。 ㊹二仪：天地。 ㊺相歆：相感动。 ㊻欻(xū)：忽。 ㊼霮霨(dàn duì)：云密集貌。 ㊽悬溜：从屋檐滴下的水。绠縋：下垂的汲水绳子，此处用以比喻从檐上不断垂滴下的水。 ㊾见：呈现。昧：昏暗。㊿移晷：过了一段时间。晷：日影。 ⑤1少阴之中：指秋天。《汉书·律历志上》："少阴者，西方。西，迁也。阴气迁落物，于时为秋。" ⑤2丹叶：红叶。星房：星。 ⑤3既望：阴历十六。 ⑤4丹泉：即丹渊，月亮所出地方。 ⑤5湔尘濯烟：洗净烟尘。 ⑤6宿丽：星宿运行。《说文》："丽，旅行也。"潜芒：光芒潜藏。 ⑤7躔：躔次，日月星辰运行的轨迹。 ⑤8有形：有形之物，即自然界的万物。清玄：天空。 ⑤9斐亹(wěi)：文采貌。 ⑥0化先：天地万物未分化之前。 ⑥1无朕：没有征兆。徂征：远行，过去。 ⑥2海壖：海边。 ⑥3璇柄：北斗星的斗柄。璇：即北斗七星中的第二颗星。 ⑥4啁哳（zhōu zhā）：杂乱而细碎的声音。 ⑥5营营：往来貌。 ⑥6华胥之梦：华胥为寓言中的国家。《列子·黄帝》："黄帝昼寝而梦，游于华胥氏之国。……其国无帅长，自然而已。其民无嗜欲，自然而已。不知乐生，不知恶死，故无夭殇；不知亲己，不知疏物，故无爱憎；不知背逆，不知向顺，故无利害。" ⑥7仿像：仿佛好像。 ⑥8日次于房：指阴历九月。房，东方七星宿之一。《礼记·月令》："季秋之月，日在房，昏虚中，旦柳中。" ⑥9故道：此处指河道。朘：减小。 ⑦0衍：扩大、推广。广斥：广阔的碱地。地碱叫斥。此指水边之地。 ⑦1彩翠：鸟的美丽的羽毛。 ⑦2振槁：振落枯槁的枝叶。扬埃：扬起尘埃。 ⑦3万窍交激：指自然界所发出的各种各样的相交杂的声音。 ⑦4槭（sè）：枝空貌。⑦5坼：裂开，发芽。 ⑦6殊气：不同的气候。 ⑦7俗鬼言夷：风俗信鬼而讲夷言。 ⑦8三闾：三闾大夫，屈原。 ⑦9伏波：东汉伏波将军马援。 ⑧0粔籹：一种食品，类今之角黍用以投江以纪念屈原。 ⑧1鳣鲂：均为鱼名。牺：用以祭祀用的家畜。 ⑧2蟠木：屈曲之木。靓：通静。 ⑧3蠲：清洁。敬：尊敬、恭敬。祇威：神灵的威严。祇：地神。 ⑧4肆筵：陈列筵席。 ⑧5蹊跜（kuí ní）：动貌。《文选》王逸《鲁灵光殿赋》："虬龙腾骧以蜿蟺，颔若动而躨跜。"张载注："躨跜，动貌。" ⑧6掩：捕捉。水物：鱼类等水族。 ⑧7罟张：张开鱼网。饵啖：吃食鱼饵。 ⑧8举：举网。缒：垂钓。⑧9机：捕鱼器具。 ⑨0游儵：游鱼。 ⑨1跳脱：此状游鱼蹦跳挣扎貌。窘束：被拘束的困境。 ⑨2三趾与六眸：三趾，三足鳖。六眸，六眼龟。《文选》郭璞《江赋》：“有鳖三足，有龟六眸。”李善注引郭璞曰：“今吴兴郡阳羡县山上有池，池中出三足鳖，又有六眼龟。” ㊾一目：此处指鱼网。目，网眼。 ㊿轩轾泛浮：此指船随水波时高时低浮泛貌。轩，车子前高后低。轾，车子前低后高。 ⑮拕：即拖。纶：钓鱼绳，此指捕鱼器具。 ⑯逗：逗引。疏柝：稀疏的敲打更柝声。 ⑰巢山之徒：居住在山里的人们。 ⑱捽木开田：此处指畲田。捽（zuó），拔。 ⑲灼龟：烧灼龟甲，用以占卜。伺泽：等候下雨。泽，雨泽。 ⑳兆食：即龟兆食墨。意为烧灼龟甲，龟甲所成的裂纹和所画的墨纹相合，其卦即吉利。《书·洛诰》：“我乃卜涧水东，瀍水西，惟洛食。”传：“卜必先墨画龟，然后灼之，兆顺食墨。”燔：烧，此处指烧山。 ⑩郁攸：《左传·哀公三年》：“济濡帐幕，郁攸从之，蒙葺公屋。”注：“郁攸，火气也。” ⑩熏：此指烟气。 ⑩颖：带芒的谷穗，此指谷物的果实。 ⑩有年：农作物丰收。 ⑩罢士：品性不好之人。《国语·齐语》：“罢士无伍，罢女无家。”注：“罢，病也。无行曰罢。”按，罢即疲。 ⑩末作：即末业。古代工商业被视为末业。《管子·治国》：“凡为国之急者，必先禁末作文巧。” ⑩瀺灂（chán zhuó）：水流声，此指水流。 ⑩濻沱（duì tuó）：《文选》郭璞《江赋》：“碧沙濻沱而往来。”李善注：“沙水随石之貌。” ⑩熠爚：光芒闪烁貌，此指金沙的光芒。 ⑩丰屋：富贵之家的华屋。 ⑪耕耘：指耕耘者，农夫。悒悒：忧郁不乐貌。 ⑫胼胝：因劳作而手足长茧。自鞠：自陷于穷困之中。《书·盘庚中》：“尔惟自鞠自苦。”传：“鞠，穷也。” ⑬耳剽：仅凭耳闻而信之。臆说：没有根据的主观之说。 ⑭广覆：指天。厚载：指地。《礼记·中庸》：“天之所覆，地之所载。”

⑮九阍:意为九天,天最高处。此指皇宫。 ⑯辖:车轴两端用以固定车轮的销钉。 ⑰怳:通恍,失意貌。临高:凭临高处。

【品评】

刘禹锡贬谪至朗州后,尽管心情颇为郁闷,也想尽早能离开贬谪之地,但他本是位关心民生疾苦,体察民情民风的人,故生活在偏僻的朗州也提供了他深入体察了解民俗民风,以及当地地理风光气候等等状况的难得机会。在这篇赋作中,诗人即相当详细地描述了朗州的地理环境以及民俗民风,从中我们可以清楚地看到一幅幅朗州的自然风光、四季的气候风物以及人们的生活与劳动画面,为我们了解唐代朗州的具体情景提供了珍贵的历史资料。如果从艺术表现的层面上来欣赏这篇赋作,那么可称许之处是很多的。如诗人对朗州四季景色的描写即颇为出色,写春景云"湘沅之春,先令而行。腊月寒尽,温风发荣,土膏如濡,言鸟嘤嘤。三星噆其晓中,植物飒以飘英。云归高唐,草蔽洞庭。目与天尽,神将化并。圆方相涵,游气杳冥。熙熙蔼蔼,藻饰群形。枍树童丘,积空凝青。环洲曲塘,含景曜明";写秋色云:"少阴之中,景物澄鲜,丹叶星房,烛耀川原。夕月既望,曜于丹泉,上镜下冰,湔尘濯烟。宿丽潜芒,独行高躔,皓一气之悠悠,洁有形而溢清玄。杳微明而斐亹,想游目于化先。夜无朕以徂征,金霞晕乎海壖。明星方扬,斜汉西悬。璇柄如堕,半沈层澜。"这些对春秋两季景色风光的描绘均真切具体地展现出朗州的春秋两季的地理风光景色,令人赏心悦目。赋中对朗州人民的习俗民风与劳动情景的记叙也是颇为具体,具有珍贵的价值,如"民生其间,俗鬼言夷。招三间以成谣，德伏波而构祠，投粔籹以鼓楫，豢鳣鲂而如牺。蟠木靓深，孽妖凭之，祈年去疠，蠲敬祇威。击鼓肆筵，河旁水湄，荐诚致祝，却略蹮跜。……亦有轻舟，轩轾泛浮，挖纶往复，驯鸥相逐。莫夜澄寂，啸歌群族，伧音俚态，幽怨委曲，逗疏柝于江城，引哀猿于山木。巢山之徒，捽木开田，灼龟伺泽，兆食而燔，郁攸起于岩阿，腾绛气而蔽天。熏歇雨濡，颖垂林巅，盗天和而藉地势，谅无劳而有年”等等记叙描绘均是。当然，在文末，诗人也表达了“观物之余，遂观我生”之情，他感叹“何广覆与厚载，岂有形而无情。高莫高兮九阍，远莫远兮故园”，感慨不为皇上所知，被贬谪于边邑的身世之悲，不仅从景物民俗的叙述中回归自身处境，而且在文章结构上也与赋前的引文遥相呼应。此赋的写景造语颇为苏东坡所推赏，他认为《楚望赋》的“水禽嬉戏，引吭伸翮，纷惊鸣而决起，拾彩翠于沙砾”是善于“造语”的“妙语”(《苏轼文集》卷六七《题跋·书子厚梦得造语》)。

秋声赋并引[①]

相国中山公赋秋声，[②]以属天官太常伯，[③]唱和俱绝。然皆得时行道之余兴，犹有光阴之叹，[④]况伊郁老病者乎？吟之斐然，[⑤]以寄孤愤。

碧天如水兮窅窅悠悠，[⑥]百虫迎暮兮万叶吟秋。欲辞林而萧飒，[⑦]潜命侣以啁啾。送将归兮临水，非吾土兮登楼。[8]晚枝多露蝉之思，夕蔓趣寒螿之愁。[9]至若松竹含韵，梧楸早脱。惊绮疏之晓吹，[10]堕碧砌之凉月。念塞外之征行，顾闺中之骚屑。[11]夜蛩鸣兮机杼促，[12]朔雁叫兮音书绝。远杵续兮何泠泠，[13]虚窗静兮空切切。如吟如啸，非竹非丝。当自然之宫徵，[14]动终岁之别离。废井苔冷，荒园露滋。草苍苍兮人寂寂，树槭槭兮虫咿咿。[15]则有安石风流，[16]巨源多可。[17]平六符而佐主，[18]施九流而自我。[19]犹复感阴虫之鸣轩，[20]叹凉叶之初堕。异宋玉之悲伤，觉潘郎之幺幺。[21]嗟乎！骥伏枥而已老，[22]鹰在鞲而有情。[23]聆朔风而心动，眄天籁而神惊。[24]力将瘁兮足受绁，[25]犹奋迅于秋声。

【注释】

①此赋会昌元年秋作于洛阳。 ②相国中山公：即宰相李德裕。李德裕郡望为赵郡，赵郡乃战国时中山国地，故称李德裕为中山公。 ③天官太常伯：即吏部尚书王起。唐高宗龙朔二年改尚书曰太常伯，武后光宅元年，改吏部为天官。《旧唐书·王起传》："会昌元年，征拜吏部尚书，判太常卿事。" ④光阴之叹：李德裕《秋兴赋·序》："昔潘岳寓直骑省，因感二毛，遂作《秋兴赋》。况余百龄过半，承明三入，发已皓白，清秋可悲。" ⑤斐然：文采貌。 ⑥窅窅（yǎo）：幽深深远貌。 ⑦辞林：指树叶凋落。⑧非吾土兮登楼句：吾土，我的故土、家乡。王粲《登楼赋》："虽信美而非吾土兮，曾何足以少留。" ⑨寒螿：寒蝉。 ⑩绮疏：指雕有花纹的窗户。 ⑪骚屑：此指闺中人之孤单凄凉貌。 ⑫蛩：蟋蟀。 ⑬远杵：远方砧杵捣衣的声音。泠泠：清冷。 ⑭宫徵：

五音中的两声。此指音律节奏。⑮槭槭：风吹树叶发出的萧瑟之声。⑯安石风流：安石乃东晋谢安之字。《南史·王俭传》："俭常谓人曰：'江左风流宰相，惟有谢安。'"此处用安石指李德裕。⑰巨源：即晋人山涛之字。多可：多所许可、称许。嵇康《与山巨源绝交书》："足下旁通，多可而少怪。"山涛曾任吏部尚书，故此处藉以指王起。⑱平六符：意为泰阶平，天下太平。《汉书·艺文志》载有《泰阶六符》一卷。李奇注："三台谓之泰阶，两两成体，三合故六。观色以知吉凶，故曰六符。"⑲九流：即三教九流，指各种人才。此句用以比喻王起。《南史·蔡兴宗传》："复为左户尚书，掌吏部。……兴宗职管九流，铨衡所寄，每至上朝，辄与令录以下陈欲登贤进士之意。"⑳感阴虫：感阴气而出现的昆虫，如迎秋气的蟋蟀之类。李德裕《秋声赋》："当其时也，草木阴虫，皆有秋声。"刘赋即应和李赋此句。㉑潘郎：即晋诗人潘岳。潘岳作有《秋兴赋》。么么：渺小。㉒骥伏枥：曹操《步出夏门行》："老骥伏枥，志在千里。"枥：马厩。㉓鞲：革制的臂衣，打猎时用以停立猎鹰。㉔天籁：自然界的音响。㉕瘏(tuō)：极为疲倦。绁：束缚。

【品评】

此赋描写秋天种种景色和感受，赋中情景融合，既有秋天特有景色的绘声绘色的描述，又有感人至深的情感蕴含其中，可谓声情并茂，诚为描写秋天的佳作。从写秋景来说，此赋展示了秋天的富有代表特色的景色，写得秋味十足，如"碧天如水兮窅窅悠悠，百虫迎暮兮万叶吟秋。欲辞林而萧飒，潜命侣以啁啾"、"晚枝多露蝉之思，夕蔓趣寒蛩之愁。至若松竹含韵，梧楸早脱。惊绮疏之晓吹，堕碧砌之凉月”、“废井苔冷，荒园露滋。草苍苍兮人寂寂，树槭槭兮虫咿咿”等句均从不同的侧面以描绘秋景，读之，令人感同身受，似乎身处萧瑟之秋景之中。不仅于此，赋末的抒情之句也是值得一提的。此赋乃酬和李德裕《秋声赋》之作，而李赋已有“清秋可悲”的内容，因此此赋虽也有相应的悲秋的意蕴，但更多的是诗人的感秋的“孤愤”之情，这就是赋中的“嗟乎！骥伏枥而已老，鹰在鞲而有情。聆朔风而心动，眄天籁而神惊。力将瘆兮足受绁，犹奋迅于秋声”等抒情之句。从中我们不难领会到刘禹锡至老仍有的“老骥伏枥，壮心不已”的豪迈之高情远志。这也是此赋在思想境界上高于传统文士的秋兴之作的地方。

天论上①

世之言天者二道焉。拘于昭昭者则曰②：“天与人实影响：祸必以罪降，福必以善徕，③穷阨而呼必可闻，隐痛而祈必可答，如有物的然以宰者。”故阴隲之说胜焉。④泥于冥冥者则曰⑤：“天与人实剌异，⑥霆震于畜木，未尝在罪；⑦春滋乎堇荼，⑧未尝择善。跖、蹻焉而遂，⑨孔、颜焉而厄，⑩是茫乎无有宰者，故自然之说胜焉。余之友河东解人柳子厚作《天说》，⑪以折韩退之之言，文信美矣，盖有激而云，非所以尽天人之际，⑫故余作《天论》，以极其辩云。

大凡入形器者，⑬皆有能有不能。天，有形之大者也。

人，动物之尤者也。天之能，人固不能也。人之能，天亦有所不能也。故余曰：天与人交相胜耳。其说曰：天之道在生植，其用在强弱。人之道在法制，其用在是非。阳而阜生，[14]阴而肃杀，水火伤物，木坚金利，壮而武健，老而耗眊，[15]气雄相君，力雄相长，天之能也。阳而艺树，[16]阴而揫敛，[17]防害用濡，[18]禁焚用光，[19]斩材窾坚，[20]液矿硎铓，[21]义制强讦，[22]礼分长幼，右贤尚功，[23]建极闲邪，[24]人之能也。人能胜乎天者，法也。法大行，则是为公是，非为公非，天下之人，蹈道必赏，违之必罚。当其赏，虽三旌之贵，[25]万钟之禄，[26]处之咸曰宜。何也？为善而然也。当其罚，虽族属之夷，[27]刀锯之惨，处之咸曰宜。何也？为恶而然也。故其人曰："天何预乃事邪？唯告虔报本，[28]肆类授时之礼，[29]曰天而已矣。福兮可以善取，祸兮可以恶召，奚预乎天邪？"法小弛则是非驳，赏不必尽善，罚不必尽恶，或贤而尊显，时以不肖参焉，或过而僇辱，[30]时以不辜参焉。故其人曰："彼宜然而信然，理也。彼不当然而固然，岂理邪？天也。福或可以诈取，而祸或可以苟免。"人道驳，[31]故天命之说亦驳焉。法大弛，则是非易位，赏恒在佞，而罚恒在直。义不足以制其强，刑不足以胜其非，人之能胜天之具尽丧矣。夫实已丧而名徒存，彼昧者方挈挈然提无实之名，[32]欲抗乎言天者，斯数穷矣。

故曰：天之所能者，生万物也；人之所能者，治万物也。法大行，则其人曰："天何预人邪？我蹈道而已。"[33]法大弛，则其人曰："道竟何为邪？任天而已。"法小弛，则天人之论驳焉。今以一已之穷通，而欲质天之有无，惑矣！余曰：天恒执其所能以临乎下，非有预乎治乱云尔；人恒执其所能以仰乎天，非有预于寒暑云尔。生乎治者，人道明，咸知其所自，故德与怨不归乎天。生乎乱者，人道昧不可知，故由人者举归乎天。非天预乎人尔！

【注释】

①此文作于元和中。 ②昭昭：明白光亮貌，此指老天能洞察天地万物。 ③倈：通"来"。 ④阴骘：暗中注定。《书·洪范》："惟天阴骘下民。"传："骘，定也。天不言而默定下民。" ⑤冥冥：晦暗，昏昧无知。 ⑥剌(là)异：乖戾相左。 ⑦在罪：察见罪过。 ⑧堇荼：堇，草名，即乌头，有毒，可入药。荼：蔬类食物，即苦菜。 ⑨跖：盗跖，春秋时期的大盗。跻：战国时期楚国的大盗。 ⑩孔：孔子。孔子一生多不遇，曾困厄于陈、蔡之间。颜：孔子的弟子颜回。《史记·伯夷列传》："七十子之徒，仲尼独荐颜渊为好学，然回也屡空，糟糠不厌，而卒早夭。" ⑪河东：郡名，唐代治所在今山西永济。解：县名，唐属河东郡，县治在今山西永济。 ⑫天人之际：天和人关系。 ⑬入形器者：指有形体的东西。 ⑭阜生：长得旺盛。 ⑮耗眊：体弱而眼花。⑯艺树：种植树木。 ⑰揫敛：聚集，收敛。 ⑱防害用濡：意为防止水害而用水浇灌。 ⑲禁焚用光：意为扑灭火灾而用火光以照明。 ⑳窾：挖空。 ㉑液矿：熔化矿石。硎铓：磨砺刀具。㉒强讦：强暴和攻击诽谤。 ㉓右贤尚功：尊重崇尚贤能和有功

劳的人。 ㉔建极闲邪：制定有关制度，用以防范邪恶。《易·乾·文言》："闲邪存其诚。"正义："言防闲邪当自存其诚实也。" ㉕三旌之贵：指高官重位。《庄子·让王》："子綦为我延之以三旌之位。"释文："三旌，三公位也。" ㉖万钟之禄：指丰厚的薪奉。钟，古代容量单位，可容六斛四斗。四釜为一钟。 ㉗族属之夷：整个家族被诛杀。 ㉘告虔：指祭祀时虔诚地祷告。报本：报答致谢其本。 ㉙肆类：《书·舜典》"肆类于上帝"。传："肆，遂也。类，谓摄位事类，遂以摄告天及五帝。"授时：将天时历法颁布给百姓。《书·尧典》："乃命羲和，钦若昊天，历象日月星辰，敬授人时。" ㉚僇（lù）辱：侮辱。 ㉛驳：驳杂、混杂。 ㉜挈挈然：急切貌。 ㉝蹈道：遵循正道。

【品评】

刘禹锡的《天论》是在韩愈和柳宗元在天与人之间关系问题上出现意见分歧的情况下而作的。韩愈认为人类的做为，"使天地万物不得其情"，因此是"天地之雠"，认为天对于人类的行为具有赏罚的感应。而柳宗元的《天说》则持论与韩愈不同，以为天不具有"赏功而罚祸"能动作用。刘禹锡虽然赞同柳宗元的见解，但认为他是有激而言，尚有不足，需要加以补充，故撰《天论》三篇以明己意。在此文中，作者提出了关于天人关系的重要观点，指出"天之道在生植，其用在强弱。人之道在法制，其用在是非"。认为"大凡入形器者，皆有能有不能。天，有形之大者也。人，动物之尤者也。天之能，人固不能也。人之能，天亦有所不能也"。因此得出"天与人交相胜"的关于天人关系的唯物主义的辩证论点。

文章中作者还提出了“人能胜乎天者，法也。法大行，则是为公是，非为公非，天下之人，蹈道必赏，违之必罚”、“人道驳，故天命之说亦驳焉。法大弛，则是非易位，赏恒在佞，而罚恒在直。义不足以制其强，刑不足以胜其非，人之能胜天之具尽丧矣”的在天人关系中的“法”的重要作用。因此作者文末又再一次强调了“天恒执其所能以临乎下，非有预乎治乱云尔；人恒执其所能以仰乎天，非有预于寒暑云尔”这一天人关系的重要观点。作者的这些观点均具有重要的理论意义，在今天看来无疑也是颇为珍贵的。

天论中

或曰：“子之言天与人交相胜，其理微，庸使户晓，曷取诸譬焉。”刘子曰：“若知旅乎？夫旅者，群适乎莽苍，[①] 求休乎茂木，饮乎水泉，必强有力者先焉，否则虽圣且贤莫能竞也。斯非天胜乎？群次乎邑郛，[②] 求荫于华榱，[③] 饱于饩牢，[④] 必圣且贤者先焉，否则，强有力莫能竞也。斯非人胜乎？苟道乎虞、芮，[⑤] 虽莽苍犹郛邑然。苟由乎匡、宋，[⑥] 虽郛邑犹莽苍然。是一日之途，天与人交相胜矣。吾固曰：是非存焉，虽在野，人理胜也；是非亡焉，虽在邦，天理胜也。然则天非务胜乎人者也，何哉？人不宰，[⑦] 则归乎天也。人诚务胜乎天者也，何哉？天无私，故人可务乎胜也。吾于一日之途而明乎天人，取诸近也已。”

或者曰："若是，则天之不相乎人也，[8]信矣。古之人曷引天为？"答曰："若知操舟乎？夫舟行乎潍、淄、伊、洛者，[9]疾徐存乎人，次舍存乎人。风之怒号，不能鼓为涛也；流之泝洄，[10]不能峭为魁也。[11]适有迅而安，亦人也；适有覆而胶，[12]亦人也。舟中之人未尝有言天者，何哉？理明故也。彼行乎江、河、淮、海者，疾徐不可得而知也，次舍不可得而必也，鸣条之风可以沃日，[13]车盖之云可以见怪。[14]恬然济，亦天也；黯然沈，亦天也；阽危而仅存，[15]亦天也。舟中之人未尝有言人者，何哉？理昧故也。"问者曰："吾见其骈焉而济者，风水等耳，而有沈有不沈，非天曷司欤？"答曰："水与舟，二物也。夫物之合并，必有数存乎其间焉。数存然后势形乎其间焉。一以沈，一以济，适当其数乘其势耳。彼势之附乎物而生，犹影响也。本乎徐者其势缓，故人得以晓也；本乎疾者其势遽，[16]故难得以晓也。彼江、海之覆，犹伊、淄之覆也，势有疾徐，故有不晓耳。

问者曰："子之言数存而势生，非天也，天果狭于势邪？"答曰："天形恒圆而色恒青，周回可以度得，[17]昼夜可以表候，[18]非数之存乎？恒高而不卑，恒动而不已，非势之乘乎？今夫苍苍然者，[19]一受其形于高大，而不能自还于卑小；一乘其气于动用，而不能自休于俄顷，又恶能逃乎数而越乎势邪？吾固曰：万物之所以为无穷者，交相胜而已矣，还相用而已矣。天与人，万物之尤者耳。"

问者曰："天果以有形而不能逃乎数，彼无形者，子安所寓其数邪？”答曰：“若所谓无形者，非空乎？空者，形之希微者也。[20]为体也不妨乎物，而为用也恒资乎有，必依于物而后形焉。今为室庐，而高厚之形藏乎内也；为器用，而规矩之形起乎内也。音之作也有大小，而响不能逾；表之立也有曲直，而影不能逾，非空之数欤？夫目之视，非能有光也，必因乎日月火炎而后光存焉。所谓晦而幽者，目有所不能烛耳，[21]彼狸、狌、犬、鼠之目，[22]庸谓晦为幽邪？吾固曰：以目而视，得形之粗者也；以智而视，得形之微者也。乌有天地之内有无形者邪？古所谓无形，盖无常形耳，必因物而后见耳。乌能逃乎数邪？”

【注释】

①莽苍：郊野空旷无际之处。《庄子·逍遥游》：“适莽苍者，三餐而反，腹犹果然。”成玄英疏：“莽苍，郊野之色，遥望之不甚分明也。” ②次：驻扎。邑郛：城邑。郛，外城。 ③华榱：华丽的屋檐，此处代指华美的房屋。榱，椽子，架屋瓦的木条。 ④饩(xì)牢：食品。饩，谷物。牢，祭祀用的牺牲。 ⑤虞、芮(ruì)：均为殷末的两个小国。两国皆为“法大行”之地。《史记·周本纪》：“虞、芮之地有狱不能决，乃如周。入界，耕者皆让畔，民俗皆让长，虞、芮之人未见西伯，皆惭……遂还，具让而去。” ⑥匡：春秋卫国邑名，在今河南睢县南。宋：春秋国名，都城商丘。匡、宋此处均代指“法大弛”之地。《史记·孔子世家》：“过匡……匡人闻之，以为鲁之阳虎，阳虎尝暴匡人，匡人于是遂止孔子……拘焉五日。”又：“孔子去曹适宋，与弟子习礼大树下，宋司马桓魋欲杀孔

子,拔其树。” ⑦宰:主宰。 ⑧相:辅佐、佐助。 ⑨潍、淄、伊、洛:皆小水名。在山东境内者为潍、淄;在洛阳附近者为伊、洛二水。 ⑩泝洄:逆流而上。 ⑪峭为魁:此指波浪涌起突兀如山峰状。 ⑫胶:胶着,此指船反复不能行。 ⑬鸣条之风:指吹拂树枝而可以发出声响的风。沃日:浇日,此形容高可浇日的大浪。⑭车盖之云:小如车盖的云朵。 ⑮阽(diàn)危:面临危险。《汉书·食货志上》贾谊说文帝:“安有为天下阽危者若是而上不惊者。”注:“阽危,欲坠之意也。” ⑯遽:快速。 ⑰周回:指天体运行一周。度:测量。 ⑱表候:用仪表以测量。表,古代测量日影以计时的标竿。 ⑲苍苍然者:指天。 ⑳希微:希疏微薄。㉑烛:烛照,看见。 ㉒狸、狌:狸,兽名。似狐而小、身肥而短。狌:即鼬鼠,俗称黄鼠狼。同“鼪”。《庄子·秋水》:“骐骥骅骝,一日而驰千里,捕鼠不如狸狌。”

【品评】

此文用自然界以及人类日常活动如旅行、道经大法行与否的不同国家地区而遭受的不同遭遇,行舟于伊、洛和江、河等不同水域的不同处境,以及天体和有形、无形等事物的不同情景来论证说明“天与人交相胜”、天与人还相用的道理。作者在阐明这一主要道理中,提出了一些颇具有哲理意谓的看法,如说“是非存焉,虽在野,人理胜也;是非亡焉,虽在邦,天理胜也。然则天非务胜乎人者也,何哉?人不宰,则归乎天也。人诚务胜乎天者也,何哉?天无私,故人可务乎胜也”、“万物之所以为无穷者,交相胜而已矣,还相用而已矣。天与人,万物之尤者耳”、“以目而视,得形之粗者也；以智而视，得形之微者也。乌有天地之内有无形者邪？古所谓无形，盖无常形耳，必因物而后见耳。乌能逃乎数邪？”从这些见解看法，颇可见出作者对于自然万物之间关系的透彻卓识，在哲学的认识论上具有重要的意义，显示了作者的唯物辩证的思想方法论。

天论下

或曰：“古之言天之历象有宣夜、浑天、《周髀》之书，[①]言天之高远卓诡有《邹子》。[②]今子之言有自乎？”答曰：“吾非斯人之徒也。大凡入乎数者，由小而推大必合，由人而推天亦合，以理揆之，万物一贯也。今夫人之有颜、目、耳、鼻、齿、毛、颐、口，百骸之粹美者也，然而其本在乎肾、肠、心、腹。天之有三光、悬寓，[③]万象之神明者也，[④]然而其本在乎山川五行。浊为清母，[⑤]重为轻始。两位既仪，[⑥]还相为庸，嘘为雨露，噫为雷风。乘气而生，群分汇从，植类曰生，（按《尚书》传云，海隅苍生，谓草木也。）动类曰虫。倮虫之长，[⑦]为智最大，能执人理，与天交胜。用天之利，立人之纪，纪纲或坏，复归其始。尧、舜之书，[⑧]首曰“稽古”，不曰稽天。幽、厉之诗，[⑨]首曰“上帝”，不言人事。在舜之庭，元、凯举焉，[⑩]曰“舜用之”，不曰天授。在殷中宗，袭乱而兴，心知说贤，乃曰“帝赉”。[⑪]尧民之余，难以神诬；商俗已讹，引天而驱。[12]由是而言，天预人乎？

【注释】

①宣夜：古代关于天体的学说。《周髀》：即《周髀算经》，古数学著作。宣夜之说认为众星自由地飘浮在无边的虚空之中，气体构成无限的宇宙。《晋书·天文志上》：“古言天者有三家：一曰盖天，二曰宣夜，三曰浑天。汉灵帝时，蔡邕于朔方上书，言‘宣夜之学，绝无师法。《周髀》术数具存，考验天状，多所违失。惟浑天得近其情，今史官候台所用铜仪，则其法也。’……蔡邕所谓《周髀》，即盖天之说也。其本庖牺氏立周天历度，其所传则周公受于殷高，周人志之，故曰《周髀》。髀，股也；股者，表也。其言天似盖笠，地法覆盘，天地各中高外下。……宣夜之书亡，惟汉秘书郎郗萌记先师相传云：‘天了无质……青非青色，而黑非有体也。日月众星，自然浮生虚空之中，其行其止皆须气焉。’”浑天，古代解释天体的一种学说。主张天地形状像鸟卵，天包地像卵包黄。天半在地上，半在地下，南北两极固定在天的两端，日月星辰皆绕两极极轴而旋转。　②卓诡：特别奇异诡怪。《邹子》：战国时邹衍所著书名。《汉书·艺文志》阴阳家：“《邹子》四十九篇，名衍，齐人，为燕昭王师，居稷下，号‘谈天衍’。”《史记·孟子荀卿列传》记邹衍：“睹有国者益淫侈，不能尚德……乃深观阴阳消息而作怪迂之变，《终始》、《大圣》之篇十余万言。其语闳大不经，必先验小物……推而远之，至天地未生，窈冥不可考而原也。”　③三光：日月星为三光。又有以日月五星为三光。悬寓：即悬宇，天空。④万象：指自然界的一切事物、景象。　⑤浊、清：此指天地未分

开前的两种元气。《艺文类聚》卷一引《广雅》:“太初,气之始也,清浊未分。太始,形之始也,清者为精,浊者为形。……二气相接,剖判分离,轻清者为天。”又引徐整《三五历纪》:“天地开辟,阳清为天,阴浊为地。” ⑥仪:形成。 ⑦倮虫:身无羽毛鳞甲的动物。《大戴礼·易本命》:“倮之虫三百六十,而圣人为之长。” ⑧尧、舜之书:指《尚书》的《尧典》和《舜典》。《书·尧典》篇首云:“曰若稽古帝尧。”又《舜典》篇首云:“曰若稽古帝舜。”传:“稽,考也。” ⑨幽、厉之诗:指《诗经》中讥刺周幽王和周厉王昏暴无道的诗作。《诗·小雅·正月》:“有皇上帝,伊谁云憎。”小序:“《正月》,大夫刺幽王也。”《诗·大雅·板》:“上帝板板,下民卒瘅。”小序:“《板》,凡伯刺厉王也。” ⑩元、凯举焉:元,八元;凯,八凯。《史记·五帝本纪》:“昔高阳氏有才子八人,世得其利,谓之‘八恺’。高辛氏有才子八人,世谓之‘八元’。……舜举八恺,使主后土……举八元,使布五教于四方。” ⑪殷中宗以下数句:殷中宗为殷高宗之误。高宗即武丁。说,指傅说。赉(lài),赐予。《史记·殷本纪》:“帝武丁即位,思复兴殷,而未得其佐。……武丁夜梦得圣人,名曰说,以梦所见视群臣百吏,皆非也,于是乃使百工营求之野,得说于傅险中。是时说为胥靡,筑于傅险。见于武丁,武丁曰:‘是也。’得而与之语,果圣人,举以为相,殷国大治。故遂以傅险姓之,号为傅说。”《书·说命上》记武丁之语:“梦帝赉予良弼。” ⑫引天而驱:意为利用天命来驱使人民。

【品评】

本文进一步提出“大凡入乎数者,由小而推大必合,由人而推天亦合，以理揆之，万物一贯也”、“倮虫之长，为智最大，能执人理，与天交胜。用天之利，立人之纪，纪纲或坏，复归其始”等见解以论述天人关系，说明天不预人的道理。刘禹锡的《天论》说，宋代的宋祁曾评云：“刘梦得著《天论》三篇，理虽未极，其辞至矣。”（《宋景文笔记》卷中）尽管对于其中的“理”有所不足，但却颇为欣赏其“辞”之至。所说“其辞至矣”，不仅指其文章用辞之讲究，更主要的乃在于其说理表达上善于从各个角度、举各种具体的事例加以阐明论说，使其所要说明的极为玄妙的关于天人关系的哲理，化为可具体感知理谕的自然、人生事物而让人们更便于理解知晓，如本文的阐述“数”即为如此。文末的“用天之利，立人之纪，纪纲或坏，复归其始。尧、舜之书，首曰‘稽古’，不曰稽天。幽、厉之诗，首曰‘上帝’，不言人事。在舜之庭，元、凯举焉，曰‘舜用之’，不曰天授。在殷中宗，袭乱而兴，心知说贤，乃曰‘帝赉’。尧民之余，难以神诬；商俗已讹，引天而驱”的一番说辞，颇能达到他所要论证的“由是而言，天预人乎”的论说效果。

祭柳员外文[1]

维元和十五年，岁次庚子，正月戊戌朔日，孤子刘禹锡衔哀扶力，[2]谨遣所使黄孟苌具清酌庶羞之奠，敬祭于亡友柳君之灵。呜呼子厚！我有一言，君其闻否？惟君平昔，聪明绝人。今虽化去，夫岂无物！意君所死，乃形质耳。魂气何托，听余哀词。呜呼痛哉！

嗟余不天，[3]甫遭闵凶。[4]未离所部，[5]三使来吊。忧我衰病，谕以苦言，情深礼至，款密重复，[6]期以中路，更申愿言。[7]途次衡阳，云有柳使，[8]谓复前约，忽承讣书，惊号大叫，如得狂病。良久问故，百哀攻中，涕洟迸落，魂魄震越。伸纸穷竟，得君遗书，绝弦之音，凄怆彻骨。初托遗嗣，[9]知其不孤，末言归辖，[10]从祔先域。[11]凡此数事，职在吾徒。永言素交，[12]索居多远。鄂渚差近，[13]表臣分深，[14]想其闻讣，必勇于义。已命所使，[15]持书径行，友道尚终，[16]当必加厚。退之承命，[17]改牧宜阳，[18]亦驰一函，候于便道，[19]勒石垂后，[20]属于伊人。安平、宣英，[21]会有还使，悉已如礼，形于其书。

呜呼子厚！此是何事？朋友凋落，从古所悲。不图此言，乃为君发。自君失意，沈伏远郡，[22]近遇国士，[23]方伸眉头。亦见遗草，[24]恭辞旧府，[25]志气相感，必逾常伦。顾余负衅，[26]营奉方重，[27]犹冀前路，望君铭旌。[28]古之达人，朋友制服，[29]今有所厌，[30]其礼莫申。朝晡临后，[31]出就别次，[32]南望桂水，哭我故人。孰云宿草，[33]此恸何极！

呜呼子厚，卿真死矣！终我此生，无相见矣！何人不达，使君终否！何人不老，使君夭死！皇天后土，胡宁忍此！知悲无益，奈恨无已。子之不闻，余心不理。[34]含酸执笔，辄复中止。誓使周六，[35]同于己子。魂兮来思，知我深旨。呜呼哀哉！尚飨。[36]

【注释】

①此文元和十五年正月作于衡州。柳员外：柳宗元，柳宗元在唐顺宗时曾任礼部员外郎，故称。 ②孤子：《管子·轻重己》：“民生而无父母，谓之孤子。”此时刘禹锡双亲均丧，故自称孤子。③不天：不为老天所佑护。 ④甫：刚、方。遭闵凶：指遭遇丧母之凶。闵，通悯。 ⑤所部：指刘禹锡任刺史之连州。 ⑥款密：诚挚亲密。 ⑦愿言：诚挚良善之言。 ⑧柳使：柳州的使者。⑨遗嗣：指柳宗元遗留的后嗣。 ⑩輤（qiàn）：载柩车之饰。此指柩车。 ⑪先域：先人的墓地。 ⑫素交：平日交好的朋友。⑬鄂渚：指今湖北鄂州。 ⑭表臣：柳宗元的好友李程字，时程任鄂岳观察使。 ⑮所使：指柳州来的使者。 ⑯友道尚终：朋友之道贵于有始有终。 ⑰退之：柳宗元的好友韩愈字。承命：指刚接受朝廷新的任命。 ⑱改牧宜阳：指韩愈此时正接受朝廷新命往任袁州刺史。宜阳，即宜春，唐袁州州治。 ⑲便道：指韩愈从潮州往袁州途中。 ⑳勒石垂后：指镌刻墓志铭以流传于后。韩愈撰有《柳子厚墓志铭》。 ㉑安平：柳宗元的知己韩泰字，泰时任漳州刺史。宣英：柳宗元好友韩晔字，晔时任汀洲刺史。㉒沈伏远郡：指柳宗元因永贞革新事而被贬谪至远方任永州司马、柳州刺史。 ㉓近遇国士：指桂管观察使裴行立资助归葬柳宗元事。国士，国中杰出之士。韩愈《柳子厚墓志铭》：“其得归葬也，费皆出观察使河东裴君行立。行立有节概，重然诺，与子厚结交，子厚亦为之尽，竟赖其力。” ㉔遗草：指柳宗元的遗书。㉕恭辞旧府：指裴行立离开桂管观察府赴新任。《旧唐书·穆宗纪》：元和十五年二月“甲午，以桂管观察使裴行立为安南都护，充

本管经略使”。 ㉖负衅：负罪、获罪。 ㉗营奉：指营护其母丧归葬。 ㉘铭旌：灵柩前题写死者姓名官衔的旗幡。 ㉙朋友制服：为朋友服丧。《礼仪·丧服》：“朋友麻。”《孔丛子》卷一：“昔者虢叔、闳夭、太颠、散宜生、南宫括，五臣同寮比德，以赞文、武。及虢叔死，四人者为之服朋友之服。古之达礼者行之也。” ㉚厌（yā）：通压。有所压，指其时因为母服丧，故不能为朋友服丧。㉛朝晡临：指早晚哭悼母亲。 ㉜别次：指元和十年柳宗元出守柳州，刘禹锡出为连州时，两人同行至衡阳而分别之处。 ㉝宿草：已长经年的草。《礼记·檀弓上》：“朋友之墓，有宿草而不哭焉。” ㉞不理：指心情烦乱。张衡《思玄赋》：“私湛忧而深怀兮，思缤纷而不理。” ㉟周六：柳宗元之子。《韩昌黎集》卷三二《柳子厚墓志铭》：“子厚有子男二人。长曰周六，始四岁。季曰周七，子厚卒乃生。” ㊱尚飨：《礼仪·士虞礼》：“卒辞曰：哀子某，来日某……尚飨。”注：“尚，庶几也。”为希望死者来享用祭品之意。后世祭文结语多用“尚飨”二字。

【品评】

元和十五年初春，刘禹锡从连州奉母灵柩北归，行至衡阳，“忽承讣书”，得知柳宗元遽然而逝。闻知此事，刘禹锡“惊号大叫，如得狂病”、“百哀攻中，涕洟迸落，魂魄震越”。可见友人的去世对诗人的震撼何等巨大！刘、柳是志同道合、患难与共的知己，如今在诗人自己遭遇母丧，正遭受无比的痛苦之际，这样的知己离开自己永逝，这是雪上加霜，是沉重的打击，是感情的摧毁，怪不得诗人“得君遗书”，顿时有“绝弦之音，凄怆彻骨”之感。祭文最令人感怆的是刘禹锡的震撼人心魄的哭悼友人的祭辞,如"呜呼子厚!此是何事?朋友凋落,从古所悲。不图此言,乃为君发。……出就别次,南望桂水,哭我故人。孰云宿草,此恸何极!"又如文末的"呜呼子厚,卿真死矣!终我此生,无相见矣!何人不达,使君终否!何人不老,使君夭死!皇天后土,胡宁忍此!知悲无益,奈恨无已。子之不闻,余心不理。含酸执笔,辄复中止"。谁读到这样的悲酸之言而能不动容,不为之凄楚,不为之落泪!"卿真死矣!终我此生,无相见矣",这是何等震撼人心的悲怆之言!祭文中另一令人感动的是刘柳之间的可托死生的"友道尚终,当必加厚"的诚挚不渝之情。读着文中柳宗元的"初托遗嗣","末言归辖,从祔先域"的托友遗言,以及刘禹锡的"凡此数事,职在吾徒"、"勒石垂后,属于伊人"、"誓使周六,同于己子。魂兮来思,知我深旨"等语,不仅可见刘柳间的深厚情谊,也可见古人的尚友之道,这都是极为感动人的,也是这篇祭文之所以打动人们心灵深处之所在。

重祭柳员外文[①]

呜呼!自君之没,行已八月。每一念至,忽忽犹疑。[②]今以丧来,使我临哭。安知世上,真有此事!既不可赎,[③]翻哀独生。呜呼!出人之才,竟无施为。炯炯之气,[④]戢于一木。[⑤]形与人等,今既如斯;识与人殊,[⑥]今复何托?生有高名,没为众悲,异服同志,异音同叹。唯我之哭,非吊非伤,来与君言,不成言哭。千哀万恨,寄以一声,唯识真者,乃相知耳。庶几傥闻，[7]君傥闻乎？呜呼痛哉！君有遗美，[8]其事多梗。[9]桂林旧府，[10]感激主持，俾君内弟，[11]得以义胜。平昔所念，今则无违。旅魂克归，崔生实主。幼稚甬上，故人抚之。[12]敦诗、退之，各展其分。[13]安平来赗，[14]礼成而归。其它赴告，咸复于素，[15]一以诚告，君傥闻乎？呜呼痛哉！君为已矣，余为苟生。何以言别，长号数声。冀乎异日，展我哀诚。呜呼痛哉！尚飨。

【注释】

①此文作于元和十五年七月。　②忽忽：恍惚貌。　③不可赎：意为不能用百人之身赎回。《诗·秦风·黄鸟》："彼苍者天，歼我良人。如可赎兮，人百其身。"　④炯炯之气：此处意为光明磊落、神采奕奕之形气神采。　⑤戢：收藏。一木：指棺木。⑥识与人殊：见识学问高出于他人。　⑦傥：倘若、或者。　⑧遗美：指柳宗元在柳州任刺史时所留下的有利于百姓的惠政。韩愈《柳子厚墓志铭》："子厚得柳州，即至，叹曰：'是岂不足为政耶？'因其土俗，为设教禁，州人顺赖。其俗以男女质钱，约不时赎，子本相侔，则没为奴婢。子厚与设方计，悉令赎归。其尤贫力不能者，令书其佣，足相当，则使归其质。观察使下其法于他州，比一岁，免而归者且千人。"　⑨其事多梗：陶敏先生注此句谓："（韩）愈又有《柳州罗池庙碑》详载柳宗元政绩。疑当时柳州百姓奏请为柳宗元立德政碑而不得，故云'其事多梗'。"　⑩桂林旧府：指其时已为安南都护的前桂管观察使裴行立。　⑪内弟：指柳宗元的内弟卢遵。韩愈《柳子厚墓志铭》："葬子厚于万年之墓者，舅弟

卢遵。遵，涿人，性谨慎，学问不厌，自子厚之斥，遵从而家焉，逮其死不去。既往葬子厚，又将经纪其家，庶几有始终者。” ⑫故人抚之：疑指柳宗元的好友李程抚养柳宗元遗孤。刘禹锡《为鄂州李大夫祭柳员外文》云：“遗孤之才与不才，敢同己子之相许。” ⑬敦诗：崔群字，柳宗元友人。曾为湖南观察都团练使，唐穆宗即位，征拜吏部侍郎。崔群有《祭柳员外文》，中云：“群颇受交分，行敦情契。遗文在箧，赠言犹佩。抚孤追往，泫然流涕。孑孑丹旐，翩翩素帷……路出长阡，将赴京师，旨酒一觞，哭君江湄。”退之：韩愈字。韩愈有《祭亡友柳子厚文》，中云：“维元和十五年岁次庚子五月壬寅朔五日景午，韩愈谨以清酌庶羞之奠敬祭于亡友柳君子厚之灵。……临绝之音，一何琅琅。遍告诸友，而寄厥子。不鄙谓余，亦托以死。” ⑭安平来赗(fèng)：安平，柳宗元友人韩泰字。韩泰有《祭柳员外文》。赗，助葬用的如车马束帛等财物。《公羊传·隐公元年》：“赗者何？丧事有赗。赗者，盖以马，以乘束帛。车马曰赗，货财曰赙。” ⑮复：告，回答。素：白色生绢。

【品评】

柳宗元逝世后，其灵柩北归，于元和十五年七月十日归葬于万年其先人墓侧。时韩愈为撰《柳子厚墓志铭》，而刘禹锡则有此文祭奠。因此前刘禹锡先有祭文，故此文乃重祭之文。同前一祭文一样，此文也表达了诗人对友人之逝的深哀巨痛之情。文首的“自君之没，行已八月。每一念至，忽忽犹疑”之句，传达了诗人真不能相信友人竟然已逝的事实，而紧接着的“安知世上，真有此事”，则无异于将美好的梦幻彻底破碎，把血淋淋的现实摆在诗人面前,其中的惨痛是难于笔述的。这就表现了刘禹锡和柳宗元之间的唇亡齿寒的手足深情。文中作者对柳宗元的怀才不遇的深切哀伤之语也是颇为感人的,如“呜呼！出人之才,竟无施为。炯炯之气,戢于一木。形与人等,今既如斯;识与人殊,今复何托?生有高名,没为众悲,异服同志,异音同叹”等即是如此感人之语。而文末的“呜呼痛哉！君为已矣,余为苟生。何以言别,长号数声。冀乎异日,展我哀诚。呜呼痛哉!”读此哀恸之语,谁人不为之黯然久之,一洒哀悼之泪矣！其感人也殊深！

祭韩吏部文[①]

高山无穷,太华削成,[②]人文无穷,[③]夫子挺生,典训为徒,[④]百家抗行。[⑤]当时勍者,[⑥]皆出其下,古人中求,为敌盖寡。[⑦]贞元之中,帝鼓薰琴,[⑧]奕奕金马,[⑨]文章如林。君自幽谷,[⑩]升于高岑,[⑪]鸾凤一鸣,[⑫]蜩螗革音。[⑬]手持文柄,高视寰海,权衡低昂,瞻我所在。三十馀年,声名塞天。公鼎侯碑,[⑭]志隧表阡,[⑮]一字之价,辇金如山。权豪来侮,人虎我鼠;[⑯]然诺洞开,人金我灰。[⑰]亲亲尚旧,[⑱]宜其寿考;[⑲]天人之学,可与论道。[⑳]二者不至,[㉑]至者其谁?岂天与人,好恶背驰?昔遇夫子,聪明勇奋。常操利刃,开我混沌。[㉒]子长在笔,[㉓]予长在论。[㉔]持矛举盾,[㉕]卒不能困。时惟子厚,[㉖]窜言其间,赞词愉愉,[㉗]固非颜颜。[㉘]磅礴上下,羲农以还。[㉙]

会于有极，服之无言。（逸数句）岐山威凤不复鸣，[30]华亭别鹤中夜惊。[31]畏简书兮拘印绶，[32]思临恸兮志莫就。[33]生刍一束酒一杯，[34]故人故人歆此来！[35]

【注释】

①此文长庆四年十二月作于和州。韩吏部：即韩愈。《旧唐书·韩愈传》："愈复为吏部侍郎。长庆四年十二月卒，时年五十七，赠礼部尚书，谥曰文。" ②太华削成：太华，即华山，在今陕西省华阴县南八里。《山海经·西山经》："太华之山，削成而四方，其高五千仞，其广十里，鸟兽莫居。" ③人文：指礼教文化。④典训：指儒家的经典文化，如《尧典》、《伊训》、《诗经》、《春秋》等。 ⑤抗行：抗衡。 ⑥勍者：强有力者。 ⑦为敌：可匹敌。⑧鼓薰琴：薰琴，即琴。鼓薰琴，意为当时唐德宗爱好诗文。《孔子家语·辨乐》："昔者舜弹五弦之琴，造南风之诗，其诗曰：'南风之薰兮，可以解吾民之愠兮。'" ⑨奕奕：高大、盛美。金马：指金马门，用以代指朝廷的官署宫殿。 ⑩幽谷：《诗·小雅·伐木》："出自幽谷，迁于乔木。" ⑪高岑：高山。 ⑫鸾凤：此处用以比喻韩愈。 ⑬蜩螗（tiáo táng）：蜩和螗均为蝉。革音：改变了声音。此句用以比喻在韩愈的影响下，改变了当时的文风。 ⑭公鼎侯碑：为王公所刻的鼎铭，为侯爵所撰的碑文。 ⑮志隧表阡：意为为人撰写墓碑墓志。隧，隧道、地道，此处指墓穴。阡，墓道、坟墓。 ⑯人虎我鼠：人畏之如虎，我则视之如鼠。 ⑰人金我灰：人视之为金，我则视以为灰。 ⑱尚旧：以旧友为重。 ⑲寿考：年高、长寿。《诗·大雅·棫朴》："周王寿考。"笺："文王是时

九十馀矣，故云寿考。” ⑳可与论道：意为可以处于三公高位。《书·周官》：“兹惟三公，论道经邦，变理阴阳。” ㉑二者：指前所说的长寿和高位。 ㉒混沌：原指天地未分开时的浑蒙状态，此指自己的蒙昧无知。 ㉓笔：此指记叙文或应用文一类文章。㉔论：此指议论文。 ㉕持矛举盾：比喻互相辩论驳难。《韩非子·难一》：“楚人有鬻矛与盾者，誉之曰：‘吾盾之坚，莫能陷也。’又誉其矛曰：‘吾矛之利，于物莫不陷也。’或曰：‘以子之矛，陷子之盾，何如？’其人弗能应也。” ㉖子厚：柳宗元之字。 ㉗愉愉：和乐愉悦貌。 ㉘颜颜：争斗的样子。 ㉙羲农：伏羲氏和神农氏，传说中上古的两位帝王。 ㉚岐山：山名，在今陕西省岐山县东北。《国语·周语上》：“周之兴也，鷟鷟鸣于岐山。”鷟鷟，凤凰。㉛华亭别鹤：华亭，县名，地在今江苏松江，其地有华亭谷，故名。《世说新语·尤悔》：“陆平原河桥败，为卢志所谗，被诛。临刑叹曰：‘欲闻华亭鹤唳，可复得乎！’”别鹤：陶渊明《拟古九首》：“上弦惊别鹤，下弦操孤鸾。” ㉜简书：《诗·小雅·出车》：“王事多难，不遑启居。岂不怀归，畏此简书。”传：“简书，戒命也，”拘印绶：意为为官守所拘束。印，官印，绶，系官印的丝带。 ㉝临恸：亲临死者之前恸哭。 ㉞生刍：刍，草。《诗·小雅·白驹》：“生刍一束，其人如玉。”《后汉书·徐稚传》：“郭林宗有母忧，稚往吊之，置生刍一束而去。人怪之，林宗曰：‘此必徐孺子也。《诗》不云乎，生刍一束，其人如玉，吾何德以堪此！’” ㉟歆：即歆享，指鬼神享受祭品。

【品评】

祭文虽短而情谊绵长，沉痛哀伤之情虽仅见于数句中，然“岐山威凤不复鸣，华亭别鹤中夜惊。畏简书兮拘印绶，思临恸兮志莫就”等语，已令人读之而心酸感慨，直欲与梦得同声一恸！更有价值的是文中对韩愈的文学才能、贡献与地位的高度而恰如其分的叙述评价，其中“君自幽谷，升于高岑，鸾凤一鸣，蜩螗革音。手持文柄，高视寰海，权衡低昂，瞻我所在。三十馀年，声名塞天。公鼎侯碑，志隧表阡，一字之价，辇金如山”一段，已成为对韩愈的定评，不断为论韩愈者所引用。而且韩愈与刘、柳在文学上的交往情形以及文学特长在此文的“昔遇夫子，聪明勇奋。常操利刃，开我混沌。子长在笔，予长在论。持矛举盾，卒不能困。时惟子厚，窜言其间，赞词愉愉，固非颜颜。磅礴上下，羲农以还。会于有极，服之无言”一段中也得到简要的记述，富有文学史料价值，弥足珍贵。此外，此文的突兀而起，振耸文意的写作表现手法也是颇为成功的。一读文首“高山无穷，太华削成，人文无穷，夫子挺生，典训为徒，百家抗行。当时勍者，皆出其下，古人中求，为敌盖寡”数句，韩愈的伟岸高大直如太华直耸面前，让人景仰不已。

名家精注精评本已出书目

书　名	主要编选者
李白集	郁贤皓（中国李白研究会原会长）
杜甫集	张忠纲（中国杜甫研究会原会长）
韩愈集	卞孝萱（中国韩愈研究会原会长）
白居易集	严　杰（南京大学教授）
王维集	董乃斌（上海大学教授、中国唐代文学学会副会长）
李商隐集	周建国（中国李商隐研究会理事）
柳宗元集	尚永亮（武汉大学教授、博导）
刘禹锡集	吴在庆（厦门大学教授、中国唐代文学学会理事）
杜牧集	罗时进（中国唐代文学学会副会长）
柳永集	王星琦（南京师范大学教授）
欧阳修集	刘扬忠（中国宋代文学学会副会长）
苏轼集	陶文鹏（中国社科院文学所研究员、博导）
三曹集	张可礼（山东大学中文系教授、博导）
陶渊明集	陈庆元（福建师大教授、博导）
二李集	蒋　方（湖北大学教授）
辛弃疾集	刘乃昌（中国李清照辛弃疾学会原会长）
王安石集	王兆鹏（武汉大学教授、博导）
陆游集	蒋　凡（复旦大学教授、博导）
李清照集	王英志（苏州大学教授、博导）
黄庭坚集	蒋　方（湖北大学教授）
李贺集	吴企明（苏州大学教授）
纳兰性德集	施议对（澳门大学教授）